西南联大

文学通识课

朱自清 闻一多 等 著

天津出版传媒集团

天津人民出版社

图书在版编目（CIP）数据

西南联大文学通识课 / 朱自清等著. -- 天津 : 天津人民出版社, 2022.11

ISBN 978-7-201-18858-4

Ⅰ.①西… Ⅱ.①朱… Ⅲ.①中国文学－文学史－高等学校－教材 Ⅳ.①I209

中国版本图书馆CIP数据核字(2022)第188555号

西南联大文学通识课
XINAN LIANDA WENXUE TONGSHIKE

朱自清　闻一多 等 著

出　　版　天津人民出版社
出 版 人　刘　庆
地　　址　天津市和平区西康路35号康岳大厦
邮政编码　300051
邮购电话　（022）23332469
电子信箱　reader@tjrmcbs.com

责任编辑　玮丽斯
监　　制　黄　利　万　夏
特约编辑　邓　华　卢燕强
营销支持　曹莉丽
装帧设计　紫图装帧

制版印刷　艺堂印刷（天津）有限公司
经　　销　新华书店
开　　本　880毫米×1230毫米　1/32
印　　张　9.5
字　　数　274千字
版次印次　2022年11月第1版　2022年11月第1次印刷
定　　价　59.90元

西南联大中文系师生合影

二排左起：浦江清、朱自清、冯友兰、闻一多、唐兰、游国恩、罗庸、
许骏斋、余冠英、王力、沈从文

大作家汪曾祺回忆自己在联大的学生生活时说：联大的系主任是轮流坐
庄。朱自清先生当过一段时间的系主任。担任系主任时间较长的是罗常培先
生。学生背后都叫他"罗长官"。罗先生赴美讲学，闻一多先生代理过一个时
期。在他们"当政"期间，中文系还是那个老样子，他们都没有一套"施政
纲领"。事实上当时的系主任"为官清简"，近于无为而治。中文系的学风和
别的系也差不多：民主、自由、开放。当时没有"开放"这个词，但有这个
事实。中文系似乎比别的系更自由。工学院的机械制图总要按期交卷，并且
要严格评分的；理学院要做实验，数据不能马虎。中文系就没有这一套。记
得我在皮名举先生的西洋通史课上交了一张规定的马其顿国的地图，皮先生
阅后，批了两行字："阁下之地图美术价值甚高，科学价值全无。"似乎这样
也可以了。总而言之，中文系的学生更为随便，中文系体现的"北大"精神
更为充分。

长沙临时大学（西南联大前身）文学院旧址

　　1937 年抗日战争全面爆发，北大、清华、南开三校南迁成立国立长沙临时大学（即西南联大前身），由于校舍紧张，文学院设在衡阳南岳圣经学院。冯友兰回忆当时说：

　　"这座校舍正在南岳衡山的脚下，背后靠着衡山，大门前边有一条从衡山流下来的小河。大雨过后，小河还会变成一个小瀑布。地方很是清幽。在兵荒马乱之中，有这样一个地方可以读书，师生都很满意。在这里，教师同住在一座楼上……大家都展开工作。汤用彤写他的中国佛教史，闻一多摆开一案子的书，考订《周易》，学术空气非常浓厚。"

西南联大文学院旧址　云南蒙自

　　西南联大从长沙迁到云南后，校园尚未建好，文学院临时设在蒙自。钱穆在《回忆西南联大》一文中，对此有段有趣的记忆："蒙自乃旧日法租界，今已荒废。有希腊老夫妇一对，在此开设一旅馆，不忍离去。曾一度回视故乡，又重来守此终老。联大既至，诸教授携眷来者皆住此旅馆中，一切刀叉锅碗杂物争购一空。余等单身则住学校，两人一室。与余同室者，乃清华历史系主任刘崇鋐，治西洋史，亦在北大兼课，故余两人乃素稔。崇鋐每晨起必泡浓茶一壶，余常饮之，茶味极佳。附近有安南人开设一小咖啡店，余等前在河内饮越南咖啡而悦之，遂亦常往其店。河内咖啡店多悬两画像，一为关公，一则孙中山先生。此店亦然。"

位于昆明盘龙区闻一多公园内的闻一多、朱自清旧居

　　1941年联大文科研究所租下该房（当时的门牌号为司家营17号）用于教学、研究兼住宿使用。闻一多、朱自清在此居住期间，每周两天来回步行30余千米到联大上课。闻、朱两位先生的授课风格大相径庭，相映成趣。汪曾祺回忆说："闻一多先生讲楚辞，一开头总是'痛饮酒，熟读《离骚》，方称名士'……他上课，抽烟。上他的课的学生，也抽。"而朱自清先生上课则完全没有"名士"风度，吴组缃回忆道："（他）一手拿着讲稿，一手拿着块叠起的白手帕，一面讲，一面看讲稿，一面用手帕擦鼻子上的汗珠。他的神色总是不很镇定，面上总是泛着红……他极少说他自己的意见；偶尔说及，也是嗫嗫嚅嚅的，显得要再三斟酌词句，唯恐说溜了一个字。但说不上几句，他就好像觉得已经越出了范围，极不妥当，赶快打住，于是连连用他那叠起的白手帕抹汗珠"，"他所讲的，若发现错误，下次上班必严重地提出更正，说：'对不起，请原谅我。请你们翻出笔记本改一改。'"

写在"西南联大通识课"丛书出版前

　　在艰苦的抗日战争时期，为赓续中华民族的文化血脉，北京大学、清华大学、南开大学以国家民族大义为己任，辗转南迁，在祖国的西南边陲合组国立西南联合大学（简称"西南联大"）在极度简陋的环境中坚持办学。近九年的弦歌不辍中，西南联大以文化抗衡日本帝国主义的铁骑，竖起了一座高等教育史的丰碑，为国家民族留下一笔宝贵的历史财富的同时，亦为现代的中国在对话世界的过程中展示了中华民族在艰难岁月中坚韧不拔的精神气质，赢得世界的认可。

　　历史虽然过去八十多年，但是西南联大以其坚守、奋发、卓越，向我们展示了中华民族在寻求民族独立、民族解放、民族富强的道路上的决心。西南联大以她的方式在教学、科研、育人、生活、服务社会等多维的方面，既为我们记录了他们对古老中国深沉的爱，也以时间画卷展现了他们在民族危亡中始终坚定胜利和孜孜寻求中国现代化的出路，并且拼命追赶着世界的步伐。为此，我始终对西南联大抱有着崇高的敬意和仰望。

我想这套书的出版，既是为历史保存，也是为时代讲述。从书中我们可以从细微处感知那一代人他们是那么深沉地爱着她的国家，爱着她的人民。我们会发现，抗战中的西南联大从历史走来，回归到了百年的民族梦想和现代化的道路中来审视她的价值。我想，细心的读者可以发现，历史从未走远。

用朱光潜先生的话来做引：读书不在多，最重要的是选得精，读得彻底。期待读者在选读中，我们一起可以慢慢从历史、哲学、文学、美学的一个个侧面品味西南联大与现代中国是如何向世界讲述中国故事。这便是我读这套书的感受。是为序。

西南联大博物馆馆长
李红英
于西南联大旧址
2022 年 10 月 12 日

编者的话

西南联大诞生于民族存亡之关头，与抗日战争相始终。前后虽仅 8 年多时间，但其以延续中华文脉为使命的"刚毅坚卓"，"内树学术自由之规模，外来民主堡垒之称号，违千夫之诺诺，作一士之谔谔"（西南联大碑文语），培育了众多国家级、世界级的人才。不仅创造了世界教育史上的伟大奇迹，更引领思想，开启了中国现代文化史上的绚烂篇章。

弗尼吉亚大学约翰·伊瑟雷尔教授说，"这所大学的遗产是属于全人类的"。"西南联大通识读课"丛书，正是我们以虔诚之心，整理、保留联大知识遗产所作的努力。

联大之所以学术、育才成果辉煌，是因其在高压之下仍坚持教授治校、学术自由的校风宗旨，也得益于其贯彻实施通识教育理念。通识教育 (general education) 是指对所有学生所普遍进行的共同文化教育，包括基础性的语言、文化、历史、科学知识的传授，公民意识的陶冶，个性的熏陶，以及不直接服务于专业教育的人人皆需的一些实际能力的培养，目的在于完备学生知识结构，让其"通"和"专"的教育互为成就，进步空间更大。

近年来，"通识"学习需求在社会中表现得越来越普遍，对自己知识素养有所要求的人，亦会主动寻找通识读物为自己充电。这让我们产生了将联大教授的讲义、学术成果整理编辑为适用当下的通识读本的想法，也为保留传承联大知识遗产做出一点小小贡献。

文学、历史、哲学、美学，是基础性的通识课题，因此我们首先设定这四门学科来编辑通识课读本。

通识课有系统性，所以我们先根据学科框架设定章节，再从联大相应教授的讲义和学术成果中选取相应内容构成全书。

即便我们设定了每本书的主题，但由于同时选入多位教授的作品，因教授风格之不同，使得篇章之间也显示为不同风格。不过，这也正好是西南联大包容自由、百花齐放的具体表现。

联大教授当时的授课讲义多有遗失，极少部分由后人或学生整理成书。这些后期整理而成的出版物，成为我们的内容来源之一。更多教授的讲义，后被教授本人修订或展开重写，成为其学术著作的一部分。其学术著作，就成为我们的又一内容来源。因此，我们的"西南联大通识课"丛书基本忠实于联大课堂所讲内容，但形态已经不完全是讲义形态。

为了更清晰地表现通识课读本结构，我们对部分文章进行了重拟标题以及分节的处理。重拟标题以及分节在书中具体以编者注的方式给予说明。

系列丛书所选教授均曾在西南联大任教。需要特别提及的是胡适先生。胡适先生在联大筹备中起了重要作用，并一度受聘为联大文学院院长，虽然他并未在联大具体任课，但为保持通识课读本的系统性，以及彰显胡适先生的作品价值，在"哲学""历史"和"文学"均收入了胡适先生部分篇目。

由于时代语言习惯不同形成的文字差异，编者对其按现今的使用方法作了统一处理。译名亦均改为现在标准的通用译名。

《西南联大文学通识课》一书按文学史发展顺序编排，共六个部分："诗文概说""先秦""秦汉魏晋南北朝""隋唐五代""宋元""明清"。篇目选自朱自清、胡适、闻一多、陈寅恪、浦江清五位先生的讲义和学术成果。

目　录

第一章

中国诗文概说

历代诗各有胜场，

也各有短处，只要知道新、变，便是进步，

这些争论是都不成问题的。

朱自清 （1898—1948） 西南联大中文系主任、教授

原名自华，后改名自清，字佩弦，曾担任清华大学中国
文学系教授、西南联大中国文学系主任和教授，中国现
代散文家、诗人、学者。一生著作颇丰，有《荷塘月
色》《背影》等散文名篇。

诗

朱自清

汉武帝立乐府，采集代、赵、秦、楚的歌谣和乐谱；教李延年作协律都尉，负责整理那些歌辞和谱子，以备传习唱奏。当时乐府里养着各地的乐工好几百人，大约便是演奏这些乐歌的。歌谣采来以后，他们先审查一下。没有谱子的，便给制谱；有谱子的，也得看看合式不合式，不合式的地方，便给改动一些。这就是"协律"的工作。歌谣的"本辞"合乐时，有的保存原来的样子，有的删节，有的加进些复沓的甚至不相干的章句。"协律"以乐为主，只要合调，歌辞通不通，他们是不大在乎的。他们有时还在歌辞中夹进些泛声；"辞"写大字，"声"写小字。但流传久了，声辞混杂起来，后世便不容易看懂了。这种种乐歌，后来称为"乐府诗"，简称就叫"乐府"。北宋太原郭茂倩收集汉乐府以下历代合乐的和不合乐的歌谣，以及模拟之作，成为一书，题作《乐府诗集》；他所谓"乐府诗"，范围是很广的。就中汉乐府，沈约《宋书·乐志》特称为"古辞"。

汉乐府的声调和当时称为"雅乐"的三百篇不同，所采取的是新调子。这种新调子有两种："楚声"和"新声"。屈原的辞可为楚声的代表。汉高祖是楚人，喜欢楚声；楚声比雅乐好听。一般人不用说也是喜欢楚声。楚声便成了风气。武帝时乐府所采的歌谣，楚以外虽然还有代、赵、秦各地的，但声调也许差不很多。那时却又输入了新声；新声出于西域和北狄的军歌。李延年多采取这种调子唱奏歌谣，从此大行，楚声便让压下去了。楚声句调比较雅乐参差得多，新声的更比楚声参差得多。可是楚声里也有整齐的五言，楚调曲里各篇更全然如此，像著名的《白头吟》《梁甫吟》《怨歌行》都是的。这就是五言诗的源头。

汉乐府以叙事为主。所叙的社会故事和风俗最多，历史及游仙的故事也占一部分。此外便是男女相思和离别之作，格言式的教训，人生的慨叹等等。这些都是一般人所喜欢的题材。用一般人所喜欢的调子，歌咏一般人所喜欢的题材，自然可以风靡一世。哀帝即位，却以为这些都是不正经的乐歌；他废了乐府，裁了多一半乐工——共四百四十一人，——大概都是唱奏各地乐歌的。当时颇想恢复雅乐，但没人懂得，只好罢了。不过一般人还是爱好那些乐歌。这风气直到汉末不变。东汉时候，这些乐歌已经普遍化，文人仿作的渐多；就中也有仿作整齐的五言的，像班固《咏史》。但这种五言的拟作极少；而班固那一首也未成熟，钟嵘在《诗品序》里评为"质木无文"，是不错的。直到汉末，一般文体都走向整炼一路，试验这五言体的便多起来；而最高的成就是《文选》所录的《古诗十九首》。

旧传最早的五言诗，是《古诗十九首》和苏武、李陵诗；说"十九首"里有七首是枚乘作的，和苏、李诗都出现于汉武帝时代。但据近来的研究，这十九首古诗实在都是汉末的作品；苏、李诗虽题了苏、李的名字，却不合于他们的事迹，从风格上看，大约也和"十九首"出现在差不多的时候。这十九首古诗并非一人之作，也非一时之作，但都模拟言情的乐府。歌咏的多是相思离别，以及人生无常当及时行乐的意思；也有对于邪臣当道、贤人放逐、朋友富贵相忘、知音难得等事的慨叹。这些都算是普遍的题材；但后一类是所谓"失志"之作，自然兼受了《楚辞》的影响。钟嵘评古诗，"可谓几乎一字千金"。因为所咏的几乎是人人心中所要说的，却不是人人口中、笔下所能说的，而又能够那样平平说出，曲曲说出，所以是好。"十九首"只像对朋友说家常话，并不在字面上用功夫，而自然达意，委婉尽情，合于所谓"温柔敦厚"的诗教。到唐为止，这是五言诗的标准。

汉献帝建安年间（西元一九六—二一九），文学极盛，曹操和他的儿子曹丕、曹植兄弟是文坛的主持人；而曹植更是个大诗家。这时乐府声调已多失传，他们却用乐府旧题，改作新词；曹丕、曹植兄弟尤其努力在五言体上。他们一班人也作独立的五言诗，叙游宴、述恩荣，开后来应酬一派。但只求明白诚恳，还是歌谣本色。就中曹植在曹丕做了皇帝之后，颇受猜忌，忧患的情感，时时流露在他的作品里。诗中有了"我"，所以独成大家。这时候五言作者既多，开始有了工拙的评论，曹丕说刘桢"五言诗之善者，妙绝时人"，便是例子。但真正奠定了五言诗的基础是魏代的阮籍，他是第一个用全力作五言诗的人。

阮籍是老、庄和屈原的信徒。他生在魏晋交替的时代，眼见司马氏三代专权，欺负曹家，压迫名士，一肚皮牢骚只得发泄在酒和诗里。他作了《咏怀诗》八十多首，述神话，引史事，叙艳情，托于鸟兽草木之名，主旨不外说富贵不能常保，祸患随时可至，年岁有限，一般人钻在利禄的圈子里，不知放怀远大，真是可怜之极。他的诗充满了这种悲悯的情感，"忧思独伤心"一句可以表现。这里《楚辞》的影响很大；钟嵘说他"源出于《小雅》"，似乎是皮相之谈。本来五言诗自始就脱不了《楚辞》的影响，不过他尤其如此。他还没有用心琢句；但语既浑括，譬喻又多，旨趣更往往难详。这许是当时的不得已，却因此增加了五言诗文人化的程度。他是这样扩大了诗的范围，正式成立了抒情的五言诗。

晋代诗渐渐排偶化、典故化。就中左思的《咏史诗》，郭璞的《游仙诗》，也取法《楚辞》，借古人及神仙抒写自己的怀抱，为后世所宗。郭璞是东晋初的人。跟着就流行了一派玄言诗。孙绰、许询是领袖。他们作诗，只是融化老、庄的文句，抽象说理，所以钟嵘说像"道德论"。这种诗千篇一律，没有"我"；《兰亭集诗》各人所作四言、五言各一首，都是一个味儿，正是好例。但在这种影响下，却孕育了陶渊明和谢灵运两个大诗人。陶渊明，浔阳柴桑人，做了几回小官，觉得做官不自由，终于回到田园，躬耕自活。他也是老、庄的信徒，从躬耕里领略到自然的恬美和人生的道理。他是第一个将田园生活描写在诗里的人。他的躬耕免祸的哲学也许不是新的，可都是他从真实生活里体验得来的，与口头的玄理不同，所以亲切有味。诗也不妨说理，但须有理趣，他的诗能够做到这一步。他作诗也只求明白诚恳，不排不典；他的诗是散文化的。这违反了当时的趋势，所以《诗品》只将他放在中品里。但他后来确成了千古"隐逸诗人之宗"。

谢灵运，宋时做到临川太守。他是有政治野心的，可是不得志。他不但是老、庄的信徒，也是佛的信徒。他最爱游山玩水，常常领了一群人到处探奇访胜；他的自然的哲学和出世的哲学教他沉溺在山水的清幽里。他是第一个在诗里用全力刻画山水的人；他也可以说是第一个用全力雕琢字句的人。他用排偶，用典故，却能创造新鲜的句子；不过描写有时不免太繁重罢了。他在赏玩山水的时候，也常悟到一些隐遁的、超旷的人生哲理；但写到诗里，不能和那精巧的描写打成一片，像硬装进去似的。这便不如陶渊明的理趣足，但比那些"道德论"自然高妙得多。陶诗教给人怎样赏味田园，谢诗教给人怎样赏味山水；他们都是发现自然的诗人。陶是写意，谢是工笔。谢诗从制题到造句，无一不是工笔。他开了后世诗人着意描写的路子；他所以成为大家，一半也在这里。

齐武帝永明年间（西元四八三—四九三），"声律说"大盛。四声的分别，平仄的性质，双声叠韵的作用，都有人指出，让诗文作家注意。从前只着重句末的韵，这时更着重句中的"和"；"和"就是念起来顺口，听起来顺耳。从此诗文都力求谐调，远于语言的自然。这时的诗，一面讲究用典，一面讲究声律，不免有侧重技巧的毛病。到了梁简文帝，又加新变，专咏艳情，称为"宫体"，诗的境界更狭窄了。

这种形式与题材的新变，一直影响到唐初的诗。这时候七言的乐歌渐渐发展。汉、魏文士仿作乐府，已经有七言的，但只零星偶见，后来舞曲里常有七言之作。到了宋代，鲍照有《行路难》十八首，人生的感慨颇多，和舞曲描写声容的不一样，影响唐代的李白、杜甫很大。但是梁以来七言的发展，却还跟着舞曲的路子，不跟着鲍照的路子。这些都是宫体的谐调。

唐代谐调发展，成立了律诗绝句，称为近体；不是谐调的诗，称为古体；又成立了古、近体的七言诗。古体的五言诗也变了格调，这些都是划时代的。初唐时候，大体上还继续着南朝的风气，辗转在艳情的圈子里。但是就在这时候，沈佺期、宋之间奠定了律诗的体制。南朝论声律，只就一联两句说：沈、宋却能看出谐调有四种句式。两联四句才是谐调的单位，可以称为周期。这单位后来写成"仄仄平平仄平平仄仄平　平平平仄仄　仄仄仄平平"的谱。沈、宋在一首诗里用两个周期，就是重叠一次；这样，声调便谐和富厚，又不致单调。这就是八句的律诗。律有"声律""法律"两义。律诗体制短小，组织必须经济，才能发挥它的效力；"法律"便是这个意思。但沈、宋的成就只在声律上，"法律"上的进展，还等待后来的作家。

宫体诗渐渐有人觉得腻味了；陈子昂、李白等说这种诗颓靡浅薄，没有价值。他们不但否定了当时古体诗的题材，也否定了那些诗的形式。他们的五言古体，模拟阮籍的《咏怀》，但是失败了。一般作家却只大量的仿作七言的乐府歌行，带着多少的排偶与谐调。——当时往往就这种歌行里截取谐调的四句入乐奏唱。——可是李白更撇开了排偶和谐调，作他的七言乐府。李白，蜀人，明皇时作供奉翰林；触犯了杨贵妃，不能得志。他是个放流不羁的人，便辞了职，游山水，喝酒，作诗。他的乐府很多，取材很广；他是借着乐府旧题来抒写自己生活的。他的生活态度是出世的；他作诗也全任自然。人家称他为"天上谪仙人"；这说明了他的人和他的诗。他的歌行增进了七言诗的价值；但他的绝句更代表着新制。绝句是五言或七言的四句，大多数是谐调。南北朝民歌中，五言四句的谐调最多，影响了唐人；南朝乐府里也有七言四句的，但不太多。李白和别的诗家纷纷制作，大约因为当时输入的西域乐调宜于这体制，作来可供宫廷及贵人家奏唱。绝句最短小，贵储蓄，忌说尽。李白所作，自然而不觉费力，并且暗示着超远的境界；他给这新体诗立下了一个标准。

但是真正继往开来的诗人是杜甫。他是河南巩县人。安禄山陷长安，肃宗在灵武即位，他从长安逃到灵武，做了"左拾遗"的官，因为谏救房琯，被放了出去。那时很乱，又是荒年，他辗转流落到成都，依靠故人严武，做到"检校工部员外郎"，所以后来称为杜工部。他在蜀中住了很久。严武死后，他避难到湖南，就死在那里。他是儒家的信徒："致君尧舜上，再使风俗淳"是他的素志。又身经乱离，亲见了民间疾苦。他的诗努力描写当时的情形，发抒自己的感想。唐代以诗取士，诗原是应试的玩意儿；诗又是供给乐工歌伎唱了去伺候宫廷及贵人的玩意儿。李白用来抒写自己的生活，杜甫用来抒写那个大时代，诗的领域扩大了，价值也增高了。而杜甫写"民间的实在痛苦，社会的实在问题，国家的实在状况，人生的实在希望与恐惧"，更给诗开辟了新世界。

他不大仿作乐府，可是他描写社会生活正是乐府的精神；他的写实的态度也是从乐府来的。他常在诗里发议论，并且引证经史百家；但这些议论和典故都是通过了他的满腔热情奔进出来的，所以还是诗。他这样将诗历史化和散文化；他这样给诗创造了新语言。古体的七言诗到他手里正式成立；古体的五言诗到他手里变了格调。从此"温柔敦厚"之外，又开了"沉着痛快"一派。五言律诗，王维、孟浩然已经不用来写艳情而来写山水；杜甫却更用来表现广大的实在的人生。他的七言律诗，也是如此。他作律诗很用心在组织上。他的五言律诗最多，差不多穷尽了这体制的变化。他的绝句直述胸怀，嫌没有余味；但那些描写片段的生活印象的，却也不缺少暗示的力量。他也能欣赏自然，晚年所作，颇有清新的刻画的句子。他又是个有谐趣的人，他的诗往往透着滑稽的风味。但这种滑稽的风味和他的严肃的态度调和得那样恰到好处，一点也不至于减损他和他的诗的身份。

杜甫的影响直贯到两宋时代；没有一个诗人不直接、间接学他的，没有一个诗人不发扬光大他的。古文家韩愈，跟着他将诗进一步散文化；而又造奇喻，押险韵，铺张描写，像汉赋似的。他的诗逞才使气，不怕说尽，是"沉着痛快"的诗。后来有元稹、白居易二人在政治上都升沉了一番；他们却继承杜甫写实的表现人生的态度。他们开始将这种态度理论化，主张诗要"上以补察时政，下以泄导人情"，"嘲风雪，弄花草"是没有意义的。他们反对雕琢字句，主张诚实自然。他们将自己的诗分为"讽喻"的和"非讽喻"的两类。他们的诗却容易懂，又能道出人人心中的话，所以雅俗共赏，一时风行。当时最流传的是他们新创的谐调的七言叙事诗，所谓"长庆体"的，还有社会问题诗。

　　晚唐诗向来推李商隐、杜牧为大家。李一生辗转在党争的影响中。他和温庭筠并称；他们的诗又走回艳情一路。他们集中力量在律诗上，用典精巧，对偶整切。但李学杜、韩，器局较大；他的艳情诗有些实是政治的譬喻，实在是感时伤事之作。所以地位在温之上。杜牧做了些小官儿，放荡不羁，而很负盛名，人家称为小杜——老杜是杜甫。他的诗词采华艳，却富有纵横气，又和温、李不同。然而都可以归为绮丽一派。这时候别的诗家也集中力量在律诗上。一些人专学张籍、贾岛的五言律，这两家都重苦吟，总捉摸着将平常的题材写得出奇，所以思深语精，别出蹊径。但是这种诗写景有时不免琐屑，写情有时不免偏僻，便觉不大方。这是僻涩一派。另一派出于元、白，作诗如说话，嬉笑怒骂，兼而有之，又时时杂用俗语。这是粗豪一派。这些其实都是杜甫的鳞爪，也都是宋诗的先驱；绮丽一派只影响宋初的诗，僻涩、粗豪两派却影响了宋一代的诗。

　　宋初的诗专学李商隐；末流只知道典故对偶，真成了诗玩意儿。王禹偶独学杜甫，开了新风气。欧阳修、梅尧臣接着发现了韩愈，起始了宋诗的散文化。欧阳修曾遭贬谪；他是古文家。梅尧臣一生不得志。欧诗虽学韩，却平易舒畅，没有奇险的地方。梅诗幽深淡远，欧评他"譬如妖韶女，老自有余态"，"初如食橄榄，真味久愈在"。宋诗散文化，到苏轼而极。他是眉州眉山（今四川眉山）人。因为攻击王安石新法，一辈子升沉在党争中。他将禅理大量地放进诗里，开了一个新境界。他的诗气象宏阔，铺叙宛转，又长于譬喻，真到用笔如舌的地步；但不免"掉书袋"的毛病。他门下出了一个黄庭坚，是第一个有意讲究诗的技巧的人。他是洪州分宁（今江西修水）人，也因党争的影响，屡遭贬谪，终于死在贬所。他作诗着重锻炼，着重句律；句律就是篇章字句的组织与变化。他开了江西诗派。

刘克庄《江西诗派小序》说他"荟萃百家句律之长，究极历代体制之变，搜猎奇书，穿穴异闻，作为古律，自成一家；虽只字半句不轻出"。他不但讲究句律，并且讲究运用经史以至奇书异闻，来增富他的诗。这些都是杜甫传统的发扬光大。王安石已经提倡杜诗，但到黄庭坚，这风气才昌盛。黄还是继续将诗散文化，但组织得更是经济些；他还是在创造那阔大的气象，但要使它更富厚些。他所求的是新变。他研究历代诗的利病，将作诗的规矩得失，指示给后学，教他们知道路子，自己去创造，发展到变化莫测的地步。所以能够独开一派。他不但创新，还主张点化经陈腐以为新；创新需要大才，点化陈腐，中才都可勉力作去。他不但能够"以故为新"，并且能够"以俗为雅"。其实宋诗都可以说是如此，不过他开始有意地运用这两个原则罢了。他的成就尤其在七言律上；组织固然更精密，音调也谐中有拗，使每个字都斩绝地站在纸面上，不至于随口滑过去。

南宋的三大诗家都是从江西派变化出来的。杨万里为人有气节；他的诗常常变格调。写景最工；新鲜活泼的譬喻，层见叠出，而且不碎不僻，能从大处下手。写人的情意，也能铺叙纤悉，曲尽其妙；所谓"笔端有口，句中有眼"。他作诗只是自然流出，可是一句一转，一转一意；所以只觉得熟，不觉得滑。不过就全诗而论，范围究竟狭窄些。范成大是个达官。他是个自然诗人，清新中兼有拗峭。陆游是个爱君爱国的诗人。吴之振《宋诗钞》说他学杜而能得杜的心。他的诗有两种：一种是感激豪宕、沉郁深婉之作，一种是流连光景、清新刻露之作。他作诗也重真率，轻"藻绘"，所谓"文章本天成，妙手偶得之"。他活到八十五岁，诗有万首；最熟于诗律，七言律尤为擅长。——宋人的七言律实在比唐人进步。

向来论诗的对于唐以前的五言古诗，大概推尊，以为是诗的正宗；唐以后的五言古诗，却说是变格，价值差些，可还是诗。诗以"吟咏情性"，该是"温柔敦厚"的。按这个界说，齐、梁、陈、隋的五言古诗其实也不够格，因为题材太小，声调太软，算不得"敦厚"。七言歌行及近体成立于唐代，却只能以唐代为正宗。宋诗议论多，又一味刻画，多用俗语，拗折声调。他们说这只是押韵的文，不是诗。但是推尊宋诗的却以为天下事物穷则变，变则通，诗也是如此。变是创新，是增扩，也就是进步。若不容许变，那就只有模拟，甚至只有抄袭；那种"优孟衣冠"，甚至土偶木人，又有什么意义可言！即如模拟所谓盛唐诗的，末流往往只剩了空廓的架格和浮滑的声调；要是再不变，诗道岂不真穷了？所以诗的界说应该随时扩展；"吟咏情性""温柔敦厚"诸语，也当因历代的诗词而调整原语的意义。诗毕竟是诗，无论如何地扩展与调整，总不会与文混合为一的。诗体正变说起于宋代，唐、宋分界说起于明代。其实，历代诗各有胜场，也各有短处，只要知道新、变，便是进步，这些争论是都不成问题的。

节选自朱自清文集《经典常谈》

文

朱自清

现存的中国最早的文，是商代的卜辞。这只算是些句子，很少有一章一节的。后来《周易》卦爻辞和《鲁春秋》也是如此，不过经卜官和史官按着卦爻与年月的顺序编纂起来，比卜辞显得整齐些罢了。便是这样，王安石还说《鲁春秋》是"断烂朝报"。所谓"断"，正是不成片段、不成章节的意思。卜辞的简略大概是工具的缘故；在脆而狭的甲骨上用刀笔刻字，自然不得不如此。卦爻辞和《鲁春秋》似乎没有能够跳出卜辞的氛围去；虽然写在竹木简上，自由比较多，却依然只跟着卜辞走。《尚书》就不同了。《虞书》《夏书》大概是后人追记，而且大部分是战国末年的追记，可以不论；但那几篇《商书》，即使有些是追记，也总在商、周之间。那不但有章节，并且成了篇，足以代表当时史的发展，就是叙述文的发展。而议论文也在这里面见了源头。卜辞是辞，《尚书》里大部分也是"辞"。这些都是官文书。

记言、记事的辞之外，还有讼辞。打官司的时候，原被告的口供都叫作"辞"；辞原是"讼"的意思，是辩解的言语。这种辞关系两造的利害很大，两造都得用心陈说；审判官也得用心听，他得公平地听两面儿的。这种辞也兼有叙述和议论；两造自己办不了，可以请教讼师。这至少是周代的情形。春秋时候，列国交际频繁，外交的言语关系国体和国家的利害更大，不用说更需慎重了。这也称为"辞"，又称为"命"，又合称为"辞命"或"辞令"。郑子产便是个善于辞命的人。郑是个小国，他办外交，却能教大国折服，便靠他的辞命。他的辞引古为证，宛转而有理；他的态度却坚强不屈。孔子赞美他的辞，更赞美他的"慎辞"。孔子说当时郑国的辞命，子产先教裨谌创意起草，交给世叔审查，再教行人子羽修改，末了他再加润色。他的确很慎重。辞命得"顺"，就是宛转而有理；还得"文"，就是引古为证。

孔子很注意辞命，他觉得这不是件易事，所以自己谦虚地说是办不了。但教学生却有这一科；他称赞宰我、子贡，擅长言语，"言语"就是"辞命"。那时候言文似乎是合一的。辞多指说出的言语，命多指写出的言语；但也可以兼指。各国派使臣，有时只口头指示策略，有时预备下稿子让他带着走。这都是命。使臣受了命，到时候总还得随机应变，自己想说话；因为许多情形是没法预料的。——当时言语，方言之外有"雅言"。"雅言"就是"夏言"，是当时的京话或官话。孔子讲学似乎就用雅言，不用鲁语。卜、《尚书》和辞命，大概都是历代的雅言。讼辞也许不同些。雅言用得既多，所以每字都能写出，而写出的和说出的雅言，大体上是一致的。孔子说"辞"只要"达"就成。辞是辞命，"达"是明白，辞多了像背书，少了说不明白，多少要恰如其分。辞命的重要，代表议论文的发展。

战国时代，游说之风大盛。游士立谈可以取卿相，所以最重说辞。他们的说辞却不像春秋的辞命那样从容宛转了。他们铺张局势，滔滔不绝，真像背书似的；他们的话，像天花乱坠，有时夸饰，有时诡曲，不问是非，只图激动人主的心。那时最重辩。墨子是第一个注意辩论方法的人，他主张"言必有三表"。"三表"是"上本之于古者圣王之事"，"下原察百姓耳目之实"，"废（发）以为刑政，观其中国家百姓人民之利"；便是三个标准。不过他究竟是个注重功利的人，不大喜欢文饰，"恐人怀其文，忘其'用'"，所以楚王说他"言多不辩"。——后来有了专以辩论为事的"辩者"，墨家这才更发展了他们的辩论方法，所谓《墨经》便成于那班墨家的手里。——儒家的孟、荀也重辩。孟子说："予岂好辩哉？予不得已也！"荀子也说："君子必辩。"这些都是游士的影响。但道家的老、庄，法家的韩非，却不重辩。《老子》里说，"信言不美，美言不信"，"老学"所重的是自然。《庄子》里说"大辩不言"，"庄学"所要的是神秘。韩非也注重功利，主张以法禁辩，说辩"生于上之不明"。后来儒家作《易·文言传》，也道："君子进德修业。忠信，所以进德也；修辞立其诚，所以居业也。"这不但是在暗暗地批评着游士好辩的风气，恐怕还在暗暗地批评着后来称为名家的"辩者"呢。《文言传》旧传是孔子所作，不足信；但这几句话和"辞达"论倒是合拍的。

孔子开了私人讲学的风气，从此也便有了私家的著作。第一种私家著作是《论语》，却不是孔子自作而是他的弟子们记的他的说话。诸子书大概多是弟子们及后学者所记，自作的极少。《论语》以记言为主，所记的多是很简单的。孔子主张"慎言"，痛恨"巧言"和"利口"，他向弟子们说话，大概是很质直的，弟子们体念他的意思，也只简单地记出。到了墨子和孟子，可就铺排得多。《墨子》大约也是弟子们所记。《孟子》据说是孟子晚年和他的弟子公孙丑、万章等编定的，可也是弟子们记言的体制。那时是个好辩的时代。墨子虽不好辩，却也脱不了时代影响。孟子本是个好辩的人。记言体制的恢张，也是自然的趋势。这种记言是直接的对话。由对话而发展为独白，便是"论"。初期的论，言意浑括，《老子》可为代表；后来的《墨经》，《韩非子·储说》的经，《管子》的《经言》，都是这体制。再进一步，便是恢张的论，《庄子·齐物论》等篇以及《荀子》《韩非子》《管子》的一部分，都是的。——群经诸子书里常常夹着一些韵句，大概是为了强调。后世的文也偶尔有这种例子。中国的有韵文和无韵文的界限，是并不怎样严格的。

还有一种"寓言"，借着神话或历史故事来抒论。《庄子》多用神话，《韩非子》多用历史故事，《庄子》有些神仙家言，《韩非子》是继承《庄子》的寓言而加以变化。战国游士的说辞也好用譬喻。譬喻成了风气，这开了后来辞赋的路。论是进步的体制，但还只以篇为单位，"书"的观念还没有。直到《吕氏春秋》，才成了第一部有系统的书。这部书成于吕不韦的门客之手，有十二纪、八览、六论，共有三十多万字。十二代表十二月，八是卦数，六是秦代的圣数；这些数目是本书的间架，是外在的系统，并非逻辑的秩序。汉代刘安主编《淮南子》，才按照逻辑的秩序，结构就严密多了。自从有了私家著作，学术日渐平民化。著作越过越多，流传也越过越广，"雅言"便成了凝定的文体了。后世大体采用，言文渐渐分离。战国末期，"雅言"之外，原还有齐语、楚语两种有势力的方言。但是齐语只在《春秋公羊传》里留下一些，楚语只在屈原"辞"里留下几个助词如"羌""些"等；这些都让"雅言"压倒了。

伴随着议论文的发展，记事文也有了长足的进步。这里《春秋左氏传》是一座里程碑。在前有分国记言的《国语》，《左传》从它里面取材很多。那是铺排的记言，一面以《尚书》为范本，一面让当时记言体、恢张的趋势推动着，成了这部书。其中自然免不了记事的文字；《左传》便从这里出发，将那恢张的趋势表现在记事文里。那时游士的说辞也有人分国记载，也是铺排的记言，后来成为《战国策》那部书。《左传》是说明《春秋》的，是中国第一部编年史。它最长于战争的记载；它能够将千头万绪的战事叙得层次分明，它的描写更是栩栩如生。它的记言也异曲同工，不过不算独创罢了。它可还算不得一部有自己的系统的书；它的顺序是依着《春秋》的。《春秋》的编年并不是自觉的系统，而且"断如复断"，也不成一部"书"。

汉代司马迁的《史记》才是第一部有自己的系统的史书。他创造了"纪传"的体制。他的书包括十二本纪、十表、八书、三十世家、七十列传，共五十多万字。十二是十二月，是地支，十是天干，八是卦数，三十取《老子》"三十辐共一毂"的意思，表示那些"辅弼股肱之臣"，"忠信行道以奉主上"；七十表示人寿之大齐，因为列传是记载人物的。这也是用数目的哲学作系统，并非逻辑的秩序，和《吕氏春秋》一样。这部书"厥协《六经》异传，整齐百家杂语"，以剪裁与组织见长。但是它的文字最大的贡献，还在描写人物。左氏只是描写事，司马迁进一步描写人；写人更需要精细的观察和选择，比较的更难些。班彪论《史记》"善叙事理，辩而不华，质而不野，文质相称"，这是说司马迁行文委曲自然。他写人也是如此。他又往往即事寓情，低回不尽；他的悲愤的襟怀，常流露在字里行间。明代茅坤称他"出《风》入《骚》"，是不错的。

汉武帝时候，盛行辞赋；后世说"楚辞汉赋"，真的，汉代简直可以说是赋的时代。所有的作家几乎都是赋的作家。赋既有这样压倒的势力，一切的文体，自然都受它的影响。赋的特色是铺张、排偶、用典故。西汉记事记言，都还用散行的文字，语意大抵简明；东汉就在散行里夹排偶，汉、魏之际，排偶更甚。西汉的赋，虽用排偶，却还重自然，并不力求工整；东汉到魏，越来越工整，典故也越用越多。西汉普通文字，句子很短，最短有两个字的。东汉的句子，便长起来了，最短的是四个字；魏代更长，往往用上四下六或上六下四的两句以完一意。所谓"骈文"或"骈体"，便这样开始发展。骈体出于辞赋，夹带着不少的抒情的成分；而句读整齐，对偶工丽，可以悦目，声调和谐，又可悦耳，也都助人情韵。因此能够投人所好，成功了不废的体制。

梁昭明太子在《文选》里第一次提出"文"的标准，可以说是骈体发展的指路牌。他不选经、子、史，也不选"辞"。经太尊，不可选；史"褒贬是非，纪别异同"，不算"文"；子"以立意为宗，不以能文为本"；"辞"是子史的支流，也都不算"文"。他所选的只是"事出于沉思，义归乎翰藻"之作。"事"是"事类"，就是典故；"翰藻"兼指典故和譬喻。典故用得好的，譬喻用得好的，他才选在他的书里。这种作品好像各种乐器，"并为人耳之娱"；好像各种绣衣，"俱为悦目之玩"。这是"文"，和经、子、史及"辞"的作用不同，性质自异。后来梁元帝又说："吟咏风谣，流连哀思者谓之文"，"文者，惟须绮縠纷披，宫徵靡曼，唇吻遒会，情灵摇荡"。这是说，用典故、有对偶、谐声调的抒情作品才叫作"文"呢。这种"文"大体上专指诗赋和骈体而言；但应用的骈体如章奏等，却不算在里头。汉代本已称诗赋为"文"，而以"文辞"或"文章"称记言、记事之作。骈体原也是些记言、记事之作，这时候却被提出一部分来，与诗赋并列在"文"的尊称之下，真是"附庸蔚为大国"了。

这时有两种新文体发展。一是佛典的翻译，一是群经的义疏。佛典翻译从前不是太直，便是太华；太直的不好懂，太华的简直是魏、晋人讲老、庄之学的文字，不见新义。这些译笔都不能做到"达"的地步。东晋时候，后秦主姚兴聘龟兹僧鸠摩罗什为国师，主持译事。他兼通华语及西域语；所译诸书，一面曲从华语，一面不失本旨。他的译笔可也不完全华化，往往有"天然西域之语趣"；他介绍的"西域之语趣"是华语所能容纳的，所以觉得"天然"。新文体这样成立在他的手里。但他的翻译虽能"达"，却还不能尽"信"；他对原文是不太忠实的。到了唐代的玄奘，更求精确，才能"信""达"兼尽，集佛典翻译的大成。这种新文体一面增扩了国语的词汇，也增扩了国语的句式。词汇的增扩，影响最大而易见，如现在口语里还用着的"因果""忏悔""刹那"等词，便都是佛典的译语。句式的增扩，直接的影响比较小些，但像文言里常用的"所以者何""何以故"等也都是佛典的译语。另一面，这种文体是"组织的，解剖的"。这直接影响了佛教徒的注疏和"科分"之学，间接影响了一般解经和讲学的人。

演释古人的话的有"故""解""传""注"等。用故事来说明或补充原文，叫作"故"。演释原来辞意，叫作"解"。但后来解释字句，也叫作"故"或"解"。"传"，转也，兼有"故""解"的各种意义。如《春秋左氏传》补充故事，兼阐明《春秋》辞意。《公羊传》《穀梁传》只阐明《春秋》辞意——用的是问答式的记言。《易传》推演卦爻辞的意旨，也是铺排的记言。《诗毛氏传》解释字句，并给每篇诗作小序，阐明辞意。"注"原只解释字句，但后来也有推演辞意、补充故事的。用故事来说明或补充原文，以及一般的解释辞意，大抵明白易晓。《春秋》三传和《诗毛氏传》阐明辞意，却是断章取义，甚至断句取义，所以支离破碎，无中生有。注字句的本不该有大出入，但因对于辞意的见解不同，去取字义，也有个别的标准。注辞意的出入更大。像王弼注《周易》，实在是发挥老、庄的哲学；郭象注《庄子》，更是借了《庄子》发挥他自己的哲学。南北朝人作群经"义疏"，一面便是王弼等人的影响，一面也是翻译文体的间接影响。这称为"义疏"之学。

汉、晋人作群经的注，注文简括，时代久了，有些便不容易通晓。南北朝人给这些注作解释，也是补充材料，或推演辞意。"义疏"便是这个。无论补充或推演，都得先解剖文义；这种解剖必然地比注文解剖经文更精细一层。这种精细的却不算是破坏的解剖，似乎是佛典翻译的影响。就中推演辞意的有些也只发挥老、庄之学，虽然也是无中生有，却能自成片段，便比汉人的支离破碎进步。这是王弼等人的衣钵，也是魏晋以来哲学发展的表现。这是又一种新文体的分化。到了唐修《五经正义》，削去玄谈，力求切实，只以疏明注义为重。解剖字句的功夫，至此而极详。宋人所谓"注疏"的文体，便成立在这时代。后来清代的精详的考证文，就是从这里变化出来的。

不过佛典只是佛典，义疏只是义疏，当时没有人将这些当作"文"的。"文"只用来称"沉思翰藻"的作品。但"沉思翰藻"的"文"渐渐有人嫌"浮""艳"了。"浮"是不直说，不简洁说的意思。"艳"正是隋代李谔《上文帝书》中所指斥的："连篇累牍，不出月露之形；积案盈箱，唯是风云之状。"那时北周的苏绰是首先提倡复古的人，李谔等纷纷响应。但是他们都没有找到路子，死板地模仿古人到底是行不通的。唐初，陈子昂提倡改革文体，和者尚少。到了中叶，才有一班人"宪章六艺，能探古人述作之旨"，而元结、独孤及、梁肃最著。他们作文，主于教化，力避排偶，辞取朴拙。但教化的观念，广泛难以动众，而关于文体，他们不曾积极宣扬，因此未成宗派。开宗派的是韩愈。

韩愈，邓州南阳（今河南南阳人）。唐宪宗时，他做刑部侍郎，因谏迎佛骨被贬；后来官至吏部侍郎，所以称为韩吏部。他很称赞陈子昂、元结复古的功劳，又曾请教过梁肃、独孤及。他的脾气很坏，但提携后进，最是热肠。当时人不愿为师，以避标榜之名；他却不在乎，大收其弟子。他可不愿做章句师，他说师是"传道、授业、解惑"的。他实是以文辞为教的创始者。他所谓"传道"，便是传尧、舜、禹、汤、文、武、周公、孔子、孟子的道；所谓"解惑"，便是排斥佛、老。他是以继承孟子自命的；他排佛、老，正和孟子的拒杨、墨一样。当时佛、老的势力极大，他敢公然排斥，而且因此触犯了皇帝。这自然足以惊动一世。他并没有传了什么新的道，却指示了道统，给宋儒开了先路。他的重要的贡献，还在他所提倡的"古文"上。

他说他作文取法《尚书》《春秋》《左传》《周易》《诗经》以及《庄子》《楚辞》《史记》、扬雄、司马相如等。《文先》所不收的经、子、史，他都排进"文"里去。这是一个大改革、大解放。他这样建立起文统来。但他并不死板地复古，而以变古为复古。他说："惟古于辞必己出，降而不能乃剽贼"，又说："惟陈言之务去，戛戛乎其难哉"；他是在创造新语。他力求以散行的句子换去排偶的句子，句读总弄得参参差差的。但他有他的标准，那就是"气"。他说："气盛则言之短长与声之高下者皆宜"；"气"就是自然的语气，也就是自然的音节。他还不能跳出那定体"雅言"的圈子而采用当时的白话；但有意地将白话的自然音节引到文里去，他是第一个人。在这一点上，所谓"古文"也是不"古"的；不过他提出"语气流畅"（气盛）这个标准，却给后进指点了一条明路。他的弟子本就不少，再加上私塾的，都往这条路上走，文体于是乎大变。这实在是新体的"古文"，宋代又称为"散文"——算成立在他的手里。

柳宗元与韩愈，宋代并称，他们是好朋友。柳作文取法《书》《诗》《礼》《春秋》《易》，以及《穀梁》《孟》《荀》《庄》《老》《国语》《离骚》《史记》，也将经、子、史排在"文"里，和韩的文统大同小异。但他不敢为师，"摧陷廓清"的劳绩，比韩差得多。他的学问见解，却在韩之上，并不墨守儒言。他的文深幽精洁，最工游记，他创造了描写景物的新语。韩愈的门下有难、易两派。爱易派主张新而不失自然，李翱是代表；爱难派主张新就不妨奇怪，皇甫湜是代表。当时爱难派的流传盛些。他们矫枉过正，语艰意奥，扭曲了自然的语气、自然的音节，僻涩诡异，不易读诵。所以唐末宋初，骈体文又回光返照了一下。雕琢的骈体文和僻涩的古文先后盘踞着宋初的文坛，直到欧阳修出来，才又回到韩愈与李翱，走上平正通达的古文的路。

韩愈抗颜为人师而提倡古文，形势比较难；欧阳修居高位而提倡古文，形势比较容易。明代所称唐宋八大家，韩、柳之外，六家都是宋人。欧阳修为首；以下是曾巩、王安石、苏洵和他的儿子苏轼、苏辙。曾巩、苏轼是欧阳修的门生，别的三个也都是他提拔的。他真是当时文坛的盟主。韩愈虽然开了宗派，却不曾有意立宗派；欧、苏是有意地立宗派。他们虽也提倡道，但只促进了并且扩大了古文的发展。欧文主自然。他所作纡徐曲折，而能条达舒畅，无艰难劳苦之态；最以言情见长，评者说是从《史记》脱化而出。曾学问有根底，他的文确实而谨严；王是政治家，所作以精悍胜人。三苏长于议论，得力于《战国策》《孟子》；而苏轼才气纵横，并得力于《庄子》。他说他的文"随物赋形"，"常行于所当行，常止于不可不止"；又说他意到笔随，无不尽之处。这真是自然的极致了。他的文，学的人最多。南宋有"苏文熟，秀才足"的俗谚，可见影响之大。

欧、苏以后，古文成了正宗。辞赋虽还算在古文里头，可是从辞赋出来的骈体却只拿来作应用文了。骈体声调铿锵，便于宣读，又可铺张辞藻不着边际，便于酬酢，作应用文是很相宜的。所以流传到现在，还没有完全死去。但中间却经过了散文化。自从唐代中叶的陆贽开始。他的奏议切实恳挚，绝不浮夸，而且明白晓畅，用笔如舌。唐末骈体的应用文专称"四六"，却更趋雕琢；宋初还是如此。转移风气的也是欧阳修。他多用虚字和长句，使骈体稍稍近于语气之自然。

嗣后群起仿效，散文化的骈文竟成了定体了。这也是古文运动的大收获。

唐代又有两种新文体发展。一是语录，一是"传奇"，都是佛家的影响。语录起于禅宗。禅宗是革命的宗派，他们只说法而不著书。他们大胆地将师父们的话用当时的口语记下来。后来称这种体制为语录。他们不但用这种体制记录演讲，还用来通信和讨论。这是新的记言的体制，里面夹杂着"雅言"和译语。宋儒讲学，也采用这种记言的体制，不过不大夹杂译语。宋儒的影响究竟比禅宗大得多，语录体从此便成立了，盛行了。传奇是有结构的小说。从前只有杂录或琐记的小说，有结构的从传奇起头。传奇记述艳情，也记述神怪，但将神怪人情化。这里面描写的人生，并非全是设想，大抵还是以亲切的观察做底子。这开了后来佳人才子和鬼狐仙侠等小说的先路。它的来源一方面是俳谐辞赋，一方面是翻译的佛典故事；佛典里长短的寓言所给予的暗示最多。当时文士作传奇，原来只是向科举的主考官介绍自己的一种门路。当时应举的人在考试之前，得请达官将自己姓名介绍给主考官；自己再将文章呈给主考官看。先呈正经文章，过些时再呈杂文如传奇等，传奇可以见史才、诗、笔、议论，人又爱看，是科举的很好媒介。这样的作者便日见其多了。

到了宋代，又有"话本"。这是白话小说的老祖宗。话本是"说话"的底本；"说话"略同后来的"说书"，也是佛家的影响。唐代佛家向民众宣讲佛典故事，连说带唱，本子夹杂"雅言"和口语，叫作"变文"；"变文"后来也有说唱历史故事及社会故事的。"变文"便是"说话"的源头；"说话"里也还有演说佛典这一派。"说话"是平民的艺术；宋仁宗很爱听，以后便成为专业，大流行起来了。这里面有说历史故事的，有说神怪故事的，有说社会故事的。"说话"渐渐发展，本来由一个或几个同类而不相关联的短故事，引出一个同类而不相关联的长故事的，后来却能将许多关联的故事组织起来，分为"章回"了，这是体制上一个大进步。

话本留存到现在的已经很少，但还足以见出后世的几部小说名著，如元罗贯中的《三国演义》，明施耐庵的《水浒传》，吴承恩的《西游记》，都是从话本演化出来的；不过这些已是文人的作品，而不是话本了。就中《三国志演义》还夹杂着"雅言"，《水浒传》和《西游记》便都是白话了。这里除《西游记》以设想为主外，别的都可以说是写实的。这种写实的作风在清代曹雪芹的《红楼梦》里得着充分的发展。《三国演义》等书里的故事虽然是关联的，却不是连贯的。到了《红楼梦》，组织才更严密了；全书只是一个家庭的故事。虽然包罗万象，而能"一以贯之"。这不但是章回小说，而且是近代所谓"长篇小说"了。白话小说到此大成。

明代用八股文取士，一般文人都镂心刻骨地去简练揣摩，所以极一代之盛。"股"是排偶的意思；这种体制，中间有八排文字互为对偶，所以有此称——自然也有变化，不过"八股"可以说是一般的标准。——又称为"四书，文"，因为考试里最重要的文字，题目都出在"四书"里。又称为"制艺"，因为这是朝廷法定的体制。又称为"时文"，是对古文而言。八股文也是推演经典辞意的；它的来源，往远处说，可以说是南北朝义疏之学，往近处说，便是宋、元两代的经义。但它的格律，却是从"四六"演化的。宋代定经义为考试科目，是王安石的创制；当时限用他的群经"新义"，用别说的不录。元代考试，限于"四书"，规定用朱子的章句和集注。明代制度，主要的部分也是如此。

经义的格式，宋末似乎已有规定的标准，元、明两代大体上递相承袭。但明代有两种大变化：一是排偶，一是代古人语气。因为排偶，所以讲究声调。因为代古人语气，便要描写口吻；圣贤要像圣贤口吻，小人要像小人的。这是八股文的仅有的本领，大概是小说和戏曲的不自觉的影响。八股文格律定得那样严，所以得简练揣摩，一心用在技巧上。除了口吻、技巧和声调之外，八股文里是空洞无物的。而因为那样难，一般作者大都只能套套滥调，那真是"每况愈下"了。这原是君主牢笼士人的玩意儿，但它的影响极大；明、清两代的古文大家几乎没有一个不是八股文出身的。

清代中叶，古文有桐城派，便是八股文的影响。诗人作家自己标榜宗派，在前只有江西诗派，在后只有桐城文派。桐城派的势力，绵延了二百多年，直到民国初期还残留着；这是江西派比不上的。桐城派的开山祖师是方苞，而姚鼐集其大成。他们都是安徽桐城人，当时有"天下文章在桐城"的话，所以称为桐城派。方苞是八股文大家。他提倡归有光的文章，归也是明代八股文兼古文大家。方是第一个提倡"义法"的人。他论古文以为"六经"和《论语》《孟子》是根源，得其支流而义法最精的是《左传》《史记》；其次是《公羊传》《穀梁传》《国语》《国策》，两汉的书和疏，唐宋八家文——再下怕就要数到归有光了。这是他的，也是桐城派的文统论。"义"是用意，是层次；"法"是求雅、求洁的条目。雅是纯正不杂，如不可用语录中语、骈文中丽语、汉赋中板重字法、诗歌中俊语、《南史》《北史》中佻巧语以及佛家语。后来姚鼐又加注疏语和尺牍语。洁是简省字句。这些法其实都是从八股文的格律引申出来的。方苞论文，也讲"阐道"；他是信程、朱之学的，不过所入不深罢了。

　　方苞受八股文的束缚太甚，他学得的只是《史记》、欧、曾、归的一部分，只是严整而不雄浑，又缺乏情韵。姚鼐所取法的还是这几家，虽然也不雄浑，却能"迂回荡漾，余味曲包"，这是他的新境界。《史记》本多含情不尽之处，所谓远神的。欧文颇得此味，归更向这方面发展——最善述哀，姚简直用全力揣摩。他的老师刘大櫆指出作文当讲究音节，音节是神气的迹象，可以从字句下手。姚鼐得了这点启示，便从音节上用力，去求得那绵邈的情韵。他的文真是所谓"阴与柔之美"。他最主张诵读，又最讲究虚助字，都是为此，但这分明是八股讲究声调的转变。刘是雍正副榜，姚是乾隆进士，都是用功八股文的。当时汉学家提倡考据，不免烦琐的毛病。姚鼐因此主张义理、考据、词章三端相济，偏废的就是"陋"儒。但他的义理不深，考据多误，所有的还只是词章本领。他选了《古文辞类纂》；序里虽提到"道"，书却只成为古文的典范。书中也不选经、子、史；经也因为太尊，子、史却因为太多。书中也选辞赋。这部选本是桐城派的经典，学文必由于此，也只需由于此。方苞评归有光的文庶几"有序"，但"有物之言"太少。曾国藩评姚鼐也说一样的话，其实桐城派都是如此。攻击桐城派的人说他们空疏浮浅，说他们范围太窄，全不错；但他们组织的技巧，言情的技巧，也是不可抹杀的。

姚鼐以后，桐城派因为路太窄，渐有中衰之势。这时候仪征阮元提倡骈文正统论。他以《文选序》和南北朝"文""笔"的分别为根据，又扯上传为孔子作的《易·文言传》。他说用韵用偶的才是文，散行的只是笔，或是"直言"的"言"，"论难"的"语"。古文以立意、记事为宗，是子、史正流，终究与文章有别。《文言传》多韵语、偶语，所以孔子才题为"文"言。阮元所谓韵，兼指句末的韵与句中的"和"而言。原来南北朝所谓"文""笔"，本有两义："有韵为文，无韵为笔"，是当时的常言。——韵只是句末韵。阮元根据此语，却将"和"也算是韵，这是曲解一。梁元帝说有对偶、谐声调的抒情作品是文，骈体的章奏与散体的著述都是笔。阮元却只以散体为笔，这是曲解二。至于《文言传》，固然称"文"，却也称"言"，况且也非孔子所作——这更是附会了。他的主张，虽然也有一些响应的人，但是不成宗派。

曾国藩出来，中兴了桐城派。那时候一般士人，只知作八股文；另一面汉学、宋学的门户之争，却越来越多厉害，各走偏锋。曾国藩为补偏救弊起见，便就姚鼐义理、考据、词章三端相济之说加以发扬光大。他反对当时一般考证文的芜杂琐碎，也反对当时崇道贬文的议论，以为要明先王之道，非精研文字不可；各家著述的见解多寡，也当以他们的文为衡量的标准。桐城文的病在弱在窄，他却能以深博的学问、弘通的见识、雄直的气势，使它起死回生。他才真回到韩愈，而且胜过韩愈。他选了《经史百家杂钞》，将经、史、子也收入选本里，让学者知道古文的源流，文统的一贯，眼光便比姚鼐远大得多。他的幕僚和弟子极众，真是登高一呼，群山四应。这样延长了桐城派的寿命几十年。

但"古文不宜说理"，从韩愈就如此。曾国藩的力量究竟也没有能够补救这个缺陷于一千年之后。而海通以来，世变日亟，事理的繁复，有些绝非古文所能表现。因此聪明才智之士渐渐打破古文的格律，放手做去。到了清末，梁启超先生的"新文体"可算登峰造极。他的文"时杂以俚语、韵语及外国语法，纵笔所至不检束，学者竞效之。而条理明晰，笔锋常带情感，对于读者，别有一种魔力"。但这种"魔力"也不能持久；中国的变化实在太快，这种"新文体"又不够用了。胡适之先生和他的朋友们这才起来提倡白话文，经过五四运动，白话文是畅行了。这似乎又回到古代言文合一的路。然而不然。这时代是第二回翻译的大时代。白话文不但不全跟着国语的口语走，也不全跟着传统的白话走，却有意地跟着翻译的白话走。这是白话文的现代化，也就是国语的现代化。中国一切都在现代化的过程中，语言的现代化也是自然的趋势，并不足怪的。

节选自朱自清文集《经典常谈》

第二章

先秦

|

（旧石器时期—公元前 221 年）

他们要打破现实的有限的世界，

用幻想创出一个无限的世界来。

在这无限的世界里，

所有的都是神话里的人物；

有些是美丽的，也有些是丑怪的。

先秦诸子

朱自清

　　春秋末年，封建制度开始崩坏，贵族的统治权，渐渐维持不住。社会上的阶级，有了紊乱的现象。到了战国，更看见农奴解放，商人抬头。这时候一切政治的、社会的、经济的制度，都起了根本的变化。大家平等自由，形成了一个大解放的时代。在这个大变动当中，一些才智之士对于当前的形势，有种种的看法，有种种的主张；他们都想收拾那动乱的局面，让它稳定下来。有些倾向于守旧的，便起来拥护旧文化、旧制度；向当世的君主和一般人申述他们拥护的理由，给旧文化、旧制度找出理论上的根据。也有些人起来批评或反对旧文化、旧制度，又有些人要修正那些。还有人要建立新文化、新制度来代替旧的；还有人压根儿反对一切文化和制度。这些人也都根据他们自己的见解各说各的，都"持之有故，言之成理"。这便是诸子之学，大部分可以称为哲学。这是一个思想解放的时代，也是一个思想发达的时代，在中国学术史里是稀有的。

　　诸子都出于职业的"士"。"士"本是封建制度里贵族的末一级；但到了春秋、战国之际，"士"成了有才能的人的通称。在贵族政治未崩坏的时候，所有的知识、礼、乐等等，都在贵族手里，平民是没份的。那时有知识技能的专家，都由贵族专养专用，都是在官的。到了贵族政治崩坏以后，贵族有的失了势，穷了，养不起自用的专家。这些专家失了业，流落到民间，便卖他们的知识技能为生。凡有权有钱的都可以临时雇用他们；他们起初还是伺候贵族的时候多，不过不限于一家贵族罢了。这样发展了一些自由职业；靠这些自由职业为生的，渐渐形成了一个特殊阶级，便是"士农工商"的"士"。这些"士"，这些专家，后来居然开门授徒起来。徒弟多了，声势就大了，地位也高了。他们除掉执行自己的职业之外，不免根据他们专门的知识技能，研究起当时的文化和制度来了。这就有了种种看法和主张。各"思以其道易天下"。诸子百家便是这样兴起的。

第一个开门授徒发扬光大那非农非工非商非官的"士"的阶级的，是孔子。孔子名丘，他家原是宋国的贵族，贫寒失势，才流落到鲁国去。他自己做了一个儒士；儒士是以教书和相礼为职业的，他却只是一个"老教书匠"。他的教书有一个特别的地方，就是"有教无类"。他大招学生，不问身家，只要缴相当的学费就收；收来的学生，一律教他们读《诗》《书》等名贵的古籍，并教他们礼、乐等功课。这些从前是只有贵族才能够享受的，孔子是第一个将学术民众化的人。他又带着学生，周游列国，说当世的君主；这也是从前没有的。他一个人开了讲学和游说的风气，是"士"阶级的老祖宗。他是旧文化、旧制度的辩护人，以这种姿态创始了所谓儒家。所谓旧文化、旧制度，主要的是西周的文化和制度，孔子相信是文王、周公创造的。继续文王、周公的事业，便是他给他自己的使命。他自己说，"述而不作，信而好古"；所述的，所信所好的，都是周代的文化和制度。《诗》《书》《礼》《乐》等是周文化的代表，所以他拿来作学生的必修科目。这些原是共同的遗产，但后来各家都讲自己的新学说，不讲这些；讲这些的始终只有述而不作的儒家。因此《诗》《书》《礼》《乐》等便成为儒家的专有品了。

孔子是个博学多能的人，他的讲学是多方面的。他讲学的目的在于养成"人"，养成为国家服务的人，并不在于养成某一家的学者。他教学生读各种书，学各种功课之外，更注重人格的修养。他说为人要有真性情，要有同情心，能够推己及人，这所谓"直""仁""忠""恕"；一面还得合乎礼，就是遵守社会的规范。凡事只问该做不该做，不必问有用无用；只重义，不计利。这样人才配去干政治，为国家服务。孔子的政治学说，是"正名主义"。他想着当时制度的崩坏，阶级的紊乱，都是名不正的缘故。君没有君道，臣没有臣道，父没有父道，子没有子道，实和名不能符合起来，天下自然乱了。救时之道，便是"君君，臣臣，父父，子子"；正名定分，社会的秩序，封建的阶级便会恢复的。他是给封建制度找了一个理论的根据。这个正名主义，又是从《春秋》和古史官的种种书法归纳得来的。他所谓"述而不作"，其实是以述为作，就是理论化旧文化、旧制度，要将那些维持下去。他对于中国文化的贡献，便在这里。

孔子以后，儒家还出了两位大师，孟子和荀子。孟子名轲，邹人；荀子名况，赵人。这两位大师代表儒家的两派。他们也都拥护周代的文化和制度，但是更进一步地加以理论化和理想化。孟子说人性是善的。人都有恻隐心、羞恶心、辞让心、是非心；这便是仁、义、礼、智等善端，只要能够加以扩充，便成善人。这些善端，又总称为"不忍人之心"。圣王本于"不忍人之心"，发为"不忍人之政"，便是"仁政"，"王政"。一切政治的、经济的制度都是为民设的，君也是为民设的——这却已经不是封建制度的精神了。和王政相对的是霸政。霸主的种种制作设施，有时也似乎为民，其实不过是达到好名、好利、好尊荣的手段罢了。荀子说人性是恶的。性是生之本然，里面不但没有善端，还有争夺、放纵等恶端。但是人有相当聪明才力，可以渐渐改善学好；积久了，习惯自然，再加上专一的功夫，可以到圣人的地步。所以善是人为的。孟子反对功利，他却注重它。他论王霸的分别，也从功利着眼。孟子注重圣王的道德，他却注重圣王的威权。他说生民之初，纵欲相争，乱得一团糟；圣王建立社会国家，是为明分、息争的。礼是社会的秩序和规范，作用便在明分；乐是调和情感的，作用便在息争。他这样从功利主义出发，给一切文化和制度找到了理论的根据。

儒士多半是上层社会的失业流民；儒家所拥护的制度，所讲、所行的道德，也是上层社会所讲、所行的。还有原业农工的下层失业流民，却多半成为武士。武士是以帮人打仗为职业的专家。墨翟便出于武士。墨家的创始者墨翟，鲁国人，后来做到宋国的大夫，但出身大概是很微贱的。"墨"原是做苦工的犯人的意思，大概是个诨名；"翟"是名字。墨家本是贱者，也就不辞用那个诨名自称他们的学派。墨家是有团体组织的，他们的首领叫作"巨子"；墨子大约就是第一任"巨子"。他们不但是打仗的专家，并且是制造战争器械的专家。

但墨家和别的武士不同，他们是有主义的。他们虽以帮人打仗为生，却反对侵略的打仗；他们只帮被侵略的弱小国家做防卫的工作。《墨子》里只讲守的器械和方法，攻的方面，特意不讲。这是他们的"非攻"主义。他们说天下大害，在于人的互争；天下人都该视人如己，互相帮助，不但利他，而且利己。这是"兼爱"主义。墨家更注重功利，凡于国家人民有利的事情，才认为有价值。国家人民，利在富庶；凡能使人民富庶的事物是有用的，别的都是无益或有害。他们是平民的代言人，所以反对贵族的周代的文化和制度。他们主张"节葬""短丧""节用""非乐"，都和儒家相反。他们说他们是以节俭勤苦的夏禹为法的。他们又相信有上帝和鬼神，能够赏善罚恶；这也是下层社会的旧信仰。儒家和墨家其实都是守旧的，不过，一个守原来上层社会的旧，一个守原来下层社会的旧罢了。

压根儿反对一切文化和制度的是道家。道家出于隐士。孔子一生曾遇到好些"避世"之士；他们着实讥评孔子。这些人都是有知识学问的。他们看见时世太乱，难以挽救，便消极起来，对于世事，取一种不闻不问的态度。他们讥评孔子"知其不可而为之"，费力不讨好；他们自己便是知其不可而不为的、独善其身的聪明人。后来有个杨朱，也是这一流人，他却将这种态度理论化了，建立"为我"的学说。他主张"全生保真，不以物累形"；将天下给他，换他小腿上一根汗毛，他是不干的。天下虽大，是外物；一根毛虽小，却是自己的一部分。所谓"真"，便是自然。杨朱所说的只是教人因生命的自然，不加伤害；"避世"便是"全生保真"的路。不过世事变化无穷，避世未必就能避害，杨朱的教义到这里却穷了。老子、庄子的学说似乎便是从这里出发，加以扩充的。杨朱实在是道家的先锋。

老子相传姓李名耳，楚国隐士。楚人是南方新兴的民族，受周文化的影响很少；他们往往有极新的思想。孔子遇到那些隐士，也都在楚国，这似乎不是偶然的。庄子名周，宋国人，他的思想却接近楚人。老学以为宇宙间事物的变化，都遵循一定的公律，在天然界如此，在人事界也如此。这叫作"常"。顺应这些公律，便不须避害，自然能避害。所以说，"知常曰明"。事物变化的最大公律是物极则反。处世接物，最好先从反面下手。"将欲翕之，必固张之；将欲弱之，必固强之；将欲废之，必固兴之；将欲夺之，必固与之。""大直若屈，大巧若拙，大辩若讷。"这样以退为进，便不至于有什么冲突了。因为物极则反，所以社会上、政治上种种制度，推行起来，结果往往和原来目的相反。"法令滋彰，盗贼多有。"治天下本求有所作为，但这是费力不讨好的，不如排除一切制度，顺应自然，无为而为，不治而治。那就无不为，无不治了。自然就是"道"，就是天地万物所以生的总原理。物得道而生，是道的具体表现。一物所以生的原理叫作"德"，"德"是"得"的意思。所以宇宙万物都是自然的。这是老学的根本思想，也是庄学的根本思想。但庄学比老学更进一步。他们主张绝对的自由，绝对的平等。天地万物，无时不在变化之中，不齐是自然的。一切但须顺其自然，所有的分别，所有的标准，都是不必要的。社会上、政治上的制度，硬教不齐的齐起来，只徒然伤害人性罢了。所以圣人是要不得的；儒、墨是"不知耻"的。按庄学说，凡天下之物都无不好，凡天下的意见都无不对；无所谓物我，无所谓是非。甚至死和生也都是自然的变化，都是可喜的。明白这些个，便能与自然打成一片，成为"无人而不自得"的圣人了。老、庄两派，汉代总称为道家。

庄学排除是非，是当时"辩者"的影响。"辩者"汉代称为名家，出于讼师。辩者的一个首领郑国邓析，便是春秋末年著名的讼师。另一个首领梁相惠施，也是法律行家。邓析的本事在对于法令能够咬文嚼字的取巧，"以是为非，以非为是"。语言文字往往是多义的；他能够分析语言文字的意义，利用来做种种不同甚至相反的解释。这样发展了辩者的学说。当时的辩者有惠施和公孙龙两派。惠施派说，世间各个体的物，各有许多性质；但这些性质，都因比较而显，所以不是绝对的。各物都有相同之处，也都有相异之处。从同的一方面看，可以说万物无不相同；从异的一方面看，可以说万物无不相异。同异都是相对的：这叫作"合同异"。

公孙龙，赵人。他这一派不重个体而重根本，他说概念有独立分离的存在。譬如一块坚而白的石头，看的时候只见白，没有坚；摸的时候只觉坚，不见白。所以白性与坚性两者是分离的。况且天下白的东西很多，坚的东西也很多，有白而不坚的，也有坚而不白的。也可见白性与坚性是分离的。白性使物白，坚性使物坚；这些虽然必须因具体的物而见，但实在有着独立的存在，不过是潜存罢了。这叫作"离坚白"。这种讨论与一般人感觉和常识相反，所以当时以为"怪说""琦辞"，"辩而无用"。但这种纯理论的兴趣，在哲学上是有它的价值的。至于辩者对于社会政治的主张，却近于墨家。

儒、墨、道各家有一个共通的态度，就是托古立言；他们都假托古圣贤之言以自重。孔子托文王、周公，墨子托于禹，孟子托于尧、舜，老、庄托于传说中尧、舜以前的人物；一个比一个古，一个压一个。不托古而变古的只有法家。法家出于"法术之士"，法术之士是以政治为职业的专家。贵族政治崩坏的结果，一方面是平民的解放，一方面是君主的集权。这时候国家的范围，一天一天扩大，社会的组织也一天一天复杂。人治、礼治，都不适用了。法术之士便创一种新的政治方法帮助当时的君主整理国政，做他们的参谋。这就是法治。当时现实政治和各方面的趋势是变古——尊君权、禁私学、重富豪。法术之士便拥护这种趋势，加以理论化。

他们中间有重势、重术、重法三派，而韩非子集其大成。他本是韩国的贵族，学于荀子。他采取荀学、老学和辩者的理论，创立他的一家言；他说势、术、法三者都是"帝王之具"，缺一不可。势的表现是赏罚，赏罚严，才可以推行法和术。因为人性究竟是恶的。术是君主驾驭臣下的技巧。综核名实是一个例。譬如教人做某官，按那官的名位，该能做出某些成绩来；君主就可以照着去考核，看他名实能相副否。又如臣下有所建议，君主便叫他去做，看他能照所说的做到否。名实相副的赏；否则罚。法是规矩准绳，明主制下了法，庸主只要守着，也就可以治了。君主能够兼用法、术、势，就可以一驭万，以静制动，无为而治。诸子都讲政治，但都是非职业的，多偏于理想。只有法家的学说，从实际政治出来，切于实用。中国后来的政治，大部分是受法家的学说支配的。

古代贵族养着礼、乐专家，也养着巫祝、术数专家。礼、乐原来的最大的用处在丧、祭。丧、祭用礼、乐专家，也用巫祝；这两种人是常在一处的同事。巫祝固然是迷信的；礼、乐里原先也是有迷信成分的。礼、乐专家后来沦为儒；巫祝、术数专家便沦为方士。他们关系极密切，所注意的事有些是相同的。汉代所称的阴阳家便出于方士。古代术数注意于所谓"天人之际"，以为天道、人事互相影响。战国末年有些人更将这种思想推行起来，并加以理论化，使它成为一贯的学说。这就是阴阳家。

当时阴阳家的首领是齐人驺衍。他研究"阴阳消息"，创为"五德终始"说。"五德"就是五行之德。五行是古代信仰。驺衍以为五行是五种天然势力，所谓"德"。每一德，各有盛衰的循环。在它当运的时候，天道人事，都受它支配。等到它运尽而衰，为别一德所胜所克，别一德就继起当运。木胜土，金胜木，火胜金，水胜火，土胜水，这样"终始"不息。历史上的事变都是这些天然势力的表现。每一朝代，代表一德；朝代是常变的，不是一家一姓可以永保。阴阳家也讲仁义名分，却是受儒家的影响。那时候儒家也开始受他们的影响，讲《周易》，作《易传》。到了秦、汉间，儒家更几乎与他们混合为一；西汉今文家的经学大部便建立在阴阳家的基础上。后来"古文经学"虽然扫除了一些"非常""可怪"之论，但阴阳家的思想已深入人心，牢不可拔了。

战国末期，一般人渐渐感觉统一思想的需要，秦相吕不韦便是做这种尝试的第一个人。他教许多门客合撰了一部《吕氏春秋》。现在所传的诸子书，大概都是汉人整理编订的；他们大概是将同一学派的各篇编辑起来，题为某子。所以都不是有系统的著作。《吕氏春秋》却不然；它是第一部完整的书。吕不韦所以编这部书，就是想化零为整，集合众长，统一思想。他的基调却是道家。秦始皇统一天下，李斯为相，实行统一思想。他烧书，禁天下藏"《诗》《书》百家语"。但时机到底还未成熟，而秦不久也就亡了，李斯是失败了。所以汉初诸子学依然很盛。

到了汉武帝的时候，淮南王刘安仿效吕不韦的故智，教门客编了一部《淮南子》，也以道家为基调，也想来统一思想，但成功的不是他，是董仲舒。董仲舒向武帝建议："《六经》和孔子的学说以外，各家一概禁止。邪说息了，秩序才可统一，标准才可分明，人民才知道他们应走的路。"武帝采纳了他的话。从此，帝王用功名、利禄提倡他们所定的儒学，儒学统于一尊；春秋战国时代言论思想极端自由的空气便消灭了。这时候政治上既开了从来未有的大局面，社会和经济各方面的变动也渐渐凝成了新秩序，思想渐归于统一，也是自然的趋势。在这新秩序里，农民还占着大多数，宗法社会还保留着，旧时的礼教与制度一部分还可适用，不过民众化了罢了。另一方面，要创立政治上、社会上各种新制度，也得参考旧的。这里便非用儒者不可了。儒者通晓以前的典籍，熟悉以前的制度，而又能够加以理想化、理论化，使那些东西秩然有序、粲然可观。别家虽也有政治社会学说，却无具体的办法，就是有，也不完备，赶不上儒家；在这建设时代，自然不能和儒学争胜。儒学的独尊，也是当然的。

节选自朱自清《经典常谈》："朱秦诸子"

《诗经》

朱自清

诗的源头是歌谣。上古时候，没有文字，只有唱的歌谣，没有写的诗。一个人高兴的时候或悲哀的时候，常愿意将自己的心情诉说出来，给别人或自己听。日常的言语不够劲儿，便用歌唱；一唱三叹地叫别人回肠荡气。唱叹再不够的话，便手也舞起来了，脚也蹈起来了，反正要将劲儿使到了家。碰到节日，大家聚在一起酬神作乐，唱歌的机会更多。或一唱众和，或彼此竞胜。传说葛天氏的乐八章，三个人唱，拿着牛尾，踏着脚，似乎就是描写这种光景的。歌谣越唱越多，虽没有书，却存在人的记忆里。有了现在的歌儿，就可借他人酒杯，浇自己块垒；随时拣一支合式的唱唱，也足可消愁解闷。若没有完全合式的，尽可删一些、改一些，到称意为止。流行的歌谣中往往不同的词句并行不悖，就是为此。可也有经过众人修饰，作为定本的。歌谣真可说是"一人的机锋，多人的智慧"了。

歌谣可分为徒歌和乐歌。徒歌是随口唱，乐歌是随着乐器唱。徒歌也有节奏，手舞脚蹈便是帮助节奏的；可是乐歌的节奏更规律化些。乐器在中国似乎早就有了，《礼记》里说的土鼓土槌儿、芦管儿，也许是我们乐器的老祖宗。到了《诗经》时代，有了琴瑟钟鼓，已是洋洋大观了。歌谣的节奏，最主要的靠重叠或叫复沓；本来歌谣以表情为主，只要翻来覆去将情表到了家就成，用不着费话。重叠可以说原是歌谣的生命，节奏也便建立在这上头。字数的均齐，韵脚的调协，似乎是后来发展出来的。有了这些，重叠才在诗歌里失去主要的地位。

有了文字以后，才有人将那些歌谣记录下来，便是最初的写的诗了。但记录的人似乎并不是因为欣赏的缘故，更不是因为研究的缘故。他们大概是些乐工，乐工的职务是奏乐和唱歌；唱歌得有词儿，一面是口头传授，一面也就有了唱本儿。歌谣便是这么写下来的。我们知道春秋时的乐工就和后世阔人家的戏班子一样，老板叫作太师。那时各国都养着一班乐工，各国使臣来往，宴会时都得奏乐唱歌。太师们不但得搜集本国乐歌，还得搜集别国乐歌。不但搜集乐词，还得搜集乐谱。那时的社会有贵族与平民两级。太师们是伺候贵族的，所搜集的歌儿自然得合贵族们的口味；平民的作品是不会入选的。他们搜得的歌谣，有些是乐歌，有些是徒歌。徒歌得合乐才好用。合乐的时候，往往得增加重叠的字句或章节，便不能保存歌词的原来样子。除了这种搜集的歌谣以外，太师们所保存的还有贵族们为了特种事情，如祭祖、宴客、房屋落成、出兵、打猎等等作的诗。这些可以说是典礼的诗。又有讽谏、颂美等等的献诗；献诗是臣下作了献给君上，准备让乐工唱给君上听的，可以说是政治的诗。太师们保存下这些唱本儿，带着乐谱；唱词儿共有三百多篇，当时通称作"诗三百"。到了战国时代，贵族渐渐衰落，平民渐渐抬头，新乐代替了古乐，职业的乐工纷纷散走。乐谱就此亡失，但是还有三百来篇唱词儿流传下来，便是后来的《诗经》了。

"诗言志"是一句古话；"诗"这个字就是"言""志"两个字合成的。但古代所谓"言志"和现在所谓"抒情"并不一样；那"志"是关联着政治或教化的。春秋时通行赋诗。在外交的宴会里，各国使臣往往得点一篇诗或几篇诗叫乐工唱。这很像现在的请客点戏，不同处是所点的诗句必加上政治的意味。这可以表示这国对那国或这人对那人的愿望、感谢、责难等等，都从诗篇里断章取义。断章取义是不管上下文的意义，只将一章中一两句拉出来，就当前的环境，做政治的暗示。如《左传》襄公二十七年，郑伯宴晋使赵孟于垂陇，赵孟请大家赋诗，他想看看大家的"志"。子太叔赋的是《野有蔓草》。原诗首章云："野有蔓草，零露漙兮，有美一人，清扬婉兮。邂逅相遇，适我愿兮。"子太叔只取末两句，借以表示郑国欢迎赵孟的意思；上文他就不管。全诗原是男女私情之作，他更不管了。可是这样办正是"诗言志"；在那回宴会里，赵孟就和子太叔说了"诗以言志"这句话。

到了孔子时代，赋诗的事已经不行了，孔子却采取了断章取义的办法，用诗来讨论做学问、做人的道理。"如切如磋，如琢如磨"，本来说的是治玉；他却将玉比人，用来教训学生做学问的功夫。"巧笑倩兮，美目盼兮，素以为绚兮"，本来说的是美人，所谓天生丽质。他却拉出末句来比方作画，说先有白底子，才会有画，是一步步进展的；作画还是比方，他说的是文化，人先是朴素的，后来才进展了文化——文化必须修养而得，并不是与生俱来的。他如此解诗，所以说"思无邪"一句话可以包括"诗三百"的道理；又说诗可以鼓舞人，联合人，增加阅历，发泄牢骚，事父事君的道理都在里面。孔子以后，"诗三百"成为儒家的六经之一，《庄子》和《荀子》里都说到"诗言志"，那个"志"便指教化而言。

但春秋时列国的赋诗只是用诗，并非解诗；那时诗的主要作用还在乐歌，因乐歌而加以借用，不过是一种方便罢了。至于诗篇本来的意义，那时原很明白，用不着讨论。到了孔子时代，诗已经不常歌唱了，诗篇本来的意义，经过了多年的借用，也渐渐含糊了。他就按着借用的办法，根据他教授学生的需要，断章取义地来解释那些诗篇。后来解释《诗经》的儒生都跟着他的脚步走。最有权威的毛氏《诗传》和郑玄《诗笺》，差不多全是断章取义，甚至断句断义——断句取义是在一句、两句里拉出一个两个字来发挥，比起断章取义，真是变本加厉了。

毛氏有两个人：一个毛亨，汉时鲁国人，人称为大毛公；一个毛苌，赵国人，人称为小毛公。是大毛公创始《诗经》的注解，传给小毛公，在小毛公手里完成的。郑玄是东汉人，他是专给毛《传》作《笺》的，有时也采取别家的解说；不过别家的解说在原则上也还和毛氏一鼻孔出气，他们都是以史证诗。他们接受了孔子"无邪"的见解，又摘取了孟子的"知人论世"的见解，以为用孔子的诗的哲学，别裁古代的史说，拿来证明那些诗篇是什么时代作的，为什么事作的，便是孟子所谓"以意逆志"。其实孟子所谓"以意逆志"倒是说要看全篇大意，不可拘泥在字句上，与他们不同。他们这样猜出来的作诗人的志，自然不会与作诗人相合；但那种志倒是关联着政治教化而与"诗言志"一语相合的。这样的以史证诗的思想，最先具体的表现在《诗序》里。

《诗序》有《大序》《小序》。《大序》好像总论，托名子夏，说不定是谁作的。《小序》每篇一条，大约是大、小毛公作的。以史证诗，似乎是《小序》的专门任务；传里虽也偶然提及，却总以训诂为主，不过所选取的字义，意在助成序说，无形中有个一定方向罢了。可是《小序》也还是泛说的多，确指的少。到了郑玄，才更详密地发展了这个条理。他按着《诗经》中的国别和篇次，系统地附和史料，编成了《诗谱》，差不多给每篇诗确定了时代；《笺》中也更多地发挥了作为各篇诗的背景的历史。以史证诗，在他手里算是集大成了。

《大序》说明诗的教化作用；这种作用似乎建立在风、雅、颂、赋、比、兴所谓"六义"上。《大序》只解释了风、雅、颂。说风是风化（感化）、风刺的意思，雅是正的意思，颂是形容盛德的意思。这都是按着教化作用解释的。照近人的研究，这三个字大概都从音乐得名。风是各地方的乐调，《国风》便是各国土乐的意思。雅就是"乌"字，似乎描写这种乐的呜呜之音。雅也就是"夏"字，古代乐章叫作"夏"的很多，也许原是地名或族名。雅又分《大雅》《小雅》，大约也是乐调不同的缘故。颂就是"容"字，容就是"样子"；这种乐连歌带舞，舞就有种种样子了。风、雅、颂之外，其实还该有个"南"。南是南音或南调，《诗经》中《周南》《召南》的诗，原是相当于现在河南、湖北一带地方的歌谣。《国风》旧有十五，分出二南，还剩十三；而其中邶、鄘两国的诗，现经考定，都是卫诗，那么只有十一《国风》了。颂有《周颂》《鲁颂》《商颂》，《商颂》经考定实是《宋颂》。至于搜集的歌谣，大概是在二南、《国风》和《小雅》里。

　　赋、比、兴的意义，说法最多。大约这三个名字原都含有政治和教化的意味。赋本是唱诗给人听，但在《大序》里，也许是"直铺陈今之政教善恶"的意思。比、兴都是《大序》所谓"主文而谲谏"；不直陈而用譬喻叫"主文"，委婉讽刺叫"谲谏"。说的人无罪，听的人却可警诫自己。《诗经》里许多譬喻就在比兴的看法下，断章断句地硬派作政教的意义了。比、兴都是政教的譬喻，但在诗篇发端的叫作兴。《毛传》只在有兴的地方标出，不标赋、比；想来赋义是易见的，比、兴虽都是曲折成义，但兴在发端，往往关系全诗，比较更重要些，所以便特别标出了。《毛传》标出的兴诗，共一百十六篇，《国风》中最多，《小雅》第二，按现在说，这两部分搜集的歌谣多，所以譬喻的句子也便多了。

　　　　　　　　　　　　　　　节选自朱自清《经典常谈》

《楚辞》

朱自清

　　屈原是我国历史里永被纪念着的一个人。旧历五月五日端午节，相传便是他的忌日；他是投水死的，竞渡据说原来是表示救他的，粽子原来是祭他的。现在定五月五日为诗人节，也是为了纪念的缘故。他是个忠臣，而且是个缠绵悱恻的忠臣；他是个节士，而且是个浮游尘外、清白不污的节士。"举世皆浊而我独清，众人皆醉而我独醒"，他的身世是一出悲剧。可是他永生在我们的敬意尤其是我们的同情里。"原"是他的号，"平"是他的名字。他是楚国的贵族，怀王时候，做"左徒"的官。左徒好像现在的秘书。他很有学问，熟悉历史和政治，口才又好。一方面参赞国事，一方面给怀王见客，办外交，头头是道，怀王很信任他。

　　当时楚国有亲秦、亲齐两派；屈原是亲齐派。秦国看见屈原得势，便派张仪买通了楚国的贵臣上官大夫、靳尚等，在怀王面前说他的坏话。怀王果然被他们所惑，将屈原放逐到汉北去。张仪便劝怀王和齐国绝交，说秦国答应割地六百里。楚和齐绝了交，张仪却说答应的是六里。怀王大怒，便举兵伐秦，不料大败而归，这时候想起屈原来了，将他召回，教他出使齐国。亲齐派暂时抬头。但是亲秦派不久又得势。怀王终于让秦国骗了去，拘留着，就死在那里。这件事是楚人最痛心的，屈原更不用说了。可是怀王的儿子顷襄王，却还是听亲秦派的话，将他二次放逐到江南去。他流浪了九年，秦国的侵略一天紧似一天；他不忍亲见亡国的惨相，又想以一死来感悟顷襄王，便自沉在汨罗江里。

《楚辞》中《离骚》和《九章》的各篇，都是他放逐时候所作。《离骚》尤其是千古流传的杰作。这一篇大概是二次被放时作的。他感念怀王的信任，却恨他糊涂，让一群小人蒙蔽着，播弄着。而顷襄王又不能觉悟，以致国土日削，国势日危。他自己呢，"信而见疑，忠而被谤"，简直走投无路；满腔委屈，千端万绪的，没人可以诉说。终于只能告诉自己的一支笔，《离骚》便是这样写成的。"离骚"是"别愁"或"遭忧"的意思。他是个富于感情的人，那一腔遏抑不住的悲愤，随着他的笔奔迸出来，"东一句，西一句；天上一句，地下一句"，只是一片一段的，没有篇章可言。这和人在疲倦或苦痛的时候，叫"妈呀！""天哪！"一样；心里乱极，闷极了，叫叫透一口气，自然是顾不到什么组织的。

篇中陈说唐、虞、三代的治，桀、纣、羿、浇的乱，善恶因果，历历分明；用来讽刺当世，感悟君王。他又用了许多神话里的譬喻和动植物的譬喻，委屈地表达出他对于怀王的忠爱，对于贤人君子的向往，对于群小的深恶痛疾。他将怀王比作美人，他是"求之不得"，"辗转反侧"；情辞凄切，缠绵不已。他又将贤臣比作香草。"美人香草"从此便成为政治的譬喻，影响后来解诗、作诗的人很大。汉淮南王刘安作《离骚传》说：《国风》好色而不淫，《小雅》怨诽而不乱，若《离骚》者可谓兼之矣。""好色而不淫"似乎就指美人香草用作政治的譬喻而言；"怨诽而不乱"是怨而不怒的意思。虽然我们相信《国风》的男女之辞并非政治的譬喻，但断章取义，淮南王的话却是《离骚》的确切评语。

《九章》的各篇原是分立的，大约汉人才合在一起，给了"九章"的名字。这里面有些是屈原初次被放时作的，有些是二次被放时作的。差不多都是"上以讽谏，下以自慰"；引史事，用譬喻，也和《离骚》一样。《离骚》里记着屈原的世系和生辰，这几篇里也记着他放逐的时期和地域；这些都可以算是他的自叙传。他还作了《九歌》《天问》《远游》《招魂》等，却不能算自叙传，也"不皆是怨君"；后世都说成怨君，便埋没了他的别一面的出世观了。他其实也是一"子"，也是一家之学。这可以说是神仙家，出于巫。《离骚》里说到周游上下四方，驾车的动物，驱使的役夫，都是神话里的。《远游》更全是说的周游上下四方的乐处。这种游仙的境界，便是神仙家的理想。

《远游》开篇说："悲时俗之迫厄兮，愿轻举而远游"，篇中又说："临不死之旧乡"。人间世太狭窄了，也太短促了，人是太不自由自在了。神仙家要无穷大的空间，所以要周行无碍；要无穷久的时间，所以要长生不老。他们要打破现实的有限的世界，用幻想创出一个无限的世界来。在这无限的世界里，所有的都是神话里的人物；有些是美丽的，也有些是丑怪的。《九歌》里的神大都可爱；《招魂》里一半是上下四方的怪物，说得顶怕人的，可是一方面也奇诡可喜。因为注意空间的扩大，所以对于天地、山川、日月、星辰都有兴味。《天问》里许多关于天文地理的疑问，便是这样来的。一面惊奇天地之广大，一面也惊奇人事之诡异——善恶因果，往往有不相应的；《天问》里许多关于历史的疑问，便从这里着眼。这却又是他的人世观了。

要达到游仙的境界，须要"虚静以恬愉"，"无为而自得"，还须导引养生的修炼功夫，这在《远游》里都说了。屈原受庄学的影响极大。这些都是庄学；周行无碍，长生不老，以及神话里的人物，也都是庄学。但庄学只到"我"与自然打成一片而止，并不想创造一个无限的世界；神仙家似乎比庄学更进了一步。神仙家也受阴阳家的影响；阴阳家原也讲天地广大，讲禽兽异物的。阴阳家是齐学。齐国滨海，多有怪诞的思想。屈原常常出使到那里，所以也沾了齐气。还有齐人好"隐"。"隐"是"遁词以隐意，谲譬以指事"，是用一种滑稽的态度来讽谏。淳于髡可为代表。楚人也好"隐"。屈原是楚人，而他的思想又受齐国的影响，他爱用种种政治的譬喻，大约也不免沾点齐气。但是他不取滑稽的态度，他是用一副悲剧面孔说话的。《诗大序》所谓"谲谏"，所谓"言之者无罪，闻之者足以戒"，倒是合式的说明。至于像《招魂》里的铺张排比，也许是纵横家的风气。

《离骚》各篇多用"兮"字足句，句读以参差不齐为主。"兮"字足句，三百篇中已经不少；句读参差，也许是"南音"的发展。南本是南乐的名称；三百篇中的二南，本该与风、雅、颂分立为四。二南是楚诗，乐调虽已不能知道，但和风、雅、颂必有异处。从二南到《离骚》，现在只能看出句读由短而长、由齐而畸的一个趋势；这中间变迁的轨迹，我们还能找到一些，总之，绝不是突如其来的。这句读的发展，大概多少有音乐的影响。从《汉书·王褒传》，可以知道楚辞的诵读是有特别的调子的，这正是音乐的影响。屈原诸作奠定了这种体制，模拟的日渐其多。就中最出色的是宋玉，他作了《九辩》。宋玉传说是屈原的弟子；《九辩》的题材和体制都模拟《离骚》和《九章》，算是代屈原说话，不过没有屈原那样激切罢了。宋玉自己可也加上一些新思想；他是第一个描写"悲秋"的人。还有个景差，据说是《大招》的作者；《大招》是模拟《招魂》的。

到了汉代，模拟《离骚》的更多，东方朔、王褒、刘向、王逸都走着宋玉的路。大概武帝时候最盛，以后就渐渐地差了。汉人称这种体制为"辞"，又称为"楚辞"。刘向将这些东西编辑起来，成为《楚辞》一书。东汉王逸给作注，并加进自己的拟作，叫作《楚辞章句》。北宋洪兴祖又作《楚辞补注》；《章句》和《补注》合为《楚辞》标准的注本。但汉人又称《离骚》等为"赋"。《史记·屈原传》说他"作《怀沙》之赋"；《怀沙》是《九章》之一，本无"赋"名。《传》尾又说："宋玉、唐勒、景差之徒，皆好辞而以赋见称。"《汉书·艺文志·诗赋略》列"屈原赋二十五篇"，就是《离骚》等。大概"辞"是后来的名字，专指屈、宋一类作品；赋虽从辞出，却是先起的名字，在未采用"辞"的名字以前，本包括辞而言。所以浑言称"赋"，称"辞赋",分言称"辞"和"赋"。后世引述屈、宋诸家,只通称"楚辞",没有单称"辞"的。但却有称"骚""骚体""骚赋"的,这自然是《离骚》的影响。

荀子的《赋篇》最早称"赋"。篇中分咏"礼""知""云""蚕""箴"(针)五件事物,像是谜语;其中颇有讽世的话,可以说是"隐"的支流余裔。荀子久居齐国的稷下,又在楚国做过县令,死在那里。他的好"隐",也是自然的。《赋篇》总题分咏,自然和后来的赋不同,但是安排客主,问答成篇,却开了后来赋家的风气。荀赋和屈辞原来似乎各是各的;这两体的合一,也许是在贾谊手里。贾谊是荀卿的再传弟子,他的境遇却近于屈原,又久居屈原的故乡;很可能的,他模拟屈原的体制,却袭用了荀卿的"赋"的名字。这种赋日渐发展,屈原诸作也便被称为"赋";"辞"的名字许是后来因为拟作多了,才分化出来,作为此体的专称。辞本是"辩解的言语"的意思,用来称屈、宋诸家所作,倒也并无不合之处。

《汉书·艺文志·诗赋略》分赋为四类。"杂赋"十二家是总集,可以不论。屈原以下二十家,是言情之作。陆贾以下二十一家,已佚,大概近于纵横家言。就中"陆贾赋三篇",在贾谊之先;但作品既不可见,是他自题为赋,还是后人追题,不能知道,只好存疑了。荀卿以下二十五家,大概是叙物明理之作。这三类里,贾谊以后各家,多少免不了屈原的影响,但已渐有散文化的趋势;第一类中的司马相如便是创始的人。——托为屈原作的《卜居》《渔父》,通篇散文化,只有几处用韵,似乎是《庄子》和荀赋的混合体制,又当别论。——散文化更容易铺张些。"赋"本是"铺"的意思,铺张倒是本来面目。可是铺张的作用原在讽谏;这时候却为铺张而铺张,所谓"劝百而讽一"。当时汉武帝好辞赋,作者极众,争相竞胜,所以致此。扬雄说,"诗人之赋丽以则,辞人之赋丽以淫";"诗人之赋"便是前者,"辞人之赋"便是后者。甚至有诙谐嫚戏,毫无主旨的。难怪辞赋家会被人鄙视为倡优了。

东汉以来,班固作《两都赋》,"极众人之所眩曜,折以今之法度"；张衡仿他作《二京赋》。晋左思又仿作《三都赋》。这种赋铺叙历史地理，近于后世的类书；是陆贾、荀卿两派的混合，是散文的更进一步。这和屈、贾言情之作，却迥不相同了。此后赋体渐渐缩短，字句却整炼起来。那时期一般诗文都趋向排偶化，赋先是领着走，后来是跟着走；作赋专重写景述情，务求精巧，不再用来讽谏。这种赋发展到齐、梁、唐初为极盛，称为"俳体"的赋。"俳"是游戏的意思，对讽谏而言；其实这种作品倒也并非滑稽嫚戏之作。唐代古文运动起来，宋代加以发挥光大，诗文不再重排，偶尔趋向散文化，赋体也变了。像欧阳修的《秋声赋》，苏轼的《前后赤壁赋》，虽然有韵而全篇散行，排偶极少，比《卜居》《渔父》更其散文的。这称为"文体"的赋。唐、宋两代，以诗赋取士，规定程式。那种赋定为八韵，调平仄，讲对仗；制题新巧，限韵险难。这只是一种技艺罢了。这称为"律赋"。对"律赋"而言，"排体"和"文体"的赋都是"古赋"；这"古赋"的名字和"古文"的名字差不多，真正的"古"如屈、宋的辞，汉人的赋，倒是不包括在内的。赋似乎是我国特有的体制；虽然有韵，而就它全部的发展看，却与文近些，不算是诗。

节选自朱自清《经典常谈》："辞赋"

第三章

秦汉魏晋南北朝

（公元前 221 年—公元 189 年）

这是文学史上的一个新时代。

以前的文人把做辞赋看作主要事业，

从此以后的诗人把作诗看作主要事业了。

浦江清 （1904—1957） 西南联大中文系教授

江苏松江（今上海市松江区）人，著名古典文学研究专家。曾任教于清华大学、西南联合大学、北京大学。与朱自清合称"清华双清"。著有《浦江清文录》《屈原》及《杜甫诗选注》（合作）等。

朱自清 （1898—1948） 西南联大中文系主任、教授

原名自华，后改名自清，字佩弦，曾担任清华大学中国文学系教授、西南联大中国文学系主任和教授，中国现代散文家、诗人、学者。一生著作颇丰，有《荷塘月色》《背影》等散文名篇。

胡适 （1891—1962） 西南联大文学院院长

曾任北京大学校长、西南联合大学文学院院长等职。拥有三十六个博士学位（包括名誉博士），是世上拥有博士学位最多的人之一。他著述丰富，在文学、哲学、史学、考据学、教育学、伦理学、红学等诸领域都有较深研究并开风气之先，是中国新文化运动的奠基人与领袖之一。

古诗十九首

浦江清

沈德潜《说诗晬语》曰："《古诗十九首》，不必一人之辞，一时之作。大率逐臣弃妻、朋友阔绝、游子他乡、死生新故之感；或寓言或显言或反复言，初无奇辟之思、惊险之句，而西京古诗，皆在其下。是为《国风》之遗。"《楚辞》以来，始终不见《风》，直至《古诗十九首》，而《古诗十九首》较《国风》进步。

顾炎武《日知录》做了比较，他说："诗用迭字最难。《卫风》'河水洋洋，北流活活，施罛濊濊，鳣鲔发发，葭菼揭揭，庶姜孽孽'。连用六迭字，可谓复而不厌，赜而不乱矣。古诗'青青河畔草，郁郁园中柳。盈盈楼上女，皎皎当窗牖。娥娥红粉妆，纤纤出素手'。连用六迭字，亦极自然。下此即无人可继。"洪亮吉以为本于《楚辞·九章》之《悲回风》。

《古诗十九首》是平民文学，自然，不加雕琢。用比兴的地方很多，都是抒情诗，与汉赋之铺张、典丽相反，是有生气的文学，是将发达的文学。

前引《世说新语·文学篇》王孝伯与其弟谈《古诗十九首》佳

句，以为"所遇无故物，焉得不速老"为最佳。此亦孝伯一时感慨，至于《古诗十九首》究竟哪句为好，各人所见所感不同。诗到讲技术、讲雕章镂句时方有警句可摘也。如"人生天地间，忽如远行客"之阔大，"采之欲遗谁，所思在远道"之淡远含蓄，"白杨多悲风，萧萧愁杀人"之写物凄绝，均是佳句。

类似名句还有："生年不满百，常怀千岁忧。""人生寄一世，奄忽若飙尘。"

王夫之曰："兴观群怨，诗尽于是矣。诗三百篇而下，惟《十九首》能然。"（《姜斋诗话》）

《诗经·秦风·晨风》有"鴥彼晨风，郁彼北林。未见君子，忧心钦钦。如何如何，忘我实多"句，刺康公忘穆公之业弃贤臣也，云怀苦心，欲飞不得意。晨风，鸟名，《毛传》：鹯也。《古诗十九首》两用"晨风"（"亮无晨风翼""晨风怀苦心"）、一用"蟋蟀"（"蟋蟀伤局促"）、一用"促织"（"促织鸣东壁"）、一用"秋蝉"（"秋蝉鸣树间"）、一用"蝼蛄"（"蝼蛄夕鸣悲"），皆秋冬之际景象，颇萧瑟悲愁，以物兴人。

沈德潜云："《十九首》大率逐臣弃妻、朋友阔绝、死生新故之感。无十分渲染语，皆悲苦之调。"亦是东汉末年将乱未乱之世，音响一何悲也。"

梁任公说，《迢迢牵牛星》借牛女做象征，没有一字实写自己情感。

此外，对仗也很自然。如《行行重行行》诗中"胡马依北风，越鸟巢南枝"对仗工整，胡马对越鸟别有意味，是"各在天一涯"的形象注脚。

如此种种，所以，早在齐、梁时期的刘勰、钟嵘对《古诗十九首》都有过极高的赞誉。

刘勰《文心雕龙·明诗篇》曰："观其结体散文，直而不野；婉转附物，怊怅切情，实五言之冠冕也。"

钟嵘《诗品》曰："惊心动魄，可谓几乎一字千金。"

梁任公说:《古诗十九首》为东汉安、顺、桓、灵间作品,此时"正是将乱未乱,极沉闷、极不安的时代了。当时思想界,则西汉之平实、严正的经术,已渐不足以维持社会,而佛教的人生观,已乘虚而入(桓、灵间安世高、支娄迦谶二人所译出佛经已数十部)"。

在人心不安之际,佛教的悲观人生观乘机而入,及时行乐的思想也弥漫起来,消极、乐天、苟安,各种思想错综复杂交织,在《古诗十九首》中体现出来。

《古诗十九首》多人生短促的反省。此种思想,在《诗经》中不多有,周人的诗,现实、朴质。《楚辞》中就有这一类思想。《离骚》《九歌》中都含蓄着有。庄子"我生也有涯",《养生主》提倡养生。道家养生的思想,例如嵇康的《养生论》,认为神仙养生虽不必有,而药石尚为有效。

《楚辞》"恐年岁之不我与,恐修名之不立",与古诗"荣名以为宝",意同。曹丕的"年寿有时而尽,荣乐止乎其身,二者必至之常期,未若文章之无穷"的观念,均此。

古人解决人生问题,分消极和积极两派。积极,立德、立功、立言。消极,如"极宴娱心意""为乐当及时"的享乐思想。《古诗十九首》近于后者,此乃宴乐所歌的诗,是以如此。故不作严正话,但有劝享乐及感慨牢骚语。《古诗十九首》虽未必即是乐府,至少也是受乐府影响很深的诗。

陶渊明的诗,已脱离乐府,脱离宴乐,完全走上吟诵派,也完全走上诗言志派。是开新同时也是复古,再返《诗经》时代,脱离汉魏乐府。那么,他的思想是在消极与积极之间。

《古诗十九首》中《青青陵上柏》诗曰:"青青陵上柏,磊磊涧中石。人生天地间,忽如远行客。"正是物是人非之意。人事非永久的,光阴者百代之过客,觉得人生的不可靠。归结到"极宴娱心意,戚戚何所迫",是超脱旷达语。《今日良宴会》"人生寄一世,奄忽若飙尘",归结到"何不策高足,先据要路津",是求立功,热衷语,亦愤慨语。《回车驾言迈》诗曰"人生非金石,岂能长寿考? 奄忽随物化,荣名以为宝"。包括立德、立言、立功，而期后世之名。至《驱车上东门》，又言服食之无用，归结到"不如饮美酒，被服纨与素"，是享乐主义。诗中"人生忽如寄"，言人生是暂时的，是哲学思考，是《诗经》《楚辞》所缺失的。这和佛教人生观有关。

上述种种，都是要解决生死问题，是对人生的一种处理方法。诗以人生为对象，而是人生的批评与反省。但并不如哲学家、宗教家的积极立教，钻研究竟，意思亦不严正，而且可以自相矛盾冲突的。因为人生本来是矛盾冲突的。诗主抒情，不是确定一种哲学思想，否则变成说教了。

《东城高且长》篇，沈氏云："燕赵多佳人"下或另为一首者误，语气未完。

这首诗中"思为双飞燕"与伪托苏武诗中"愿为双黄鹄"意同。

说生死如"人生天地间""人生寄一世""人寿非金石""生年不满百"等概念式的说法，尚不动人，至《驱车上东门》《去者日以疏》两章，最为悲痛。文学是具体的、形象的。

"去者日以疏，生者日以亲"，一作"来者日以亲"。李善注引《吕氏春秋》曰："死者弥久，生者弥疏。""以"五臣作"已"，"生"五臣作"来"。李周翰曰：去者谓死也，来者谓生也。不见容貌故疏，欢爱终日故亲也。

此章与《涉江采芙蓉》同为游子思乡念远之作。一则家人在乡，一则久客不得归，且恐老死他乡耳。

《生年不满百》章与乐府《西门行》同，《西门行》增加字句，以就音乐，非文选楼诸人隐括乐府以成此诗。朱彝尊误。钱大昕曾为驳正，据魏武《短歌行》衍《鹿鸣》之诗以为乐府为例。

《冉冉孤生竹》与《凛凛岁云暮》有相同处，一言订婚后久不来娶，一言新婚后即别，惟梦想见之。

《明月何皎皎》一首与《凛凛岁云暮》又同，但转折较少，取以结章，恰恰又回到《行行重行行》一首。

《凛凛岁云暮》有"徙倚怀感伤"句，徙倚，《楚辞·哀时命》

曰："独徙倚而彷徉。"王逸注曰："徙倚，犹低徊也。"亦低回、徘徊、彷徨意。"晞睐以适意"，《古诗源》本作"盼睐"。

《东城高且长》篇有"秋草萋已绿"句，萋通"凄"，谓绿意已凄，与"芳草萋萋"异。

《生年不满百》篇有"仙人王子乔"句，据《列仙传》王子乔者，周灵王太子晋。吹笙上嵩山成仙，亦洛阳附近。

《客从远方来》诗中有"遗我一端绮"句。一端绮：《左传·昭公二十六年》："申丰从女贾，以币锦二两缚一如瑱，适齐师。"杜预注：二丈为一端，二端为一两，所谓匹也。每匹长四丈，中分之，向里卷，其末为二端。"着以长相思，缘以结不解。"赵德麟《侯鲭录》："《文选·古诗》云'着以长相思，缘以结不解'。注：'被中着绵谓之长相思，绵绵之意；缘被四边，缀以丝缕，结而不解之意。'余得一古被，四边有缘，真此意也。着谓充以絮。"着，充也。

《古诗十九首》为五言诗中很古很好的诗，是无名氏所作，也许是民间的而经过文人的修改，尚未失去天籁，所以好。曹子建以后好诗固多，然没有超乎《古诗十九首》的。

《古诗十九首》是民间的歌曲，想来是伴俗乐的。后世采入乐府时本辞又有改动，例如《生年不满百》一首，《宋书·乐志》里面收《大曲·西门行》如下：

出西门，步念之；今日不作乐，当待何时？（一解）

夫为乐，为乐当及时。何能坐愁怫郁，当复来兹！（二解）

饮醇酒，炙肥牛。请呼心所欢，可用解愁忧。（三解）

人生不满百，常怀千岁忧。昼短而夜长，何不秉烛游？
（四解）

自非仙人王子乔，计会寿命难与期！自非仙人王子乔，计会寿命难与期！（五解）

人寿非金石，年命安可期？贪财爱惜费，但为后世嗤。
（六解）

此为《宋书·乐志》文，昔《乐府诗集》之《西门行》本辞则又异，抄《生年不满百》更少。又如《冉冉孤生竹》，亦入《乐府诗集·杂曲歌辞》。

和《古诗十九首》大概同时的民间还有许多很好的乐歌，不纯是五言，是杂言的，例如《妇病行》《孤儿行》。这种杂言的乐歌受到了《古诗十九首》五言的势力，创造了许多顶好的五言歌行，也称五言乐府。大部分是纪事的，最著名的如《羽林郎》，还有一首《董娇饶》。比《董娇饶》更好的是《日出东南隅行》，一名《陌上桑》。

此类歌诗，皆女子之歌，还有如《陇西行》自夸为贤妇，《艳歌行》之自明心迹。

再有一首非常著名的歌，那么便是我国古代最长的长篇纪事诗《孔雀东南飞》了。

民间文学和文人文学的承续发展和相互关联，有着千丝万缕的联系，《古诗十九首》在其中占有突出的位置。试列图表以说明之。

《虞美人答项王歌》出《楚汉春秋》。此书后世本疑非《汉书》著录之本。参徐中舒说。

（士大夫）

（民间）

西汉

俗语 歌谣

班婕妤

班固 《咏史诗》拙劣可疑。

《怨歌行》一首据徐中舒《五言诗发生时期的讨论》一文（《东方》24卷18期）为颜延年拟作。

张衡 《同声歌》秽亵可疑。

古诗十九首

东汉

秦嘉 别有《赠妇诗》四言。五言可疑。

《悲愤诗》苏轼《仇池笔记》疑之。阎若璩《古文尚书疏证》广其说，即真亦为建安时代，参看陈延杰文。

蔡琰 蔡邕

非五言之民歌（如《孤儿行》等）

《饮马长城窟行》。《文选》未提蔡作。提蔡作始《玉台新咏》，《乐府诗集》未题。

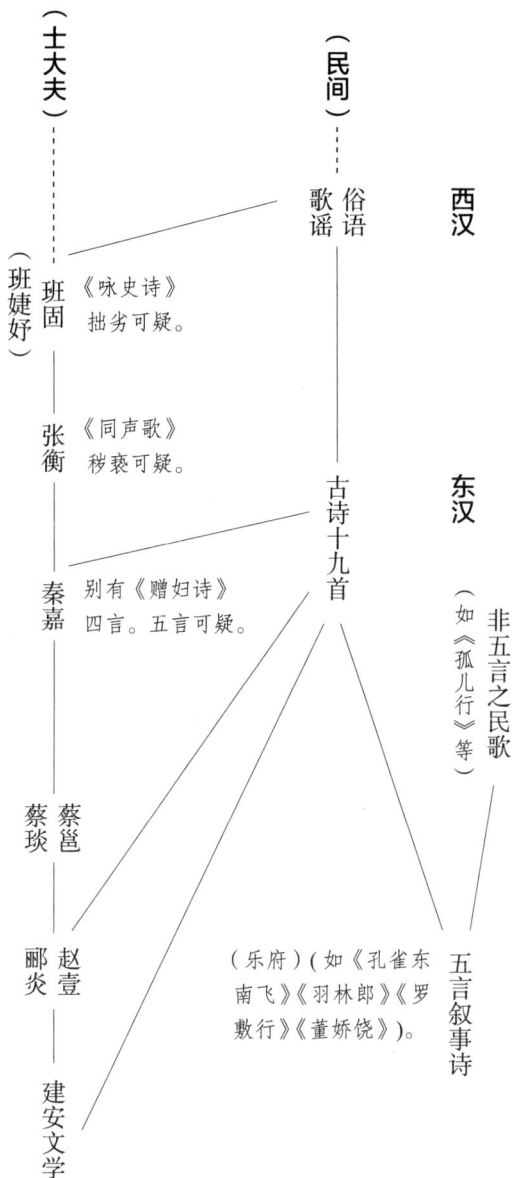

郦炎 赵壹

（乐府）（如《孔雀东南飞》《羽林郎》《罗敷行》《董娇饶》）。

五言叙事诗

建安文学

节选自浦江清《中国文学史稿·先秦两汉卷》，标题为编者所加

《史记》《汉书》

朱自清

说起中国的史书，《史记》《汉书》，真是无人不知，无人不晓。这有两个原因：一则，这两部书是最早的有系统的历史。再早虽然还有《尚书》《鲁春秋》《国语》《春秋左氏传》《战国策》等，但《尚书》《国语》《战国策》，都是记言的史，不是纪事的史。《春秋》和《左传》是纪事的史了，可是《春秋》太简短，《左氏传》虽够铺排的，而跟着《春秋》编年的系统，所记的事还不免散碎。《史记》创了"纪传体"，叙事自黄帝以来到著者当世，就是汉武帝的时候，首尾三千多年。《汉书》采用了《史记》的体制，却以汉事为断，从高祖到王莽，只二百三十年。后来的史书全用《汉书》的体制，断代成书；二十四史里，《史记》《汉书》以外的二十二史都如此。这称为"正史"。《史记》《汉书》，可以说都是"正史"的源头。二则，这两部书都成了文学的古典。两书有许多相同处，虽然也有许多相异处。大概东汉、魏、晋到唐，喜欢《汉书》的多；唐以后喜欢《史记》的多，而明、清两代犹然。这是两书文体各有所胜的缘故。但历来班、马并称，《史》《汉》连举，它们叙事写人的技术，毕竟是大同的。

《史记》，汉司马迁著。司马迁，字子长，左冯翊夏阳（今陕西韩城）人，景帝中元五年——西元前一四五年——生，卒年不详。他是太史令司马谈的儿子，小时候在本乡只帮人家耕耕田、放放牛玩儿。司马谈做了太史令，才将他带到京师（今西安）读书。他十岁的时候，便认识"古文"的书了。二十岁以后，到处游历，真是足迹遍天下。他东边到过现在的河北、山东及江、浙沿海，南边到过湖南、江西、云南、贵州，西边到过陕、甘、西康等处，北边到过长城等处；当时的"大汉帝国"，除了朝鲜、河西（今宁夏一带）、岭南几个新开郡外，他都走到了。他的出游，相传是父亲命他搜求史料去的，但也有些处是因公去的。他搜得了多少写的史料，没有明文，不能知道。可是他却看到了好些古代的遗迹，听到了好些古代的逸闻；这些都是活史料，他用来印证并补充他所读的书。他作《史记》，叙述和描写往往特别亲切有味，便是为此。他的游历不但增扩了他的见闻，也增扩了他的胸襟；他能够综括三千多年的事，写成一部大书，而行文又极其抑扬变化之致，可见他的胸襟是如何的阔大。

他二十几岁的时候，应试得高第，做了郎中。武帝元封年（西元前一一〇），大行封禅典礼，步骑十八万，旌旗千余里。司马谈是史官，本该从行；但是病得很重，留在洛阳不能去。司马迁却跟去了。回来见父亲，父亲已经快死了，拉着他的手呜咽道："我们先人从虞、夏以来，世代做史官；周末弃职他去，从此我家便衰微了。我虽然恢复了世传的职务，可是不成；你看这回封禅大典，我竟不能从行，真是命该如此！再说孔子因为眼见王道缺，礼乐衰，才整理文献，论《诗》《书》，作《春秋》，他的功绩是不朽的。孔子到现在又四百多年了，各国只管争战，史籍都散失了，这得搜求整理；汉朝一统天下，明主、贤君、忠臣、死义之士，也得记载表彰。我做了太史令，却没能尽职，无所论著，真是惶恐万分。你若能继承先业，再做太史令，成就我的未竟之志，扬名于后世，那就是大孝了。你想着我的话罢。"司马迁听了父亲这番遗命，低头流泪答道："儿子虽然不肖，定当将你老人家所搜集的材料，小心整理起来，不敢有所遗失。"司马谈便在这年死了；司马迁这年三十六岁。父亲的遗命指示了他一条伟大的路。

父亲死的第三年，司马迁果然做了太史令。他有机会看到许多史籍和别的藏书，便开始做整理的功夫。那时史料都集中在太史令手里，特别是汉代各地方行政报告，他那里都有。他一面整理史料，一面却忙着改历的工作；直到太初元年（西元前一〇四），太初历完成，才动手著他的书。天汉二年（西元前九九），李陵奉了贰师将军李广利的命，领了五千兵，出塞打匈奴。匈奴八万人围着他们；他们杀伤了匈奴一万多，可是自己的人也死了一大半。箭完了，又没有吃的，耗了八天，等贰师将军派救兵。救兵竟没有影子。匈奴却派人来招降。李陵想着回去也没有脸，就降了。武帝听了这个消息，又急又气。朝廷里纷纷说李陵的坏话。武帝问司马迁，李陵到底是个怎样的人。李陵也做过郎中，和司马迁同过事，司马迁是知道他的。

他说李陵这个人秉性忠义，常想牺牲自己，报效国家。这回以少敌众，兵尽路穷，但还杀伤那么些人，功劳其实也不算小。他绝不是怕死的，他的降大概是假意的，也许在等机会给汉朝出力呢。武帝听了他的话，想着贰师将军是自己派的元帅，司马迁却将功劳归在投降的李陵身上，真是大不敬；便教将他抓起来，下在狱里。第二年，武帝杀了李陵全家，处司马迁宫刑。宫刑是个大辱，污及先人，见笑亲友。他灰心失望已极，只能发愤努力，在狱中专心致志写他的书，希图留个后世名。过了两年，武帝改元太始，大赦天下。他出了狱，不久却又做了宦者做的官——中令书，重被宠信。但他还继续写他的书。直到征和二年（西元前九一），全书才得完成，共一百三十篇，五十二万六千五百字。他死后，这部书部分地流传；到宣帝时，他的外孙杨恽才将全书献上朝廷去，并传写公行于世。汉人称为《太史公书》《太史公》《太史公记》《太史记》。魏、晋间才简称为《史记》，《史记》便成了定名。这部书流传时颇有缺佚，经后人补续窜改了不少；只有元帝、成帝间褚少孙补的有主名，其余都不容易考了。

司马迁是窃比孔子的。孔子是在周末官守散失时代第一个保存文献的人；司马迁是秦灭以后第一个保存文献的人。他们保存的方法不同，但是用心一样。《史记·自序》里记着司马迁和上大夫壶遂讨论作史的一番话。司马迁引述他的父亲称扬孔子整理"六经"的丰功伟业，而特别着重《春秋》的著作。他们父子都是相信孔子作《春秋》的。他又引董仲舒所述孔子的话："我有种种觉民救世的理想，凭空发议论，恐怕人不理会；不如借历史上现成的事实来表现，可以深切着明些。"这便是孔子作《春秋》的趣旨；他是要明王道，辨人事，分明是非、善恶、贤不肖，存亡继绝，补敝起废，作后世君臣龟鉴。《春秋》实在是礼义的大宗，司马迁相信礼治是胜于法治的。他相信《春秋》包罗万象，采善贬恶，并非以刺讥为主。像他父亲遗命所说的，汉兴以来，人主明圣盛德，和功臣、世家、贤大夫之业，是他父子职守所在，正该记载表彰。他的书记汉事较详，固然是史料多，也是他意主尊汉的缘故。他排斥暴秦，要将汉远承三代。这正和今文家说的《春秋》尊鲁一样，他的书实在是窃比《春秋》的。他虽自称只是"厥协六经异传，整齐百家杂语"，述而不作，不敢与《春秋》比，那不过是谦词罢了。

他在《报任安书》里说他的书"欲以究天人之际，通古今之变，成一家之言"。《史记·自序》里说："罔（网）罗天下放佚旧闻，王迹所兴，原始察终，见盛观衰，论考之行事。""王迹所兴"，始终盛衰，便是"古今之变"，也便是"天人之际"。"天人之际"只是天道对于人事的影响；这和所谓"始终盛衰"都是阴阳家言。阴阳家倡"五德终始说"，以为金、木、水、火、土五行之德，互相克胜，终始运行，循环不息。当运者盛，王迹所兴；运去则衰。西汉此说大行，与"今文经学"合而为一。司马迁是请教过董仲舒的，董就是今文派的大师；他也许受了董的影响。"五德终始说"原是一种历史哲学；实际的教训只是让人君顺时修德。

《史记》虽然窃比《春秋》，却并不用那咬文嚼字的书法，只据事实录，使善恶自见。书里也有议论，那不过是著者牢骚之辞，与大体是无关的。原来司马迁自遭李陵之祸，更加努力著书。他觉得自己已经身废名裂，要发抒意中的郁结，只有这一条通路。他在《报任安书》和《史记·自序》里引文王以下到韩非诸贤圣，都是发愤才著书的。他自己也是个发愤著书的人。天道的无常，世变的无常，引起了他的慨叹；他悲天悯人，发为牢骚抑扬之辞。这增加了他的书的情韵。后世论文的人推尊《史记》，一个原因便在这里。

班彪论前史得失，却说他"论议浅而不笃，其论术学，则崇黄老而薄'五经'，序货殖，则轻仁义而羞贫穷，论游侠，则贱守节而贵俗功"，以为"大敝伤道"；班固也说他"是非颇谬于圣人"。其实推崇道家的是司马谈；司马迁时，儒学已成独尊之势，他也成了一个推崇的人了。至于《游侠》《货殖》两传，确有他的身世之感。那时候有钱可以赎罪，他遭了李陵之祸，刑重家贫，不能自赎，所以才有"羞贫穷"的话；他在穷窘之中，交游竟没有一个抱不平来救他的，所以才有称扬游侠的话。这和《伯夷传》里天道无常的疑问，都只是偶一借题发挥，无关全书大旨。东汉王允看"发愤"著书一语，加上咬文嚼字的成见，便说《史记》是"佞臣"的"谤书"，那不但误解了《史记》，也太小看了司马迁。

《史记》体例有五：十二本纪，记帝王政绩，是编年的。十表，以分年略记世代为主。八书，记典章制度的沿革。三十世家，记侯国世代存亡。七十列传，类记各方面人物。史家称为"纪传体"，因为"纪传"是最重要的部分。古史不是断片的杂记，便是顺按年月的纂录；自出机杼，创立规模，以驾驭去取各种史料的，从《史记》起始。司马迁的确能够贯穿经传，整齐百家杂语，成一家言。他明白"整齐"的必要，并知道怎样去"整齐"：这实在是创作，是以述为作。他这样将自有文化以来三千年间君臣士庶的行事，"合一炉而冶之"，却反映着秦汉大一统的局势。《春秋左氏传》虽也可算通史，但是规模完具的通史，还得推《史记》为第一部书。班固根据他父亲班彪的意见，说司马迁"善叙事理，辩而不华，质而不俚；其文直，其事核，不虚美，不隐恶，故谓之实录"。"直"是"简省"的意思；简省而能明确，便见本领。《史记》共一百三十篇，列传占了全书的过半数；司马迁的史观是以人物为中心的。他最长于描写；靠了他的笔，古代许多重要人物的面形，至今还活现在纸上。

《汉书》，汉班固著。班固，字孟坚，扶风安陵（今陕西咸阳）人，光武帝建武八年——西元三二——生，和帝永元四年——西元九二——卒。他家和司马氏一样，也是个世家；《汉书》是子继父业，也和司马迁差不多。但班固的凭借，比司马迁好多了。他曾祖班斿，博学有才气，成帝时，和刘向同校皇家藏书。成帝赐了他全套藏书的副本，《史记》也在其中。当时书籍流传很少，得来不易；班家得了这批赐书，真像大图书馆似的。他家又有钱，能够招待客人。后来有好些学者，老远地跑到他家来看书；扬雄便是一个。班斿的次孙班彪，既有书看，又得接触许多学者；于是尽心儒术，成了一个史学家。《史记》以后，续作很多，但不是偏私，就是鄙俗；班彪加以整理补充，著了六十五篇《后传》。他详论《史记》的得失，大体确当不移。他的书似乎只有本纪和列传；世家是并在列传里。这部书没有流传下来，但他的儿子班固的《汉书》是用它做底本的。

班固生在河西，那时班彪避乱在那里。班固有弟班超，妹班昭，后来都有功于《汉书》。他五岁时随父亲到那时的京师洛阳。九岁时能做文章，读诗赋。大概是十六岁罢，他入了洛阳的大学，博览群书。他治学不专守一家；只重大义，不沾沾在章句上。又善作辞赋。为人宽和容众，不以才能骄人。在大学里读了七年书，二十三岁上，父亲死了，他回到安陵去。明帝永平元年（西元五八），他二十八岁，开始改撰父亲的书。他觉得《后传》不够详明，自己专心精究，想完成一部大书。过了三年，有人上书给明帝，告他私自改作旧史。当时天下新定，常有人假造预言，摇惑民心；私改旧史，更有机会造谣，罪名可以很大。

明帝当即诏令扶风郡逮捕班固，解到洛阳狱中，并调看他的稿子。他兄弟班超怕闹出大乱子，永平五年（西元六二），带了全家赶到洛阳：他上书给明帝，陈明原委，请求召见。明帝果然召见，他陈明班固不敢私改旧史，只是续父所作。那时扶风郡也已将班固稿子送呈。明帝却很赏识那稿子，便命班固做校书郎，兰台令史，跟别的几个人同修世祖（光武帝）本纪。班家这时候很穷。班超也做了一名书记，帮助哥哥养家。后来班固等又述诸功臣的事迹，作列传载记二十八篇奏上。这些后来都成了刘珍等所撰的《东观汉记》的一部分，与《汉书》是无关的。

明帝这时候才命班固续完前稿。永平七年（西元六四），班固三十三岁，在兰台重行写他的大著。兰台是皇家藏书之处，他取精用宏，比家中自然更好。次年，班超也做了兰台令史。虽然在官不久，就从军去了，但一定给班固帮助很多。章帝即位，好辞赋，更赏识班固了。他因此得常到宫中读书，往往连日带夜地读下去。大概在建初七年（西元八二），他的书才大致完成。那年他是五十一岁了。和帝永元元年（西元八九），车骑将军窦宪出征匈奴，用他做中护军，参议军机大事。这一回匈奴大败，逃得不知去向。窦宪在出塞三千多里外的燕然山上刻石记功，教班固作铭。这是著名的大手笔。

次年他回到京师，就做了窦宪的秘书。当时窦宪威势极盛；班固倒没有仗窦家的势欺压人，但他的儿子和奴仆却都无法无天的。这就得罪了许多地面上的官儿；他们都敢怒而不敢言。有一回他的奴子喝醉了，在街上骂了洛阳令种（chóng）兢，种兢气恨极了，但也只能记在心里。永元四年（西元九二），窦宪阴谋弒和帝，事败，自杀。他的党羽，或诛死，或免官。班固先只免了官，种兢却饶不过他，逮捕了他，下在狱里。他已经六十一岁了，受不得那种苦，便在狱里死了。和帝得知，很觉可惜，特地下诏申斥种兢，命他将主办的官员抵罪。班固死后，《汉书》的稿子很散乱。他的妹子班昭也是高才博学，嫁给曹世叔，世叔早死，她的节行并为人所重。当时称为曹大家。这时候她奉诏整理哥哥的书；并有高才郎官十人，从她研究这部书——经学大师扶风马融，就在这十人里。书中的八表和天文志那时还未完成，她和马融的哥哥马续参考皇家藏书，将这些篇写定，这也是奉诏办的。

《汉书》的名称从《尚书》来，是班固定的。他说唐、虞、三代当时都有记载，颂述功德；汉朝却到了第六代才有司马迁的《史记》。而《史记》是通史，将汉朝皇帝的本纪放在尽后头，并且将尧的后裔的汉和秦、项放在相等的地位，这实在不足以推尊本朝。况《史记》只到武帝而止，也没有成段落似的。他所以断代述史，起于高祖，终于平帝时王莽之诛，共十二世，二百三十年，作纪、表、志、传凡百篇，称为《汉书》。班固著《汉书》，虽然根据父亲的评论，修正了《史记》的缺失，但断代的主张，却是他的创见。他这样一面保存了文献，一面贯彻了发扬本朝的功德的趣旨。所以后来的正史都以他的书为范本，名称也多叫作"书"。他这个创见，影响是极大的。他的书所包举的，比《史记》更为广大；天地、鬼神、人事、政治、道德、艺术、文章，尽在其中。

书里没有"世家"一体，本于班彪《后传》。汉代封建制度，实际上已不存在；无所谓侯国，也就无所谓世家。这一体的并入列传，也是自然之势。至于改"书"为"志"，只是避免与《汉书》的"书"字相重，无关得失。但增加了《艺文志》，叙述古代学术源流，记载皇家藏书目录，所关却就大了。《艺文志》的底本是刘歆的《七略》。刘向、刘歆父子都曾奉诏校读皇家藏书；他们开始分别源流，编订目录，使那些"中秘书"渐得流传于世，功劳是很大的。他们的原著都已不存，但《艺文志》还保留着刘歆《七略》的大部分。这是后来目录学家的宝典。原来秦火①之后，直到成帝时，书籍才渐渐出现；成帝诏求遗书于天下，这些书便多聚在皇家。刘氏父子所以能有那样大的贡献，班固所以想到《汉书》里增立《艺文志》，都是时代使然。司马迁便没有这样好运气。

《史记》成于一人之手，《汉书》成于四人之手。表、志由曹大家和马续补成；纪、传从昭帝至平帝有班彪的《后传》作底本。而从高祖至武帝，更多用《史记》的文字。这样一看，班固自己作的似乎太

---

① 指秦始皇焚书一事。出自唐·孟郊《秋怀·其十五》。——编者注

少。因此有人说他的书是"剽窃"而成，算不得著作。但那时的著作权的观念还不甚分明，不以抄袭为嫌；而史书也不能凭虚别构。班固删润旧文，正是所谓"述而不作"。他删润的地方，却颇有别裁，绝非率尔下笔。史书叙汉事，有阙略的，有隐晦的，经他润色，便变得详明；这是他的独到处。汉代"明主、贤君、忠臣、死义之士"，他实在表彰得更为到家。书中收载别人整篇的文章甚多，有人因此说他是"浮华"之士。这些文章大抵关系政治学术，多是经世有用之作。那时还没有文集，史书加以搜罗，不失保存文献之旨。至于收录辞赋，却是当时的风气和他个人的嗜好；不过从现在看来，这些也正是文学史料，不能抹杀的。

　　班、马优劣论起于王充《论衡》。他说班氏父子"文义浃备，纪事详赡"，观者以为胜于《史记》。王充论文，是主张华实俱成的。汉代是个辞赋的时代，所谓"华"，便是辞赋化。《史记》当时还用散行文字；到了《汉书》，便宏丽精整，多用排偶，句子也长了。这正是辞赋的影响。自此以后，直到唐代，一般文士，大多偏爱《汉书》，专门传习，《史记》的传习者却甚少。这反映着那时期崇尚骈文的风气。唐以后，散文渐成正统，大家才提倡起《史记》来；明归有光及清桐城派更力加推尊，《史记》差不多要驾乎《汉书》之上了。这种优劣论起于二书散整不同，质文各异；其实是跟着时代的好尚而转变的。

　　晋代张辅，独不好《汉书》。他说："世人论司马迁、班固才的优劣，多以固为胜，但是司马迁叙三千年事，只五十万言，班固叙二百年事，却有八十万言。烦省相差如此之远，班固哪里赶得上司马迁呢！"刘知几《史通》却以为"《史记》虽叙三千年事，详备的也只汉兴七十多年，前省后烦，未能折中；若教他作《汉书》，恐怕比班固还要烦些"。刘知几左祖班固，不无过甚其辞。平心而论，《汉书》确比《史记》繁些。《史记》是通史，虽然意在尊汉，不妨详近略远，但叙汉事到底不能太详：司马迁是知道"折中"的。《汉书》断代为书，尽可充分利用史料，尽其颂述功德的职分；载事既多，文字自然繁了，这是一。《汉书》载别人的文字也比《史记》多，这是二。《汉书》文字趋向骈体，句子比散体长，这是三。这都是"事有必至，理有固然"，不足为《汉书》病。范晔《后汉书·班固传赞》说班固叙事"不激诡，不抑抗，赡而不秽，详而有体，使读之者亹亹而不厌"，这是不错的。

宋代郑樵在《通志·总序》里抨击班固，几乎说得他不值一钱。刘知几论通史不如断代，以为通史年月悠长，史料亡佚太多，所可采录的大都陈陈相因，难得新异。《史记》已不免此失；后世仿作，贪多务得，又加繁杂的毛病，简直教人懒得去看。按他的说法，像《鲁春秋》等，怕也只能算是截取一个时代的一段儿，相当于《史记》的叙述汉事；不是无首无尾，就是有首无尾。这都不如断代史的首尾一贯好。像《汉书》那样，所记的只是班固的近代，史料丰富，搜求不难。只需破费工夫，总可一新耳目，"使读之者亹亹而不厌"的。郑樵的意见恰相反，他注重会通，以为历史是连贯的，要明白因革损益的轨迹，非会通不可。通史好在能见其全，能见其大。他称赞《史记》，说是"六经之后，惟有此作"。他说班固断汉为书，古今间隔，因革不明，失了会通之道，真只算是片段罢了。其实通古和断代，各有短长，刘、郑都不免一偏之见。

《史》《汉》可以说是自各成家。《史记》"文直而事核"，《汉书》"文赡而事详"。司马迁感慨多，微情妙旨，时在文字蹊径之外；《汉书》却一览之余，情词俱尽。但是就史论史，班固也许比较客观些，比较合体些。明茅坤说："《汉书》以矩镬胜"，清章学诚说"班氏守绳墨"，"班氏体方用智"，都是这个意思。晋傅玄评班固，"论国体则饰主阙而折忠臣，叙世教则贵取容而贱直节"。这些只关识见高低，不见性情偏正，和司马迁《游侠》《货殖》两传蕴含着无穷的身世之痛得不能相比，所以还无碍其为客观的。总之《史》《汉》二书，文质和繁省虽然各不相同，而所采者博，所择者精，却是一样，组织的宏大，描写的曲达，也同工异曲。二书并称良史，绝不是偶然的。

节选自朱自清《经典常谈》

曹门三父子与建安文学

胡适

汉朝的韵文有两条来路：一条路是模仿古人的辞赋，一条路是自然流露的民歌。前一条路是死的，僵化了的，无可救药的。那富于革命思想的王充也只能说：

> 深覆典雅，指意难睹，唯赋颂耳。

这条路不属于我们现在讨论的范围，表过不提。如今且说那些自然产生的民歌，流传在民间，采集在"乐府"，他们的魔力是无法抵抗的，他们的影响是无法躲避的。所以这无数的民歌在几百年的时期内竟规定了中古诗歌的形式体裁。无论是五言诗，七言诗，或长短不定的诗，都可以说是从那些民间歌辞里出来的。

旧说相传汉武帝时的枚乘、李陵、苏武等做了一些五言诗。这种传说，大概不可靠。李陵、苏武的故事流传在民间，引起了许多传说，近年敦煌发见的古写本中也有李陵答苏武书（现藏巴黎国立图书馆），文字鄙陋可笑，其中竟用了孙权的典故！大概现存的苏李赠答诗文同出于这一类的传说故事，虽雅俗有不同，都是不可靠的。枚乘的诗也不可靠。枚乘的诗九首，见于徐陵的《玉台新咏》；其中八首收入萧统的《文选》，都在"无名氏"的古诗十九首之中。萧统还不敢说是谁人作的；徐陵生于萧统之后，却敢武断是枚乘的诗，这不是很可疑的吗？

大概西汉只有民歌；那时的文人也许有受了民间文学的影响而作诗歌的，但风气未开，这种作品只是"俗文学"，《汉书》《礼乐志》哀帝废乐府诏所谓"郑声"，《王褒传》宣帝所谓"郑卫"，是也。

到了东汉中叶以后，民间文学的影响已深入了，已普遍了，方才有上流文人出来公然仿效乐府歌辞，造作歌诗。文学史上遂开一个新局面。

这个新局面起于二世纪的晚年，汉灵帝（一六八——一八九）与献帝（一九〇——二二〇）的时代。灵帝时有个名士赵壹，恃才倨傲，受人的排挤，屡次得罪，几乎丧了生命。他作了一篇《疾邪赋》，赋中有歌两首，其一云：

> 河清不可俟，人命不可延。顺风激靡草，富贵者称贤。
> 文籍虽满腹，不如一囊钱。伊优北堂上，肮脏倚门边。

这虽不是好诗，但古赋中夹着这种白话歌辞，很可以看时代风气的转移了。

这个时代（灵帝、献帝时代）是个大乱的时代。政治的昏乱到了极端。清流的士大夫都被那"党锢"之祸一网打尽。（党锢起于一六六，至一八四始解。）外边是鲜卑连年寇边，里面是黄巾的大乱。中央的权力渐渐瓦解，成了一个州牧割据的局面。许多的小割据区域渐渐被并吞征服，后来只剩下中部的曹操，西南的刘备，东南的孙权，遂成了三国分立的局面。直到晋武帝平了孙吴（二八〇），方才暂时有近二十年的统一。

这个纷乱时代，却是文学史上的一个很灿烂的时代。这时代的领袖人物是曹操。曹操在政治上的雄才大略，当时无人比得上他。他却又是一个天才很高的文学家。他在那"挟天子以令诸侯"的地位，自己又爱才如命，故能招集许多文人，造成一个提倡文学的中心。他的儿子曹丕、曹植也都是天才的文学家，故曹操死后这个文学运动还能继续下去。这个时期在文学史上叫作"建安（一九六——二二〇）正始（二四〇——二四九）时期"。

这个以曹氏父子为中心的文学运动，他的主要事业在于制作乐府歌辞，在于文人用古乐府的旧曲改作新词。《晋书》《乐志》说：

> 汉自东京大乱，绝无金石之乐；乐章亡绝，不可复知。及魏武（曹操）平荆州，获汉雅乐郎河南杜夔能识旧法，以为军谋祭酒，使创定雅乐。……

又说：

> 巴渝舞曲有《矛渝本歌曲》《安弩本歌曲》《安台本歌曲》《行辞本歌曲》，总四篇，其辞既古，莫能晓其句度。魏初，乃使军谋祭酒王粲改创其辞。粲问巴渝帅李管和玉歌曲意，试使歌，听之，以考校歌曲而为之改为《矛渝新福曲歌》《弩渝新福曲歌》《安台新福曲歌》《行辞新福曲歌》，以述魏德。

又引曹植《鼙舞诗序》云：

> 故汉灵帝西园鼓吹有李坚者能鼙舞。遭世荒乱，坚播越关西，随将军段煨。先帝（曹操）闻其旧伎，下书召坚。坚年逾七十，中间废而不为，又古曲甚多谬误，异代之文未必相袭，故依前曲作新声五篇。

"依前曲，作新声"即是后世的依谱填词。《乐志》又说：

> 汉时有短箫铙歌之乐。其曲有《朱鹭》《思悲翁》《艾如张》《上之回》《雍离》《战城南》……等曲，列于鼓吹，多序战阵之事。及魏受命，改其十二曲，使缪袭为词，述以功德代汉。改《朱鹭》为《楚之平》，言魏也，改《艾如张》为《获吕布》，言曹公东围临淮，擒吕布也。……

这都是"依前曲，作新声"的事业。这种事业并不限于当时的音乐专家；王粲、缪袭、曹植都只是文人。曹操自己也做了许多乐府歌辞。我们看曹操、曹丕、曹植、阮瑀、王粲诸人做的许多乐府歌辞，不能不承认这是文学史上的一个新时代。以前的文人把做辞赋看作主要事业，从此以后的诗人把作诗看作主要事业了。以前的文人从仿作古赋颂里得着文学的训练，从此以后的诗人要从仿做乐府歌辞里得着文学的训练了。

曹操做的乐府歌辞，最著名的自然是那篇《短歌行》。我们摘抄几节：

> 对酒当歌！人生几何？
> 譬如朝露，去日苦多。
> 慨当以慷，忧思难忘。
> 何以解忧？惟有杜康（传说杜康作酒。）……
> 明明如月，何时可掇？
> 忧从中来，不可断绝。
> 越陌度阡，枉用相存。（存是探问。）
> 契阔谈䜩，心念旧恩。
> 月明星稀，乌鹊南飞。
> 绕树三匝，何枝可依？
> ……

他的《步出东西门行》，我们也选第四章的两段：

> 神龟虽寿，犹有竟时。
> 腾蛇乘雾，终为土灰。
> 老骥伏枥，志在千里。
> 烈士暮年，壮心不已。
> ……

这种四言诗，用来作乐府歌辞，颇含有复古的意味。后来晋初荀勖造晋歌全用四言（见《晋书》《乐志》），大概也是这个意思。但《三百篇》以后，四言诗的时期已过去了。汉朝的四言诗没有一篇可读的。建安时期内，曹操的大才也不能使四言诗复活。与曹操同时的有个哲学家仲长统（死于二二〇），有两篇《述志诗》，可算是汉朝一代的四言杰作：

> 飞鸟遗迹，蝉蜕亡壳，腾蛇弃鳞，神龙丧角。至人能变，达士拔俗。乘云无辔，骋风无足。垂露成帏，张霄成幄。（霄是日傍之气）。沆瀣（音亢械，露气也）当餐，九阳代烛。恒星艳珠，朝霞润玉。六合之内，恣心所欲。人事可遗，何为局促？
>
> 大道虽夷，见几者寡。任意无非，适物无可。古来缭绕，委曲如琐。百虑何为？至要在我。寄愁天上，埋忧地下。叛散五经，灭弃风雅。百家杂碎。请用从火。抗志山栖，游心海左。元气为舟，微风为柁。翱翔太清，纵意容冶。

但四言诗终久是过去的了。以后便都是五言诗与七言诗的时代。

曹丕（死于二二六）的乐府歌辞比曹操的更接近民歌的精神了，如《上留田行》：

居世一何不同？——上留田。

富人食稻与粱，——上留田。

贫子食糟与糠，——上留田。

贫贱亦何伤？——上留田。

禄命悬在苍天，——上留田。

今尔叹息，将欲谁怨？——上留田。

这竟是纯粹的民歌。又如《临高台》：

临台行高高以轩，下有水清且寒，中有黄鹄往且翻。……
鹄欲南游，雌不能随。我欲躬衔汝，口噤不能开。欲负
之，毛衣摧颓。五里一顾，六里徘徊。

这也是绝好的民歌。他又有《燕歌行》两篇，我们选一篇：

秋风萧瑟天气凉，草木摇落露为霜。

群燕辞归雁南翔。念君客游多思肠，

慊慊思归恋故乡。君何淹留寄他方？

贱妾茕茕守空房，忧来思君不可忘，

不觉泪下沾衣裳。援琴鸣弦发清商，

短歌微吟不能长。明月皎皎照我床。

星汉西流夜未央。牵牛织女遥相望，尔独何辜限河梁！

这虽是依旧曲作的新辞，这里面已显出文人阶级的气味了。文人
仿作民歌，一定免不了两种结果，一方面是文学的民众化，一方面是
民歌的文人化。试看曹丕自己作的《杂诗》：

西北有浮云，亭亭如车盖。惜哉时不遇，适与飘风会，
吹我东南行，行行至吴会。吴会非家乡，安得久留滞？弃置

勿复陈，客子常畏人。

前面的一首可以表示民歌的文人化，这一首可以表示文人作品的民众化。

曹丕的兄弟曹植（字子建，死于二三二）是当日最伟大的诗人。现今所存他的诗集里，他作的乐府歌辞要占全集的一半以上。大概他同曹丕俱负盛名，曹丕做了皇帝，他颇受猜忌，经过不少的忧患，故他的诗歌往往依托乐府旧曲，借题发泄他的忧思，从此以后，乐府遂更成了高等文人的文学体裁，地位更抬高了。

曹植的诗，我们也举几首作例。先引他的《野田黄雀行》：

> 高树多悲风，海水扬其波。
> 利剑不在掌，结友何须多？
> 不见篱间雀，见鹞自投罗？
> 罗家见雀喜，少年见雀悲。
> 拔剑捎罗网，黄雀得飞飞。
> 飞飞摩苍天，来下谢少年。

这种爱自由，思解放的心理，是曹植的诗的一个中心意境。这种心理有时表现为歌颂功名的思想。如《白马篇》云：

> 白马饰金羁，连翩西北驰。借问谁家子，幽并游侠儿。
> 少小去乡邑，扬声沙漠垂。……弃身锋刃端，性命安可怀，
> 父母且不顾，何言子与妻？名在壮士籍，不得中顾私。捐躯
> 赴国难，视死忽如归。

又如《名都篇》：

> 名都多妖女，京洛出少年。宝剑直千金，被服丽且鲜。

斗鸡东郊道，走马长楸间。驰骋未及半，双兔过我前。揽弓捷鸣镝，长驱上南山。左挽因右发，一纵两禽连。馀巧未及展，仰手接飞鸢。观者咸称善，众工归我妍。归来宴平乐，美酒斗十千。脍鲤臇胎鰕，炮鳖炙熊蹯。鸣俦啸匹侣，列坐竟长筵。连翩击鞠壤，巧捷惟万端。白日西南驰，光景不可攀。云散还城邑，清晨复来还。

同样爱自由的意境有时又表现为羡慕神仙的思想，故曹植有许多游仙诗，如《苦思行》《远游篇》，都是好例。他的晚年更不得意，很受他哥哥的政府的压迫。名为封藩而王，其实是远徙软禁。（看《三国志》卷十九）他后来在愁苦之中，发病而死，只有四十一岁。他有《瑟调歌辞》，用飞蓬自喻，哀楚动人：

吁嗟此转蓬，居世何独然？长去本根逝，夙夜无休闲。东西经七陌，南北越九阡，卒遇回风起，吹我入云间。自谓终天路，忽然下沉泉。惊飙接我出，故归彼中田。当南而更北，谓东而反西，宕宕当何依，忽亡而复存。飘飘周八泽，连翩历五山，流转无恒处，谁知吾苦艰？愿为中林草，秋随野火燔。糜灭岂不痛？愿与根荄连。

与曹氏父子同时的文人：如陈琳、王粲、阮瑀、繁钦等，都受了这个乐府运动的影响。陈琳有《饮马长城窟行》，写边祸之惨：

饮马长城窟，水寒伤马骨。往谓长城吏：慎勿稽留太原卒。官作自有程，举筑谐汝声。男儿宁当格斗死，何能怫郁筑长城？

长城何连连，连连三千里。边城多健少，内舍多寡妇。作书与内舍："便嫁莫留住。善事新姑嫜，时时念我故夫子。"报书与边地："君今出语一何鄙！'身在祸难中，何为稽留他家子？'生男慎莫举！生女哺用脯！君独不见长城下，死人骸骨相撑拄？结发行事君，慊慊心意关。明知边地苦，贱妾何能久自全？"

王粲（死于二一七）《七哀诗》的第一首也是这种社会问题诗：

西京乱无象，豺虎方遘患。复弃中国去，委身适荆蛮。亲戚对我悲，朋友相追攀。出门无所见，白骨蔽平原。路有饥妇人，抱子弃草间，顾闻号泣声，挥涕独不还。"未知身死处，何能两相完？"驱马弃之去，不忍听此言。南登霸陵岸，回首望长安。悟彼泉下人，喟然伤心肝。

同时的阮瑀（死于二一二）作的《驾出北郭门行》，也是一篇社会问题的诗：

驾至北郭门，马樊不肯驰。下车步踟蹰，仰折枯杨枝，顾闻丘林中，噭噭有悲啼。借问啼者谁，何为乃如斯？亲母舍我没，后母憎孤儿。饥寒无衣食，举动鞭捶施。骨消肌肉尽，体若枯树皮。藏我空屋中，父还不能知。上冢察故处，存亡永别离。亲母何可见？泪下声正嘶。弃我于此间，穷厄岂有赀？传告后代人，以此为明规。

这虽是笨拙的白话诗，却很可表示《孤儿行》一类的古歌辞的影响。

繁钦（死于二一八）有《定情诗》，中有一段：

我既媚君姿，君亦悦我颜。何以致拳拳？绾臂双金环。何以致殷勤？约指一双银。何以致区区？耳中双明珠。何以致叩叩？香囊系肘后。何以致契阔？绕腕双条脱。……

这虽然也是笨拙浅薄的铺叙，然而古乐府《有所思》的影响也是很明显的。一百年前，当汉顺帝阳嘉年间（一三二——一三五），张衡作了一篇《四愁诗》，也很像是《有所思》的影响。《四愁诗》共四章，我们选二章作例：

> 我所思兮在太山，欲往从之梁甫艰，侧身东望涕沾翰。美人赠我金错刀。何以报之英琼瑶。路远莫致倚逍遥。何为怀忧心烦劳？（一）
> 我所思兮在汉阳，欲往从之陇坂长，侧身西望涕沾裳。美人赠我貂襜褕。何以报之明月珠。路远莫致倚踟蹰。何为怀忧心烦纡？（二）

《有所思》已引在第三章，今再抄于此，以供比较：

> 有所思，乃在大海南。何用问遗君？双珠玳瑁簪，用玉绍缭之。闻君有他心，拉杂摧烧之。摧烧之！当风扬其灰？从今以往，勿复相思！……

我们把这诗与张衡、繁钦的诗比较着看，再用晋朝傅玄的《拟四愁诗》（丁福保编的《全晋诗》，卷二，页十六）来合看，便可以明白文学的民众化与民歌的文人化的两种趋势的意义了。

当时确有一种民众化的文学趋势，那是无可疑的。当时的文人如应璩兄弟几乎可以叫作白话诗人。《文心雕龙》说应玚有《文论》，此篇现已失传了，我们不知他对于文学有什么主张。但他的《斗鸡诗》（丁福保《全三国诗》卷三，页十四）却是很近白话的。应璩（死于二五二）作《百一诗》，大概取杨雄"劝百而讽一"的话的意思。史家说他的诗"虽颇谐，然多切时要"。旧说又说，他作《百一诗》，讥切时事，"偏以示在事者，皆怪愕，以为应焚弃之"。今世所传《百一诗》已非全文，故不见当日应焚弃的话，但见一些道德常识的箴言，文辞甚浅近通俗，颇似后世的《太公家教》和《治家格言》一类的作品。所谓"其言颇谐"，当是说他的诗体浅俚，近于俳谐。例如今存他的诗有云：

> 细微可不慎？堤溃自蚁穴。滕理早从事，安复劳针石？……

又有云：

> 子弟可不慎？慎在选师友。师友必长德，中才可进诱。……

这都是通俗格言的体裁，不能算作诗。其中勉强像诗的，如：

> 前者隳官去，有人适我间。田家无所有，酌醴焚枯鱼。问我何功德，三入承明庐。……避席跪自陈，贱子实空虚。宋人遇周客，愦愧靡所知。

只有一首《三叟》，可算是一首白话的说理诗：

> 古有行道人，陌上见三叟，年各百馀岁，相与锄禾莠。住车问三叟：何以得此寿？上叟前致辞：内中妪貌丑。中叟前致辞：量腹节所受。下叟前致辞：夜卧不覆首。要哉三叟言，所以能长久。

但这种"通俗化"的趋势终久抵不住那"文人化"的趋势；乐府民歌的影响固然存在，但辞赋的旧势力也还不小，当时文人初作乐府歌辞，工具未曾用熟，只能用诗体来达一种简单的情感与简单的思想。稍稍复杂的意境，这种新体裁还不够应用。所以曹魏的文人遇有较深沈的意境，仍不能不用旧辞赋体。如曹植的《洛神赋》，便是好例。这有点像后世文人学作教坊舞女的歌词，五代宋初的词只能说儿女缠绵的话，直到苏轼以后，方才能用词体来谈禅说理，论史论人，无所不可。这其间的时间先后，确是个工具生熟的问题：这个解释虽是很浅，却近于事实。

五言诗体，起于汉代的无名诗人，经过建安时代许多诗人的提倡，到了阮籍方才正式成立。阮籍（死于二六三）是第一个用全力做五言诗的人；诗的体裁到他方才正式成立，诗的范围到他方才扩充到无所不包的地位。

阮籍是崇信自然主义的一个思想家。生在那个魏晋交替的时代，他眼见司马氏祖孙三代专擅政权，欺凌曹氏，压迫名流，他不能救济，只好纵酒放恣。史家说司马昭想替他的儿子司马炎（即晋武帝）娶阮籍的女儿，他没有法子，只得天天喝酒，接连烂醉了六十日，使司马昭没有机会开口。他崇拜自由，而时势不许他自由；他鄙弃那虚伪的礼法，而"礼法之士，疾之若仇"。所以他把一腔的心事都发泄在酒和诗两件事上。他有《咏怀》诗八十余首。他是一个文人，当时说话又不便太明显，故他的诗虽然抬高了五言诗的身份，虽然明白建立了五言诗的地位，同时却也增加了五言诗"文人化"的程度。

我们选录《咏怀》诗中的几首：

鸿鹄相随飞，飞飞适荒裔。双翮临长风，须臾万里逝。朝餐琅玕实，夕宿丹山际。抗身青云中，网罗孰能制？岂与乡曲士，携手共言誓？

昔闻东陵瓜，近在青门外。（秦时东陵侯邵平在秦亡后沦落为平民，在长安青门外种瓜，瓜美，人称为东陵瓜。）连畛距阡陌，子母相钩带。五色耀朝日，嘉宾四面会。膏火自煎熬，多财为患害。布衣可终身，宠禄岂足赖？

昔年十四五，志尚好书诗，被褐怀珠玉，颜闵相与期。开轩临四野，登高望所思。丘墓蔽山冈，万代同一时。千秋万岁后，荣名安所之？乃悟羡门子，噭噭令自嗤。（羡门是古传说的仙人。）

独坐空堂上，谁可与欢者？出门临永路，不见行车马。登高望九州，悠悠分旷野。孤鸟西北飞，离兽东南下。日暮思亲友，寤言用自写。

人言愿延年，延年欲焉之？黄鹄呼子安，千秋未可期。独坐山岩中，恻怆怀所思。王子一何好，猗靡相携持。悦怿犹今辰，计校在一时。置此明朝事，日夕将见欺。

驾言发魏都，南向望吹台。箫管有遗音，梁王安在哉？战士食糟糠，贤士处蒿莱。歌舞曲未终，秦兵已复来。夹林非吾有，朱宫生尘埃。军败华阳下，身竟为土灰。

节选自胡适《白话文学史》第五章
原题为"汉末魏晋的文学"，标题为编者所加①

---

① 限于篇幅，选用其中讲解曹门三父子以及建安文学的章节，标题更为"曹门三父子与建安文学"。——编者注

陶渊明

浦江清

陶渊明（365？—427），一名潜，字元亮。

渊明虽是世家子弟，一生不遇而贫穷。生当东晋衰亡之际，"少年罕人事，游好在《六经》"（《饮酒》之十六）。后来因为贫穷的缘故，不能不出门远游，"在昔曾远游，直至东海隅"。"此行谁使然？似为饥所驱。"（《饮酒》之十）。他做过京口镇军参军（参刘牢之幕），又做过建威参军（参刘敬宣幕），奉使入都，补彭泽令。有公田可种，《晋书·隐逸传》载：渊明"在县公田悉令种秫谷，曰：'令吾常醉于酒足矣。'妻子固请种秔，乃使一顷五十亩种秫；五十亩种秔。"（秫，黍之黏者，曰黄糯，亦呼黄米；秔，俗作粳。）因不愿束带见督邮，且声称"吾不能为五斗米折腰拳拳事乡里小人"而去职，在彭泽令任上不过三四个月。作了一篇《归去来兮辞》，还写了五首《归园田居》（一作《归田园居》）的诗。他说："少无适俗韵，性本爱丘山。误落尘网中，一去三十年。"如果说他出门三十年，未免太多，所以陶澍认为乃是"已十年"之误，"已"与"三"形近而误，或者他的"一去三十年"指他已到三十岁。如果认为他辞官返田为三十岁时，那么，他卒时为五十一二岁。此说与吴汝伦、古直等所主张者合。以后即是他躬耕、饮酒、作诗的农村生活。生活很苦，又遭遇一次火灾，有时穷到乞食，有时无酒度过重九节。他的乡邻父老们或者设酒招他，他的做官的朋友也有接济他的，也有仰慕他的大名而愿见他的，也有坚请他再出来的。他终于隐居着。

那时刘裕篡晋而为宋。有人说他在宋代所作的文章但题甲子，而不题纪元。论者谓他不愿帝宋，示为晋遗民之意。当然他看不起刘裕，在《拟古九首》之九的诗中他写道："种桑长江边，三年望当采。枝条始欲茂，忽值山河改。"记晋亡之憾，但一定要说他为节士，如何如何忠于晋室，亦不能知渊明。其实他义熙以后唯题甲子，是刘裕篡晋以前的事。之所以如此，一则是他不高兴刘裕，二则也许是道家隐者的习惯如此。他隐居家乡，与周续之、刘遗民被称为"浔阳三隐"。周、刘两人都是庐山高僧慧远的居士弟子，渊明亦与慧远为友，但未加入白莲社。义熙宋征著作郎，不就。

渊明一生在田野，是田园诗人。《晋书》《宋书》皆入"隐逸传"，《诗品》推为"古今隐逸诗之宗"。可以表现他的生活写真的有《五柳先生传》《归去来兮辞》，表现他的理想的有《桃花源记》，表现他的人生观的有《形赠影》《影答形》《神释》三首及《饮酒》二十首。其余如《游斜川》《归园田居》《拟挽歌辞》等，均为其重要之作。

陶渊明的人生态度

陶渊明处两晋玄学的时代。两汉儒家思想独尊，两晋道家思想盛行。阮籍轻礼法，大骂士人君子如群虱之处裈中。渊明时道家思想较平淡，是道家、儒家将合流的时期，他大部分思想是出世的，他追溯朴素的生活，不愿媚于流俗，表现这种思想情趣的诗顶重要的为《归园田居》及《饮酒》。又见于《桃花源记》及《五柳先生传》，前者写理想的境界，后者为他自己的写照。武陵在湖南，刘子骥实有其人。《桃花源记》也许有事实的依据。陈寅恪《〈桃花源记〉旁证》云：因百姓避五胡之乱，避入山谷，自成堡坞。渊明时有人看见过。避秦乱亦可谓苻秦。他是出世的喜田园生活的思想。《饮酒》之九，有田父劝其出仕："一世皆尚同，愿君汩其泥。"渊明答曰："违己讵非迷？且共欢此饮，吾驾不可回。"《归园田居》描写与乡间父老为邻实有兴味："相见无杂言，但道桑麻长。"田园生活很快乐："山涧清且浅，遇以濯吾足。漉我新熟酒，只鸡招近局。"漉者，沥也。

尔时，刘裕得志，如阮籍所处时代。人以为国将亡故渊明去隐，亦不对。刘裕得势他在诗中有其牢骚，《饮酒》二十首和阮籍《咏怀》类似。

渊明人生态度还有一显著特点是达观。当时清谈派人常谈论到死生问题。佛教惯用以死的恐怖教训人，当时人都想解决生死问题，求一正确之人生观。王羲之谓"死生亦大矣，岂不痛哉"。渊明是阮籍、刘伶一派，接受庄子达观学说，"聊乘化以归尽，乐夫天命复奚疑"。（《归去来兮辞》）他有些哲学诗，如《形赠影》《影答形》《神释》三首，结构奇极，发挥哲学思想，结论还是吃酒。"纵浪大化中，不喜亦不惧。应尽便须尽，无复独多虑。"一切顺应自然。他的儿子不好，结论是"天运苟如此，且进杯中物"。（《责子》）渊明诗篇篇有酒，不是颓废，也有强烈意气的，如《咏荆轲》等。居乱世，自全自傲。他和慧远居近，虽未进白莲社，但很谈得来。达观的人生态度和矢志不渝的田园生活，在他去世前不久写就的《挽歌辞》（如"死去何所道，托体同山阿"句）和《自祭文》（如"宠非己荣，涅岂吾缁。捽兀穷庐，酣饮赋诗"句）中抒发得淋漓尽致。

渊明思想亦有出于儒家者，对孔子也相当尊重。如屡言"固穷""乐天知命"及《饮酒》末章是也。其末章有"羲农去我久，举世少复真。汲汲鲁中叟，弥缝使其淳"的诗句，而《饮酒》之十六，他也有"少年罕人事，游好在《六经》……竟抱固穷节"的表述。道家思想认为伏羲、神农那是归真返璞、顶理想的时代已经过去。儒道皆如此说。"鲁中叟"即孔子，"弥缝"是使复真也，可知渊明对儒家思想亦融合。刘熙载《艺概》曰："陶诗有'贤哉回也''吾与点也'之意，直可嗣洙、泗遗音。其贵尚节义，如咏荆卿、美田子泰等作，则亦孔子贤夷、齐之志也。"

苏轼曰：（渊明）其人甚高，"欲仕则仕，不以求之为嫌；欲隐则隐，不以去之为高"，是对陶渊明豁达的人生的精辟点评。

陶渊明诗的艺术特色

1. 诗与人生打成一片，开了新诗的门径

自从曹子建、阮嗣宗把诗成为个人的自述经验、自己的抒情之作，到了陶渊明，成为完全是自己生活的记录，完全脱离了乐府歌辞了。虽然有些拟古诗类似《古诗十九首》，《饮酒》诗类似嗣宗《咏怀》诗，可是多数是写他自己的生活，颇似日记式的。诗与人与生活打成一片。我们从他的诗中可以看见他的行动。他的诗都有题目，有些还有序文。与读阮籍《咏怀》，但看见作者心绪上的苦闷，而不知他一生的踪迹者不同，而且与没有题目、一概称为《咏怀》者不同，阮籍属于建安那个时代，前一个时代。而陶渊明属于新的时代，以诗为自己的生活记录的时代。我们也可以说，他的诗是他的自传，明白清楚的自传，包括内心的志趣与外面的遭遇。不像阮籍《咏怀》诗那样地只重内心，惝恍，不可捉摸，也不像曹子建的多用乐府比兴。事实上，曹植、阮籍都是承继《诗经》《楚辞》的，而渊明开了新诗的门径。

2. 脱离乐府，创造新诗意境

渊明全不作乐府。（除《拟古九首》。但此九首亦只是五言，非乐府）

经过了正始玄风，谈玄的风气盛后，诗中遂含哲理。西晋覆亡，洛阳繁华顿歇，文人南渡，东晋人诗自然向哲理山水方面发展。庄老与山水合流。此时五言诗也已脱离繁音促节的音乐，只是倚琴而歌。到了陶渊明，"性不解音而蓄素琴一张，弦徽不具，每朋酒之会则抚而和之曰：但识琴中趣，何劳弦上音"。（《晋书·隐逸传》）因他的诗实在不是倚琴而歌的，是脱离音乐。所以有的是"有琴意"的诗歌，有的是近于散文似的新诗。是直笔写下，一意贯穿，不多曲折及比兴的。那是完全脱离音乐后的现象。渊明是不依傍音乐、不承继《诗经》《楚辞》古典文学而创造新诗意境的一个大作家。在他当时，就有人喜欢他那一类很别致的诗。到了齐、梁的时代，诗人惯于繁缛音乐性及图画彩色性的诗。齐、梁是一个新乐府时代，所以他的诗不为人所重，钟嵘《诗品》以之入中品。

颜延之《诔》文甚长，无一言及于他的诗，不过提到他"赋辞归来""陈书辍卷，置酒弦琴"，泛泛说他著作诗歌而已，《宋书·隐逸传》也不特别提他的诗，但云"所著文章，皆题其年月"。

3. 诗与自然融合的田园之歌

渊明诗取材料于田野间，这种材料，陶渊明以前无人敢取，从前民间文学只是恋歌，朝廷文学只是游宴赠答，金谷、兰亭，或戎马，绝无一人如他这般写田野，写自然。

他的诗又表现了他对自然的欣赏，《诗经》、古诗、建安文学皆有对自然的欣赏，然未有如他爱自然者。《归园田居》："少无适俗韵，性本爱丘山。误落尘网中，一去三十年。"与一般父老欢笑饮酒、耕田，乐在其中，"相见无杂言，但道桑麻长"。(《归园田居》)"昔欲居南村，非为卜其宅。闻多素心人，乐与数晨夕。"(《移居》)"结庐在人境，而无车马喧。"(《饮酒》)另辟天地，是他的伟大的地方，独来独往，前无古人，后无来者。

描写山水之诗，东晋开始。谢灵运亦写山水。陶欣赏自然是平和的，不去找山水，人在山水中；谢是活动的，游山玩水。自然是送给渊明看，如英国的 Wordsworth（华兹华斯），communion with nature（与自然沟通）。"采菊东篱下，悠然见南山。"(《饮酒》之五）最高绝，因很自然；人谓有哲学意味，如禅宗的，并不费劲。

4. 诗富哲理性

先秦时，死生不重要，两晋则很重要。陶渊明对死生主张达观，不必求仙养生。他的《形赠影》《影答形》《神释》是哲学诗。他在诗的《序》里说："贵贱贤愚，莫不营营以惜生，斯甚惑焉。故极陈形影之苦，言神辨自然以释之。好事君子，共取其心焉。"爱惜生命，人之常情，然往往不得要旨。渊明"陈形影之苦"思索人死生命题，以"神"辨析自然之哲理。"天地长不没，山川无改时。草木得常理，霜露荣悴之。"说天地山川长在，草木有荣枯之变。"谓人最灵智，独复不如兹"，而灵智的人却不能永生。"存生不可言，卫生每苦拙"，长生之说不可信，养生之术不可靠。位列圣人的"三皇"，享有高寿的"彭祖"，都不存在了，"老少同一死，贤愚无复数"，这是人类生命必然结局。有了如此深邃的哲学认识，陶渊明能泰然处之："纵浪大化中，不喜亦不惧。应尽便须尽，无复独多虑。"把庄生的达观学说发挥到极致。当然，饮酒也是诗中不可缺的。

其《责子》诗云："白发被两鬓，肌肤不复实。虽有五男儿，总不好纸笔。阿舒已二八，懒惰故无匹。阿宣行志学，而不爱文术。雍端年十三，不识六与七。通子垂九龄，但觅梨与栗。天运苟如此，且进杯中物。"归结于"天运",不乏对人生的哲思,但亦颇风趣。黄山谷云:"观靖节此诗,想见其人慈祥戏谑可观也。"

诗有哲理,并不局限于《形赠影》等三首诗,也不局限于死生之事,历代评家亦关注及此。明代都穆在其《南濠诗话》中就有明确的概括:"东坡尝拈出渊明谈理之诗有三,一曰'采菊东篱下,悠然见南山',二曰'笑傲东轩下,聊复得此生',三曰'客养千金躯,临化消其宝',皆以为知道之言。予谓渊明不止于知道,而其妙语亦不止是。如云'纵浪大化中,不喜亦不惧','应尽便须尽,无复独多虑'。如云'望云惭高鸟,临水愧游鱼。真想初在襟,谁谓形迹拘'。如云'不赖固穷节,百世当谁传'。如云'朝与仁义生,夕死复何求'。如云'及时当勉励,岁月不待人'。如云'前途当几许,未知止泊处','古人惜寸阴,念此使人惧'。观是数诗,则渊明盖真有得于道者,非常人能蹈其轨辙也。"

除诗之外,渊明在其《自祭文》一开头就写道:"岁惟丁卯,律中无射。天寒夜长,风气萧索,鸣雁于征,草木黄落。陶子将辞逆旅之馆,永归于本宅。"视死如归。

5. 诗风质朴、散淡

六朝中杰出,但当时未甚重之。其质朴、自然、清新、散淡的诗为历代所尊崇,正如元遗山所赞:"一语天然万古新,豪华落尽见真淳。"钟嵘《诗品》品评曰:"其源出于应璩,又协左思风力。文体省净,殆无长语。笃意真古,词兴婉惬。每观其文,想其人德。世叹其质直。至如'欢言酌春酒','日暮天无云',风华清靡,岂直为田家语耶!古今隐逸诗人之宗也。"也道出陶诗真淳、古朴的特色。对《诗品》将其列入中品之事,今人古直有《钟记室〈诗品〉笺》,据《太平御览》辩陶公本列上品。

第一个赏识陶渊明的,为昭明太子萧统,他谓陶诗冲淡闲适,且杂诙谐。

有谓陶渊明的《拟挽歌辞》或非自挽，只是作普通挽歌而已，备人唱唱，或自己哼哼。当时南朝有此习惯。《南史·颜延之传》：颜延之"常日但酒店裸袒挽歌"。《宋书·范晔传》："夜中酣饮，开北牖听挽歌为乐。"《世说新语》："袁山松出游，每好令左右作挽歌。"《南史·谢灵运传》：谢灵运曾孙几卿"醉则执铎挽歌"。渊明暮年作《挽歌辞》，情真意切，不知是否为自己作挽歌，待考。

陶渊明散文名篇有《桃花源记》《五柳先生传》等，尤以《桃花源记》脍炙人口。

节选自浦江清《中国古典诗歌讲稿》："第二篇 陶渊明"

第四章

隋唐五代

(公元 581 年—公元 960 年)

沿着时间的航线，

上下三四千年，来往地飞翔，

他沿路看见的都是圣贤、豪杰、忠臣、孝子、骚人、逸士

——都是魁梧奇伟，温馨凄艳的灵魂。

闻一多 （1899—1946） 西南联大中文系教授

本名闻家骅，字友三，湖北浠水人，中国现代诗人、学者、民盟盟员、民主战士。曾先后担任武汉大学文学院院长、清华大学国文系教授、西南联合大学中文系教授，出版有诗集《红烛》《死水》等。

浦江清 （1904—1957） 西南联大中文系教授

江苏松江（今上海市松江区）人，著名古典文学研究专家。曾任教于清华大学、西南联合大学、北京大学。与朱自清合称"清华双清"。著有《浦江清文录》《屈原》及《杜甫诗选注》（合作）等。

胡适 （1891—1962） 西南联大文学院院长

曾任北京大学校长、西南联合大学文学院院长等职。拥有三十六个博士学位（包括名誉博士），是世上拥有博士学位最多的人之一。他著述丰富，在文学、哲学、史学、考据学、教育学、伦理学、红学等诸领域都有较深研究并开风气之先，是中国新文化运动的奠基人与领袖之一。

陈寅恪 （1890—1969） 西南联大历史系教授

字鹤寿，江西省修水县人。中国现代历史学家、古典文学研究家、语言学家，曾先后任职任教于清华大学、西南联合大学、香港大学等。著有《隋唐制度渊源略论稿》《唐代政治史述论稿》《元白诗笺证稿》《金明馆丛稿》《柳如是别传》等。

初唐四杰

闻一多

继承北朝系统而立国的唐朝的最初五十年代，本是一个尚质的时期，王杨卢骆都是文章家。"四杰①"这徽号，如果不是专为评文而设的，至少它的主要意义是指他们的赋和四六文。谈诗而称四杰，虽是很早的事，究竟只能算借用。是借用，就难免有"削足适履"和"挂一漏万"的毛病了。

> 炯与王勃、卢照邻、骆宾王以文诗齐名，海内称为王杨卢骆，亦号为四杰。
>
> ——《旧唐书·杨炯传》

按通常的了解，诗中的四杰是唐诗开创期中负起了时代使命的四

---

① "杰"，古字写作"傑"，有桀骜不驯之义。四杰都在行动上表现出一种不检束，"浮躁浅露"。这大概就是"四杰"名词的另一个内涵。——编者注

位作家：他们都年少而才高，官小而名大，行为都相当浪漫，遭遇尤其悲惨（四人中三人死于非命）——因为行为浪漫，所以受尽了人间的唾骂；因为遭遇悲惨，所以也赢得了不少的同情。依这样一个概括，简明，也就是肤廓的了解，"四杰"这徽号是满可以适用的，但这也就是它的适用性的最大限度。超过了这限度，假如我们还问道：这四人集团中每个单元的个别情形和相互关系，尤其他们在唐诗发展的路线网里，究竟代表着哪一条，或数条线和这线在网的整个体系中所担负的任务——假如问到这些方面，"四杰"这徽号的功用与适合性，马上就成问题了。因为诗中的四杰，并非一个单纯的、统一的宗派，而是一个大宗中包孕着两个小宗，而两小宗之间，同点恐怕还不如异点多。因之，在讨论问题时，"四杰"这名词所能给我们的方便，恐怕也不如纠葛多。数字是个很方便的东西，也是个很麻烦的东西。既在某一观点下凑成了一个数目，就不能由你在另一观点下随便拆开它。不能拆开，又不能废弃它，所以就麻烦了。"四杰"这徽号，我们不能，也不想废弃，可是我承认是抱着"息事宁人"的苦衷来接受它的。

> 王杨卢骆当时体，轻薄为文哂未休。
>
> 尔曹身与名俱灭，不废江河万古流。
>
> ——杜甫《戏为六绝句·其二》

"王勃高华，杨炯雄厚，照邻清藻，宾王坦易，子安其最杰乎？调入初唐，时带六朝锦色。"陆时雍《诗镜总论》四杰无论在人的方面或诗的方面，都天然形成两组或两派。先从人的方面讲起。

将四人的姓氏排成"王杨卢骆"这特定的顺序，据说寓有品第文章的意义，这是我们熟知的事实。但除这人为的顺序外，好像还有一个自然的顺序，也常被人采用——那便是序齿的顺序：我们疑心张说《裴公神道碑》"在选曹见骆宾王、卢照邻、王勃、杨炯"和那云卿《骆瑟集序》"与卢照邻、王勃、杨炯文词齐名"，乃至杜诗"纵使卢王操翰墨"等语中的顺序，都属于这一类。严格的序齿应该是卢骆王杨，其间卢骆一组，王杨一组，前者比后者平均大了十岁的光景。然则卢骆的顺序，在上揭张郗二文里为什么都颠倒了呢？郗序是为了行文的方便，不用讲。张碑，我想是为了心理的缘故，因为骆与裴（行俭）交情特别深，为裴作碑，自然首先想起骆来。也许骆赴选曹本在先，所以裴也先见到他。果然如此，则先骆后卢，是采用了另一事实作标准。但无论依哪个标准说，要紧的还是在张郗两文里，前二人（骆卢）与后二人（王杨）之间的一道鸿沟（即平均十岁左右的差别）依然存在：所以即使张碑完全用的另一事实——赴选的先后作为标准，我们依然可以说，王杨赴选在卢骆之后，也正说明了他们年龄小了许多。实在，卢骆与王杨简直可算作两辈子人。据《唐会要》卷八二："显庆二年。诏徵太白山人孙思邈入京，卢照邻、宋令文、孟诜皆执师资之礼。"令文是宋之问的父亲，而之问是杨炯同寮的好友，卢与之问的父亲同辈，而杨与之问本人同辈，那么卢与杨岂不是不能同辈了吗？明白了这一层，杨炯所谓"愧在卢前，耻居王后"，便有了确解。杨年纪比卢小得多，名字反在卢前，有愧不敢当之感。所以说"愧在卢前"。反之，他与王多分是同年，名字在王后，说"耻居王后"，正是不甘心的意思。杨盈川文思如悬河注水，酌之不竭，既优于卢，亦不减王。张说盈川近体，虽神俊输王，而整肃浑雄。究其体裁，实为正始。明·胡应麟《诗薮·内编·卷四》。

比年龄的距离更重要的一点，便是性格的差异：在性格上，四杰也天然形成两种类型，卢骆一类，王杨一类。诚然，四人都是历史上著名的"浮躁浅露"不能"致远"的殷鉴，每人"丑行"的事例，都被谨慎地保存在史乘里了，这里也毋庸赘述。但所谓"浮躁浅露"者，也有程度深浅的不同：杨炯，相传据裴行俭说，比较"沉静"。

其实王勃除擅杀官奴 [①] 那不幸事件外（杀奴在当时社会上并非一件太不平常的事），也不能算过分的"浮躁"：一个人在短短二十八年的生命里，已经完成了这样多方面的一大堆著述：

《舟中纂序》五卷，《周易发挥》五卷，《次论语》十卷，《汉书指瑕》十卷，《大唐千岁历》若干卷，《黄帝八十一难经注》若干卷，《合论》十卷，《续文中子书序诗序》若干篇，《玄经传》若干卷，《文集》三十卷。

　　　　　　烽火照西京，心中自不平。
　　　　　　牙璋辞凤阙，铁骑绕龙城。
　　　　　　雪暗凋旗画，风多杂鼓声。
　　　　　　宁为百夫长，胜作一书生。

　　　　　　　　　　　　　　　——杨炯《从军行》

　　能够浮躁到哪里去呢？同王勃一样，杨炯也是文人而兼有学者倾向的，这满可以从他的《天文大象赋》和《驳孙茂道苏知几冕服议》中看出。由此看来，王杨的性格确乎相近。相应的，卢骆也同属于另一类型，一种在某项观点下真可目为"浮躁"的类型。久历边塞而屡次下狱的博徒革命家骆宾王，不用讲了，看《穷鱼赋》和《狱中学骚体》，卢照邻也不像是一个安分的分子。骆宾王在《艳情代郭氏答卢照邻》里，便控告过他的薄幸 [②]。然而按骆宾王自己的口供：

---

① 王勃做官期间，有一次私藏了一个逃跑的官奴，后来想到私藏官奴触犯了法律，因此既不能自首，又不能报官，于是就把这个官奴杀了。——编者注

② 卢照邻任职益州新都县尉时，遇见了让他念念不忘的郭氏。后卢照邻前往长安参加"典选"，其间，因写的诗无意中触怒梁王武三思被投入大狱，在家人营救出狱后又得了风疾（麻风病），这种病死不了却很折磨人，发作时会有锥心刺骨的疼痛。不堪疾病的折磨，他在一个月夜下义无反顾地一头扎进了冰冷的颍水，而远在四川的郭氏对这一切完全不知，她以为自己被辜负了，整日以泪洗面。——编者注

但使封侯龙额贵，讵随中妇凤楼寒？

　　他原也是在英雄气概的烟幕下实行薄幸而已：看《忆蜀地佳人》一类诗，他并没有少给自己制造薄幸的机会。在这类事上，卢骆恐怕还是一丘之貉。最后，卢照邻那悲剧型的自杀和骆宾王的慷慨就义，不也还是一样？同是用不平凡的方式自动地结束了不平凡的一生。只是一悱恻，一悲壮，各有各的姿态罢了。

东西吴蜀关山远，鱼来雁去两难闻。
莫怪常有千行泪，只为阳台一片云。

——骆宾王《忆蜀地佳人》

　　这几乎是不可避免的发展：由年龄的两辈和性格的两类型，到友谊的两个集团。果然，卢骆二人交情，可凭骆的《艳情代郭氏答卢照邻》诗来坐实，而王杨的契合，则有王的《秋日饯别序》和杨的《王勃集序》可证。反之，卢或骆与王或杨之间，就看不出这样紧凑的关系来。就现存各家集中所可考见的，卢王有两首同题分韵的诗，卢杨有一首同题同韵的诗，可见他们两辈人确乎在文酒之会中常常见面。可是太深的交情，恐怕谈不到。他们绝少在作品里互相提到彼此的名字，有之，只杨在《王勃集序》中说到一次："薛令公朝右文宗，托末契而推一变。卢照邻人间才杰，览清规而辍九攻。"这反足以证明卢骆与王杨属于两个壁垒，虽则是两个对立而仍不失为友军的壁垒。九岁读颜氏《汉书》，撰《指瑕》十卷。十岁包综六经，成乎期月，悬然天得，自符音训。时师百年之学，旬日兼之，昔人千载之机，立谈可见。杨炯《王勃集序》。

　　于是，我们便可谈到他们——卢骆与王杨——另一方面的不同了。年龄的不同辈，性格的不同类型，友谊的不同集团和作风的不同派，这些不也正是一贯的现象吗？其实，不待知道"人"方面的不同，我们早就应该发觉"诗"方面的不同了。假如不受传统名词的蒙蔽，我们早就该惊讶，为什么还非维持这"四"字不可，而不仿"前七子""后七子"的例，称卢骆为"前二杰"，王杨为"后二杰"，难道那许多迹象，还不足以证明他们两派的不同吗？

首先，卢骆擅长七言歌行，王杨专工五律，这是两派选择形式的不同。当然卢骆也作五律，甚至大部分篇什还是五律，而王杨一派中至少王勃也有些歌行流传下来，但他们的长处绝不在这些方面。像卢集中的：

> 风摇十洲影，日乱九江文。（《对李荣道士》）
> 川光摇水箭，山气上云梯。（《山庄休沐》）

和骆集中这样的发端：

> 故人无与晤，安步陟山椒……（《冬日野望》）

在那贫乏的时代，何尝不是些夺目的珍宝？无奈这些有句无章的篇什，除声调的成功外，还是没有超过齐、梁的水准。骆比较有些"完璧"，如《在狱咏蝉》类，可是又略无警策。同样，王的歌行，除《滕王阁歌》外，也毫不足观。便说《滕王阁歌》，和他那典丽凝重与凄情流动的五律比起来，又算得了什么呢！

> 滕王高阁临江渚，佩玉鸣鸾罢歌舞。
> 画栋朝飞南浦云，珠帘暮卷西山雨。
> 闲云潭影日悠悠，物换星移几度秋。
> 阁中帝子今何在？槛外长江空自流。
>
> ——王勃《滕王阁诗》

杜甫《戏为六绝句》第三首说："纵使卢王操翰墨，劣于汉魏近《风》《骚》。"这里是以卢代表卢骆，王代表王杨，大概不成问题。至于"劣于汉魏近《风》《骚》"，假如可以解作王杨"劣于汉魏"，卢骆"近《风》《骚》"，倒也有它的妙处。因为卢骆那用赋的手法写成的粗线条的宫体诗，确乎是《风》《骚》的余响；而王杨的五言，虽不及汉、魏，却越过齐、梁，直接上晋、宋了，这未必是杜诗的原意，但我们不妨借它的启示来阐明一个真理。

卢骆与王杨选择形式不同，是由于他们两派的使命不同。卢骆的歌行，是用铺张扬厉的赋法膨胀过了的乐府新曲，而乐府新曲又是宫体诗的一种新发展，所以卢骆实际上是宫体诗的改造者。他们都曾经是两京和成都市中的轻薄子，他们的使命是以市井的放纵改造宫廷的堕落，以大胆代替羞怯，以自由代替局缩，所以他们的歌声需要大开大阖的节奏，他们必需以赋为诗。正如宫体诗在卢骆手里是由宫廷走到市井，五律到王杨的时代是从台阁移至江山与塞漠。台阁上只有仪式的应制，有"绮句绘章，揣合低卬"。到了江山与塞漠，才有低回与怅惘，严肃与激昂，例如王的《别薛升华》《送杜少府之任蜀州》和杨的《从军行》《紫骝马》一类的抒情诗。抒情的形式，本无须太长，五言八句似乎恰到好处。前乎王杨，尤其应制的作品，五言长律用得还相当多。这是该注意的！五言八句的五律，到王杨才正式成为定型，同时完整的真正唐音的抒情诗也是这时才出现的。

> 明月沉珠浦，风飘濯锦川。
>
> 楼台临绝岸，洲渚亘长天。
>
> 飘泊成千里，栖遑共百年。
>
> 穷途唯有泪，远望独潸然。
>
> ——王勃《别薛升华》

将卢骆与王杨对照着看，真是一个说不尽的话题。我在旁处曾说明过从卢骆到刘（希夷）张（若虚）是一贯的发展，现在还要点醒，王杨与沈宋也是一脉相承。李商隐早无意地道着了秘密：

沈宋裁辞矜变律，王杨落笔得良朋。

当时自谓宗师妙，今日惟观属对能。

——《漫成章》

以沈宋与王杨并举，实在是最自然、最合理的看法。"律"之"变"，本来在王杨手里已经完成了，而沈宋也是"落笔得良朋"的妙手，并且我们已经提过，杨炯和宋之问是好朋友。如果我们再知道他们是好到如之问《祭杨盈川文》所说的那程度，我们便更能了然于王杨与沈宋所以是一脉相承之故。老实说，就奠定五律基础的观点看，王杨与沈宋未尝不可视为一个集团，因此也有资格承受"四杰"的徽号。而卢骆与刘张也同样有理由，在改良宫体诗的观点下，被称为另一组"四杰"。一定要墨守着先入为主的传统观点，只看见"王杨卢骆"之为四杰，而抹杀了一切其他的观点，那只是拘泥，顽冥，甘心上传统名词的当罢了。

大君有命，征子文房，余亦叨忝，随君颉颃。同趋北禁，并拜东堂，志事俱得，形骸两忘。载罹寒暑，贫病洛阳，裘马同弊，老幼均粮。自君出宰，南浮江海，余尝苦饥，今日犹在。

——宋之问《祭杨盈川文》

将卢骆与王杨分别地划归了刘张与沈宋两个集团后，再比一下刘张与沈宋在唐诗中的地位，便也更能了解卢骆与王杨的地位了。五律无疑是唐诗最主要的形式，在那时人心目中，五律才是诗的正宗。沈宋之被人推重，理由便在此。按时人安排的顺序，王杨的名字列在卢骆之上，也正因他们的贡献在五律，何况王杨的五律是完全成熟了的五律。而卢骆的歌行还不免于草率、粗俗的"轻薄为文"呢？论内在价值，当然王杨比卢骆高。然而，我们不要忘记卢骆曾用以毒攻毒的手段，凭他们那新式宫体诗，一举摧毁了旧式的"江左余风"的宫体诗，因而给歌行芟除了芜秽，开出一条坦途来。若没有卢骆，哪会有刘张，哪会有《长恨歌》《琵琶行》《连昌宫词》和《秦妇吟》，甚至于李杜高岑呢？看来，在文学史上，卢骆的功绩并不亚于王杨。后者是建设，前者是破坏，他们各有各的使命。负破坏使命的，本身就得牺牲，所以失败就是他们的成功。人们都以成败论事，我却愿向失败的英雄们多寄予点同情。

> 倡楼启曙扉，杨柳正依依。
> 莺啼知岁隔，条变识春归。
> 露叶凝秋黛，风花乱舞衣。
> 攀折将安寄，军中音信稀。
>
> ——卢照邻《折杨柳》

原载《世界学生》二卷七期

孟浩然

闻一多

当年孙润夫家所藏王维画的孟浩然像，据《韵语阳秋》的作者葛立方说，是个很不高明的摹本，连所附的王维自己和陆羽、张洎等三篇题识，据他看，也是一手摹出的。葛氏的鉴定大概是对的，但他并没有否认那"俗工"所据的底本——即张洎亲眼见到的孟浩然像，确是王维的真迹。这幅画，据张洎的题识说：

虽轴尘缣古，尚可窥览。观右丞笔迹，穷极神妙。襄阳之状顾而长，峭而瘦，衣白袍，靴帽重戴，乘款段马——一童总角，提书笈负琴而从——风仪落落，凛然如生。骨貌淑清，风神散朗；救患释纷，以立义表；灌蔬艺竹，以全高尚。王士源《孟浩然集序》。

这在今天，差不多不用证明，就可以相信是逼真的孟浩然。并不是说我们知道浩然多病，就可以断定他当瘦。实在经验告诉我们，什九人是当如其诗的。你在孟浩然诗中所意识到的诗人那身影，能不是"顾而长，峭而瘦"的吗？连那件白袍，恐怕都是天造地设、丝毫不可移动的成分。白袍靴帽固然是"布衣"孟浩然分内的装束，尤其是诗人孟浩然必然的扮相。编《孟浩然集》的王士源应是和浩然很熟的

孟浩然

人，不错，他在序文里用来开始介绍这位诗人的"骨貌淑清，风神散朗"八字，与夫陶翰《送孟六入蜀序》所谓"精朗奇素"，无一不与画像的精神相合，也无一不与孟浩然的诗境一致。总之，诗如其人，或人就是诗，再没有比孟浩然更具体的例证了。

> 寂寂竟何待？朝朝空自归。
>
> 欲寻芳草去，惜与故人违。
>
> 当路谁相假？知音世所稀。
>
> 只应守寂寞，还掩故园扉。
>
> ——孟浩然《留别王维》

张祜曾有过"襄阳属浩然"之句，我们却要说，浩然也属于襄阳。也许正唯浩然是属于襄阳的，所以襄阳也属于他。大半辈子岁月在这里度过，大多数诗章是在这地方，因这地方、为这地方而写的。没有第二个襄阳人比孟浩然更忠于襄阳，更爱襄阳的。晚年漫游南北，看过多少名胜，到头还是：

> 山水观形胜，襄阳美会稽。

实在襄阳的人杰地灵恐怕比它的山水形胜更值得人赞美。从汉阴丈人到庞德公，多少令人神往的风流人物，我们简直不能想象一部《襄阳耆旧传》，对于少年的孟浩然是何等深厚的一个影响。了解了这一层，我们才可以认识孟浩然的人，孟浩然的诗。

> 高才何必贵，下位不妨贤。
> 孟简虽持节，襄阳属浩然。
>
> ——张祜《题孟处士宅》

隐居本是那时代普遍的倾向，但在旁人仅仅是一个期望，至多也只是点暂时的调济，或过期的赔偿，在孟浩然却是一个完完整整的事实。在构成这事实的复杂因素中，家乡的历史地理背景，我想，是很重要的一点。

在一个乱世，例如庞德公的时代，对于某种特别性格的人，入山采药，一去不返，本是唯一的出路。但生在"开元全盛日"的孟浩然，有那必要吗？然则为什么三番两次朋友伸过援引的手来，都被拒绝，甚至最后和本州采访使韩朝宗约好了一同入京，到头还是喝得酩酊大醉，让韩公等烦了，一赌气独自先走了呢？正如当时许多有隐士倾向的读书人，孟浩然本来是为隐居而隐居，为着一个浪漫的理想，为着对古人的一个神圣的默契而隐居。在他这回，无疑的那成立默契的对象便是庞德公。孟浩然当然不能为韩朝宗背弃庞公，鹿门山不许他，他自己家园所在，也就是"庞公栖隐处"的鹿门山，决不许他那样做。

> 北阙休上书，南山归敝庐。
> 不才明主弃，多病故人疏。
> 白发催年老，青阳逼岁除。
> 永怀愁不寐，松月夜窗虚。
>
> ——孟浩然《岁暮归南山》

"鹿门月照开烟树，忽到庞公栖隐处。岩扉松径长寂寥，惟有幽人自来去。"

这幽人究竟是谁？庞公的精灵，还是诗人自己？恐怕那时他自己也分辨不出，因为心理上他早与那位先贤同体化了。历史的庞德公给了他启示，地理的鹿门山给了他方便，这两项重要条件具备了，隐居的事实便容易完成得多了。实在，鹿门山的家园早已使隐居成为既成事实，只要念头一转，承认自己是庞公的继承人，此身便俨然是《高士传》中的人物了，总之，是襄阳的历史地理环境促成孟浩然一生老于布衣的。孟浩然毕竟是襄阳的孟浩然。

> 山寺鸣钟昼已昏，渔梁渡头争渡喧。
> 人随沙岸向江村，余亦乘舟归鹿门。
> 鹿门月照开烟树，忽到庞公栖隐处。
> 岩扉松径长寂寥，惟有幽人自来去。
> ——孟浩然《夜归鹿门歌》

我们似乎为奖励人性中的矛盾，以保证生活的丰富，几千年来一直让儒道两派思想维护着均势，于是读书人便永远在一种心灵的僵局中折磨自己，巢由与伊皋，江湖与魏阙，永远矛盾着、冲突着。于是生活便永远不谐调，而文艺也便永远不缺少题材。矛盾是常态，愈矛盾则愈常态。今天是伊皋，明天是巢由，后天又是伊皋，这是行为的矛盾。当巢由时向往着伊皋，当了伊皋，又不能忘怀于巢由，这是行为与感情间的矛盾。在这双重矛盾的夹缠中打转，是当时一般的现象。反正用诗一发泄，任何矛盾都注销了。诗是唐人排解感情纠葛的特效剂，说不定他们正因有诗做保障，才敢于放心大胆地制造矛盾。因而那时代的矛盾人格才特别多。自然，反过来说，矛盾愈深愈多，诗的产量也愈大了。孟浩然一生没有功名，除在张九龄的荆州幕中当过一度清客外，也没有半个官职，自然不会发生第一项矛盾问题。但这似乎就是他的一贯性的最高限度。因为虽然身在江湖，他的心并没有完全忘记魏阙。下面不过是许多显明例证中之一：

> 大江分九派，森漫成水乡。
> 舟子乘利涉，往来至浔阳。
> 因之泛五湖，流浪经三湘。
> 观涛壮枚发，吊屈痛沉湘。
> 魏阙心常在，金门诏不忘。
> 遥怜上林雁，冰泮已回翔。
>
> ——《自浔阳泛舟经明海》

"欲济无舟楫，端居耻圣明。坐观垂钓者，徒有羡鱼情。"

然而"羡鱼"毕竟是人情所难免的，能始终仅仅"临渊羡鱼"，而并不"退而结网"，实在已经是难得的一贯了。听李白这番热情的赞叹，便知道孟浩然超出他的时代多么远：

"吾爱孟夫子，风流天下闻。红颜弃轩冕，白首卧松云。醉月频中圣，迷花不事君。高山安可仰，徒此揖清芬。"

可是我们不要忘记矛盾与诗的因果关系，许多诗是为给生活的矛盾求统一、求调和而产生的。孟浩然既免除了一部分矛盾，对于他，诗的需要便当减少了。果然，他的诗是不多，量不多，质也不多。量不多，有他的同时人做见证，杜甫讲过的："吾怜孟浩然，……赋诗虽不多，往往凌鲍谢。"质不多，前人似乎也早已见到。苏轼曾经批评他"韵高而才短，如造内法酒手，而无材料"。这话诚如张戒在《岁寒堂诗话》里所承认的，是说尽了孟浩然，但也要看才字如何解释。才如果是指才情与才学二者而言，那就对了，如果专指才学，还算没有说尽。情当然比学重要得多。说一个人的诗缺少情的深度和厚度，等于说他的诗的质不够高。孟浩然诗中质高的有是有些，数量总是太少。"气蒸云梦泽，波撼岳阳城"式的和"微云淡河汉，疏雨滴梧桐"式的句子，在集中几乎都找不出第二个例子。论前者，质和量当然都不如杜甫；论后者，至少在量上不如王维。甚至"不才明主弃，多病故人疏"，质量都不如刘长卿和十才子。这些都不是真正的孟浩然。真孟浩然不是将诗紧紧地筑在一联或一句里，而是将它冲淡了，平均地分散在全篇中：孟浩然"微云淡河汉，疏雨滴梧桐"之句，东野集中未必有也。然使浩然当退之大敌，如《城南联句》，亦必困矣。子瞻云："浩然诗如内库法酒，即是上尊之规模，但欠酒才尔。"此论尽之。张戒《岁寒堂诗话》

> 出谷未停午，到家日已曛。
> 回瞻下山路，但见牛羊群。
> 樵子暗相失，草虫寒不闻。
> 衡门犹未掩，伫立望夫君。

甚至淡到令你疑心到底有诗没有：

> 垂钓坐磐石，水清心亦闲。
> 鱼行潭树下，猿挂岛藤间。
> 游女昔解佩，传闻于此山。
> 求之不可得，沿月棹歌还。

读孟公诗，且毋论怀抱，毋论格调，只其清空幽冷，如月中闻磬，石上听泉。翁方纲《石洲诗话》。淡到看不见诗了，才是真正孟浩然的诗。不，说是孟浩然的诗，倒不如说是诗的孟浩然，更为准确。在许多旁人，诗是人的精华；在孟浩然，诗纵非人的糟粕，也是人的剩余。在最后这首诗里，孟浩然几曾作过诗？他只是谈话而已。甚至要紧的还不是那些话，而是谈话人的那副"风神散朗"的姿态。读到"求之不可得，沿月棹歌还"，我们得到一如张洎从画像所得到的印象，"风仪落落，凛然如生"。得到了象，便可以忘言；得到了"诗的孟浩然"，便可以忘掉"孟浩然的诗"了。这是我们前面所提到的"诗如其人"或"人就是诗"的另一解释。

超过了诗也好，够不上诗也好，任凭你从环子的哪一点看起。反正除了孟浩然，古今并没有第二个诗人到过这境界。东坡说他没有才，东坡自己的毛病，就在才太多。

庄子笑曰："周将处乎材与不材之间。材与不材之间，似之而非也，故未免乎累。"

谁能了解庄子的道理，就能了解孟浩然的诗，当然也得承认那点"累"。至于"似之而非"，而又能"免乎累"，那除陶渊明，还有谁呢？

原载昆明《中央日报·文艺》第十八期

杜甫

闻一多

一

　　当中一个雄壮的女子跳舞。四面围满了人山人海的看客。内中有一个四龄童子，许是骑在爸爸肩上，歪着小脖子，看那舞女的手脚和丈长的彩帛渐渐摇起花来了。看着，看着，他也不觉眉飞色舞，仿佛很能领略其间的妙绪。他是从巩县特地赶到郾城来看跳舞的。这一回经验定给了他很深的印象。下面一段是他几十年后的回忆：

> 霍如羿射九日落，矫如群帝骖龙翔。
> 来如雷霆收震怒，罢如江海凝清光。

　　舞女是当代名满天下的公孙大娘①。四岁的看客后来便成为中国有

---

① 公孙大娘：唐玄宗时的舞蹈家。——编者注

史以来第一个大诗人，四千年文化中最庄严、最瑰丽、最永久的一道光彩。四岁时看的东西，过了五十多年，还能留下那样活跃的印象，公孙大娘的艺术之神妙，可以想见。然而小看客的感受力，也就非凡了。

> 开元三载，余尚童稚，记于郾城观公孙氏，舞剑器浑脱，浏漓顿挫，独出冠时，自高头宜春梨园二伎坊内人，洎外供奉，晓是舞者，圣文神武皇帝初，公孙一人而已。玉貌锦衣，况余白首，今兹弟子[1]，亦匪盛颜，既辨其由来，知波澜莫二，抚事感慨，聊为《剑器[2]行》。
>
> ——杜甫《观公孙大娘弟子舞剑器行》

杜甫，字子美，生于唐睿宗先天元年（712年）。原籍襄阳，曾祖依艺做河南巩县县令，便在巩县住家了。子美幼时的事迹，我们不大知道。我们知道的，是他母亲死得早，他小时是寄养在姑母家里。他自小就多病。有一天可叫姑母为难了。儿子和侄儿都病着，据女巫说，要病好，病人非睡在东南角的床上不可。但是东南角的床铺只有一张，病人却有两个，老太太居然下了决心，把侄儿安顿在吉利的地方，叫自家的儿子填了侄儿的空子。想不到决心下了，结果就来了，子美长大了，听见老家人讲姑母如何让表兄给他替了死，他一辈子觉得对不起姑母。

> 往昔十四五，出游翰墨场。
> 斯文崔魏徒，以我似班扬。
> 七龄思即壮，开口咏凤凰。

---

① 弟子：指李十二娘。——编者注

② 剑器：指唐代流行的武舞。——编者注

九龄书大字，有作成一囊。

——杜甫《壮游》

早慧不算稀奇，早慧的诗人尤其多着。只怕很少的诗人开笔开得像我们诗人那样有重大的意义。子美第一次破口歌颂的，不是什么凡物，这"七龄思即壮，开口咏凤凰"的小诗人，可以说，咏的便是他自己。禽族里再没有比凤凰善鸣的，诗国里也没有比杜甫更会唱的。凤凰是禽中之王，杜甫是诗中之圣，咏凤凰简直是诗人自占的预言。从此以后，他便常常以凤凰自比（《凤凰台》《赤凤行》便是最明白的表示）。这种比拟，从现今这开明的时代看去，倒有一种特别恰当的地方。因为谈论到这伟大的人格，伟大的天才，谁不感觉寻常文字的无效？不，无效的还不止文字，你只顾呕尽心血来悬拟、揣测，总归是隔膜，那超人的灵府中的秘密，他的心情，他的思路，像宇宙的谜语一样，绝不是寻常的脑筋所能猜透的。你只懂得你能懂的东西。因此，谈到杜甫，只好拿不可思议的比不可思议的。凤凰你知道是神话，是子虚，是不可能。可是杜甫那伟大的人格，伟大的天才，你定神一想，可不是太伟大了，伟大得可疑吗？上下数千年没有第二个杜甫（李白有他的天才，没有他的人格），你敢信杜甫的存在绝对可靠吗？一切的神灵和类似神灵的人物都有人疑过，荷马有人疑过，莎士比亚有人疑过，杜甫失了被疑的资格，只因文献，史迹，种种不容抵赖的铁证，一五一十，都在我们手里。

所贵王者瑞，敢辞微命休。
坐看彩翮长，举意八极周。
自天衔瑞图，飞下十二楼。
图以奉至尊，凤以垂鸿猷。

——杜甫《凤凰台》

子美自弱冠以后，直到老死，在四方奔波的时候多，安心求学的机会很少。若不是从小用过一番苦功，这诗人的学力哪得如此地雄厚？生在书香门第，家境即使贫寒，祖藏的书籍总还够他餍饮的。从七八岁到弱冠的期间中，我们想象子美的生活，最主要的，不外作诗，作赋，读书，写擘窠大字……无论如何，闲游的日子总占少数。（从七岁以后，据他自称，四十年中作了一千多首诗文，一千多首作品是那时候作的）并且多病的身体当不起剧烈的户外生活。读书学文便自然成了唯一的消遣。他的思想成熟得特别早，一半固由于天赋，一半大概也是孤僻的书斋生活酿成的。在书斋里，他自有他的世界。他的世界是时间构成的，沿着时间的航线，上下三四千年，来往地飞翔，他沿路看见的都是圣贤、豪杰、忠臣、孝子、骚人、逸士——都是魁梧奇伟，温馨凄艳的灵魂。久而久之，他定觉得那些庄严灿烂的姓名，和生人一般地实在，而且渐渐活现起来了，于是他看得见古人行动的姿态，听得到古人歌哭的声音。甚至他们还和他揖让周旋，上下议论，他成了他们其间的一员。于是他只觉得自己和寻常的少年不同，他几乎是历史中的人物，他和古人的关系比和今人的关系密切多了。他是在时间里，不是在空间里活着。他为什么不那样想呢？这些古人不是在他心灵里活动，血脉里运行吗？他的身体不是从这些古人的身体分泌出来的吗？是的，那政事、武功、学术震耀一时的儒将杜预便是他的十三世祖；那宣言"吾文章当得屈宋作衙官，吾笔当得王羲之北面"的著名诗人杜审言，便是他的祖父；他的叔父杜升是个为报父仇而杀身的十三岁的孝子；他的外祖母便是张说所称的那为监牢中的父亲"菲屦布衣，往来供馈，徒行卒色，伤动人伦"的孝女；他外祖母的兄弟崔行芳，曾经要求给二哥代死，没有诏准，就同哥哥一起就刑了，当时称为"死悌"。你看他自己家里，同外家里。事业、文章、孝行、友爱——立德、立功、立言的人物这样多。他翻开近代的史乘，等于翻开自己的家谱。这样读书，对于一个青年的身心，潜移默化的影响，定是不可限量的。难怪一般的少年，他瞧不上眼。他是一个贵族，不但在族望上，便论德行和智慧，他知道，也应该高人一等。所以他的朋友，除了书本里的古人，就是几个有文名的老前辈。要他同一般行辈相等的庸夫俗子混在一起，是办不到的。看看这一段文字，便可想见当时那不可一世的气概：性豪业嗜酒，嫉恶怀刚肠；脱略小时辈，结交皆老苍；饮酣视八极，俗物皆茫茫。黄鲁直言："杜子美之诗法出审言，句法出庾信，但过之耳。"宋陈无己《诗话》。

　　　　　　　今年游寓独游秦，愁思看春不当春。
　　　　　　　上林苑里花徒发，细柳营前叶漫新。
　　　　　　　公子南桥应尽兴，将军西第几留宾。
　　　　　　　寄语洛城风日道，明年春色倍还人。
　　　　　　　　　　　　　——杜审言《春日京中有怀》

　　　　　　　朝回日日典春衣，每日江头尽醉归。
　　　　　　　酒债寻常行处有，人生七十古来稀。
　　　　　　　穿花蛱蝶深深见，点水蜻蜓款款飞。
　　　　　　　传语风光共流转，暂时相赏莫相违。
　　　　　　　　　　　　　——杜甫《曲江二首》之二

　　子美所以有这种抱负，不但因为他的血缘足以使他自豪，也不仅仅是他不甘自暴自弃。这些都是片面的、次要的理由。最要紧的，是他对于自己的成功，如今确有把握了。崔尚、魏启心一般的老前辈都比他作班固、扬雄；他自己仿佛也觉得受之无愧。十四五岁的杜二，在翰墨场中，已经是一个角色了。

二

　　大约在二十岁左右，诗人便开始了他漂流的生活。三十五以前，是快意的游览（仍旧用他自己的比喻），便像羽翮初满的雏凤。乘着灵风，踏着彩云，往蒙蒙的长空飞去。他肋下只觉得一股轻松，到处有竹实，有醴泉，他的世界是清鲜，是自由，是无垠的希望，和薛雷的云雀一般，他是 Anunbodied joy whose race is just begun。

三十五岁以后，风渐渐尖峭了，云渐渐恶毒了，铅铁的穹窿在他背上逼压着，太阳也不见了。他在风雨雷电中挣扎，血污的翮羽在空中缤纷地旋舞，他长号，他哀呼，唱得越急切，节奏越神奇，最后声嘶力竭，他卸下了生命，他的挫败是胜利的挫败、神圣的挫败。他死了，他在人类的记忆里永远留下了一道不可逼视的白光。他的音乐，或沉雄，或悲壮，或凄凉，或激越，永远，永远是在时间里颤动着。

> 诗人以一字为工，世固知之，惟老杜变化开阖，出奇无穷，殆不可以迹捕。
>
> ——宋·叶梦得《石林诗话》

> 少陵之诗，一人之性情，而三朝之事会寄焉者也。
>
> ——清·浦起龙《读杜心解》

子美第一次出游是到晋地的郇瑕（今山西猗氏县），在那边结交的人物，我们知道的，有韦之晋。此后，在三十五岁以前，曾有过两次大举的游历：第一次到吴越，第二次到齐赵。两度的游历，是诗人创作生活上最需要的两种精粹而丰富的滋养。在家乡，一切都是单调，平凡，青的天笼盖着黄的地，每隔几里路，绿杨藏着人家，白杨翳着坟地，分布得驿站似的呆板。土人的生活也和他们的背景一样地单调。我们到过中州的人都知道那是个什么样的去处，大概从唐朝到现在是不会有多少进步的。从那样的环境，一旦踏进山明水秀的江南，风流儒雅的江南，你可以想象他是怎样地惊喜。我们还记得当时和六朝，好比今天和昨日，南朝的金粉，王谢的风流，在那里当然还留着够鲜明的痕迹。江南本是六朝文学总汇的中枢，他读过鲍、谢、江、沈、阴、何的诗，如今竟亲历他们歌哭的场所，他能不感动吗？何况重重叠叠的历史的舞台又在他眼前，剑池、虎丘、姑苏台、长洲苑，太伯的遗庙、阖闾的荒冢，以及钱塘、剡溪、鉴湖、天姥——处处都是陈迹、名胜，处处都足以促醒他的回忆，触发他的诗怀。我们虽没有他当时纪游的作品，但是诗人的得意是可以猜到的。美中不足的只是到了姑苏，船也办好了，却没有浮着海。仿佛命数注定了今番只许他看到自然的秀丽、清新的面相，长洲的荷香、镜湖的凉意和明眸皓齿的耶溪女……都是他今回的眼福；但是那瑰奇雄健的自然，须得等四五年后游齐赵时，才许他见面。

> 孟嘉落帽，前世以为胜绝。杜子美《九日诗》云："羞将短发还吹帽，笑倩傍人为正冠"，其文雅旷达，不减昔人。故谓诗非力学可致，正须胸肚中泄尔。
>
> ——宋·陈师道《后山诗话》

在叙述子美第二次出游以前，有一件事颇有可纪念的价值，虽则诗人自己并不介意。

唐代取士的方法分三种——生徒、贡举、制举。已经在京师各学馆，或州县各学校成业的诸生，送来尚书省受试的，名曰生徒；不从学校出身，而先在州县受试，及第了，到尚书省应试的，名曰贡举。以上两种是选士的常法。此外，每多少年，天子诏行一次，以举非常之士，便是制举。开元二十三年（736年）子美游吴越回来，挟着那"气劘屈贾垒，目短曹刘墙"的气焰应贡举，县试成功了，在京兆尚书省一试，却失败了。结果没有别的，只是在够高的气焰上又加了一层气焰。功名的纸老虎如今被他戳穿了。果然，他想。真正的学问，真正的人才，是功名所不容的。也许这次下第，不但不能损毁，反足以抬高他的身价。可恨的许只是落第落在名职卑微的考功郎手里，未免叫人丧气。当时士林反对考功郎主试的风潮酝酿得一天比一天紧，在子美"忤下考功第"明年，果然考功郎吃了举人的辱骂，朝廷从此便改用侍郎主试。

> 气劘屈贾垒，目短曹刘墙。
> 忤下考功第，独辞京尹堂。
>
> ——杜甫《壮游》

　　子美下第后八九年之间，是他平生最快意的一个时期，游历了许多名胜，结交了许多名流。可惜那期间是他命运中的朝曦，也是夕照，那几年的经历是射到他生命上的最始和最末的一道金辉，因为从那以后，世乱一天天地纷纭，诗人的生活一天天地潦倒，直到老死，永远闯不出悲哀、恐怖和绝望的环攻。但是末路的悲剧不忙提起，我们的笔墨不妨先在欢笑的时期多留连一会儿，虽则悲惨的下文早晚是要来的。

> 古人为诗，贵于意在言外，使人思而得之，故言之者无罪，闻之者足戒也。近世诗人惟杜子美最得诗人之体，
>
> ——宋·司马光《续诗话》

　　开元二十四五年之间，子美的父亲——闲——在兖州司马任上，子美去省亲，乘便游历了兖州、齐州一带的名胜，诗人的眼界于是更加开扩了。这地方和家乡平原既不同，和秀丽的吴越也两样。根据书卷里的知识，他常常想见泰山的伟大和庄严，但是真正的岱岳，那"造化钟神秀，阴阳割昏晓"的奇观，他没有见过。这边的湍流、峻岭、丰草、长林都另有一种他最能了解，却不曾认识过的气魄。在这里看到的，是自然的最庄严的色相。唯有这边自然的气势和风度最合我们诗人的脾胃，因为所有磅礴郁结在他胸中的，自然已经在这景物中说出了。这里一丘一壑，一株树，一朵云，都能引起诗人的共鸣。他在这里勾留了多年。直变成了一个燕赵的健儿，慷慨悲歌、沉郁顿挫的杜甫，如今发现了他的自我。过路的人往往看见世面行人马，带

着弓箭旗枪，架着雕鹰，牵着猎狗，望郊野奔去。内中头戴一顶银盔，脑后斗大一颗红樱，全身铠甲，跨在马上的，便是监门胄曹苏预（后来避讳改名源明）。在他左首并辔而行的，装束略微平常，双手按着长槊，却也是英风爽爽的一个丈夫，便是诗人杜甫。两个少年后来成了极要好的朋友。这回同着打猎的经验，子美永远不能忘记，后来还供给了《壮游》诗一段有声有色的文字：

　　　　春歌丛台上，冬猎青丘旁。呼鹰皂枥林，逐兽云雪岗。
　　　　射飞曾纵鞚，引臂落鹙鸧。苏侯据鞍喜，忽如携葛强。

原来诗人也学得了一手好武艺！

　　　　文章无警策，则不足以传世，盖不能竦动世人。如杜子
　　　美及唐人诸诗，无不如此。但晋宋间人专致力于此，故失于
　　　绮靡，而无高古气味。子美诗云："语不惊人死不休。"所谓
　　　惊人语，即警策也。
　　　　　　　　　　　　　　　　　　　　——《吕氏童蒙训》

这时的子美，是生命的焦点，正午的日曜，是力，是热，是锋棱，是夺目的光芒。他这时所咏的《房兵曹胡马》和《画鹰》恰好都是自身的写照。我们不能不腾出篇幅，把两首诗的全文录下：

　　　　　　胡马大宛名，锋棱瘦骨成。
　　　　　　竹批双耳峻，风入四蹄轻。
　　　　　　所向无空阔，真堪托死生。
　　　　　　骁腾有如此，万里可横行。
　　　　　　　　　　　　　　　——《房兵曹胡马》

　　　　　　素练风霜起，苍鹰画作殊。

㧐身思狡兔，侧目似愁胡。

绦镟光堪擿，轩楹势可呼。

何当击凡鸟，毛血洒平芜！

——《画鹰》

　　这两首和稍早的一首《望岳》都是那时期里最重要的代表作品，实在也奠定了诗人全部创作的基础。诗人作风的倾向，似乎是专等这次游历来发现的，齐赵的山水，齐赵的生活，是几天的骄阳接二连三地逼成了诗人天才的成熟。

岱宗夫如何？齐鲁青未了。

造化钟神秀，阴阳割昏晓。

荡胸生层云，决眦入归鸟。

会当凌绝顶，一览众山小。

——杜甫《望岳》

　　灵机既经触发了，弦音也已校准了，从此轻拢慢捻。或重挑急抹，信手弹去，都是绝调。艺术一天进步一天，名声也一天大一天。从齐赵回来，在东都（今洛阳）住了两三年，城南首阳山下的一座庄子，排场虽是简陋，门前却常留着达官贵人的车辙马迹。最有趣的是，那一天门前一阵车马的喧声，顿时老苍头跑进来报道贵人来了。子美倒屣①出迎。一位道貌盎然的斑白老人向他深深一揖，自道是北海太守李邕，久慕诗人的大名，特地来登门求见。北海太守登门求见，与诗人相干吗？世俗的眼光看来，一个乡贡落第的穷书生家里来了这样一位阔客人，确乎是荣誉，是发迹的吉兆。但是诗人的眼光不

---

① 古人一般是脱鞋席地而坐，有客来时，因急于出迎，以致把鞋穿倒。后用倒屣形容迎客的急迫或表示对来客的热情欢迎。——编者注

同。他知道的李邕是为追谥韦巨源事，两次驳议太常博士李处和声援宋璟，弹劾谋反的张昌宗弟兄①的名御史李邕——是碑版文字，散满天下，并且为要压倒燕国公的"大手笔"，几乎牺牲了性命的李邕——是重义轻财，卑躬下士的李邕。这样一位客人来登门求见，当然是诗人的荣誉，所以"李邕求识面"可以说是他生平最得意的一句诗。结识李邕在诗人生活中确乎要算一件有关系的事。李邕的交游极广，声名又大，说不定子美后来的许多朋友，例如李白、高适诸人，许是由李邕介绍的。

> 太史公论诗，以为《国风》好色而不淫，《小雅》怨诽而不乱。以予观之，是特识变风、变雅耳，乌睹诗之正乎？昔先王之泽衰，然后变风发乎情。虽衰而未竭，是以犹止于礼义，以为贤于无所止者而已。若夫发于性，止于忠孝者，其诗岂可同日而语哉！古今诗人众矣，而子美独为首者，岂非以其流落饥寒，终身不用，而一饭未尝忘君也欤？
>
> ——宋·苏轼《诗话》

三

写到这里，我们该当品三通画角，发三通摆鼓，然后提起笔来蘸饱了金墨，大书而特书。因为我们四千年的历史里，除了孔子见老子（假如他们是见过面的），没有比这两人的会面，更重大，更神圣，更可纪念的。我们再逼紧我们的想象，譬如说，青天里太阳和月亮走碰了头，那么，尘世上不知要焚起多少香案，不知有多少人要望

---

① 武则天的男宠。武周晚年，张氏弟兄把持朝政，败坏朝纲，后在张柬之等人发动的神龙政变中被诛杀。——编者注

天遥拜，说是皇天的祥瑞。如今李白和杜甫——诗中的两曜，劈面走来了，我们看去，不比那天空的异瑞一样地神奇，一样地有重大的意义吗？所以假如我们有法子追究，我们定要把两人行踪的线索，如何拐弯抹角，时合时离，如何越走越近，终于两条路线会合交叉了——统统都记录下来。假如关于这件事，我们能发现到一些翔实的材料，那该是文学史里多么浪漫的一段掌故！可惜关于李杜初次的邂逅，我们知道的一成，不知道的九成。我们知道天宝三载三月，太白得罪了高力士，放出翰林院之后，到过洛阳一次，当时子美也在洛阳。两位诗人初次见面，至迟是在这个当儿。至于见面时的情形，在什么时候，什么地方，也许是李邕的筵席上，也许是洛阳城内一家酒店里，也许……但这都是可能范围里的猜想，真确的情形，恐怕是永远的秘密。

李白壮浪纵恣，摆去拘束，诚亦差肩子美矣。至若铺陈终始，排比声韵，大或千言，次犹数百，词气豪迈，而风调清深，属对律切，而脱弃凡近，则李尚不能历其藩翰，况堂奥乎。

——元稹

杜诗贯穿古今，尽工尽善，殆过于李。

——白居易

有一件事我们却拿得稳，是可靠的。子美初见太白所得的印象，和当时一般人得的，正相吻合。司马子微一见他，称他"有仙风道骨，可与神游八极之表"；贺知章一见，便呼他作"天上谪仙人"；子美集中第一首《赠李白》诗，满纸都是企羡登真度世的话，假定那是第一次的邂逅，第一次的赠诗，那么，当时子美眼中的李十二，不过一个神采趣味与常人不同，有"仙风道骨"的人，一个可与"相期拾瑶草"的侣伴，诗人的李白没有在他脑中镌上什么印象。到第二次赠诗，说"未就丹砂愧葛洪"，回头就带着讥讽的语气问：痛饮狂歌空度日，飞扬跋扈为谁雄？

> 李杜画像，古今诗人题衰亡和。若杜子美，其诗高妙，固不待言，要当知其平生用心处，则半山老人之诗得之矣。若李太白，其高气盖世，千载之下，犹可叹想，则东坡居士之赞尽之矣。
>
> ——宋·胡元任《丛话》

依然没有谈到文字。约莫一年以后，第三次赠诗，文字谈到了，也只轻轻的两句"李侯有佳句，往往似阴铿"，不是什么了不得的恭维，可是学仙的话一概不提了。或许他们初见时，子美本就对于学仙有了兴味，所以一见了"谪仙人"，便引为同调；或许子美的学仙的观念完全是太白的影响。无论如何，子美当时确是做过那一段梦——虽则是很短的一段。说"苦无大药资，山林迹如扫"；说"未就丹砂愧葛洪"，起码是半真半假的心话。东都本是商贾贵族蜂集的大城，廛市的繁华，人心的机巧，种种城市生活的罪恶我们明明知道，已经叫子美腻烦、厌恨了，再加上当时炼药求仙的风气正盛，诗人自己又正在富于理想的，如火如荼的浪漫的年华中——在这种情势之下，萌生了出世的观念，是必然的结果。只是杜甫和李白的秉性根本不同：李白的出世，是属于天性的，出世的根性深藏在他骨子里，出世的风神披露在他容貌上；杜甫的出世是环境机会造成的念头，是一时的愤慨。两人的性格根本是冲突的。太白笑"尧舜之事不足惊"，子美始终要"致君尧舜上"。因此两人起先虽觉得志同道合，后来子美的热狂冷了，便渐渐觉得不独自己起先的念头可笑，连太白的那种态度也可笑了。临了，念头完全抛弃，从此绝口不提了。到不提学仙的时候，才提到文字，也可见当初太白的诗不是不足以引起子美的倾心，实在是诗人的李白被仙人的李白掩盖了。

饭颗山头逢杜甫，顶戴笠子日卓午。

借问别来太瘦生，总为从前作诗苦。

——李白《戏赠杜甫》

李杜文章在，光焰万丈长。

——韩愈

东都的生活果然是不能容忍了。天宝四载夏天，诗人便取道如今开封归德一带，来到济南。在这边，他的东道主，便是北海太守李邕。他们常时集会，宴饮，赋诗。集会的地点往往在历下亭和鹊湖边上的新亭。在座的都是本地的或外来的名士，内中我们知道的还有李邕的从孙李之芳员外，和邑人蹇处士。竟许还有高适，有李白。

白也诗无敌，飘然思不群。

清新庾开府，俊逸鲍参军。

渭北春天树，江东日暮云。

何时一樽酒，重与细论文。

——杜甫《春日忆李白》

是年秋天太白确乎是在济南。当初他们两人是否同来的，我们不晓得。我们晓得他们此刻交情确是很亲密了，所谓"醉眠秋共被，携手日同行"，便是此时的情况。太白有一个朋友范十，是位隐士，住在城北的一个村子上。门前满是酸枣树，架上吊着碧绿的寒瓜，愉演的白云镇天在古城上闲卧着——俨然是一个世外的桃源。主人又殷勤，太白常常带子美到这里喝酒谈天。星光隐约的瓜棚底下，他们往往谈到夜深人静。太白忽然对着星空出神，忽然谈起从前陈留采访使李彦如何答应他介绍给北海高天师学道箓。话说过了许久，如今李彦许早忘记了，他可是等得不耐烦了。子美听到那类的话，只是唯唯否否；直等话头转到时事上来，例如贵妃的骄奢，明皇的昏聩，以及朝里朝外的种种险象，他的感慨才潮水般地涌来。两位诗人谈着话。叹着气，主人只顾忙着筛酒，或许他有意见不肯说出来，或许压根儿没有意见。

死别已吞声，生别常恻恻。

江南瘴疠地，逐客无消息。

故人入我梦，明我长相忆。

君今在罗网，何以有羽翼？

恐非平生魂，路远不可测。

魂来枫林青，魂返关塞黑。

落月满屋梁，犹疑照颜色。

水深波浪阔，无使蛟龙得。

——杜甫《梦李白二首（其一）》

原载《新月》第一卷第六期

（民国）十七年（1928年）八月十日

李白

浦江清

李白（701—762），字太白。

王世贞《宛委余编》谓："白本陇西人，产于蜀，流寓山东。"

恐籍贯陇西，从陇西迁至蜀，由蜀迁至山东，其父曾为任城尉，白生长于山东。陇西近外国，恐其祖罪徙至西域，其后回来。

天宝初，李白客游会稽，与道士吴筠同隐剡中。后筠被召至长安，李白亦偕至长安。白貌奇逸，有神仙风度。贺知章见其文，叹曰："子谪仙人也。"荐于玄宗。白与贺知章、李适之、汝阳王琎、崔宗之、苏晋、张旭、焦遂为饮中八仙。（此事在天宝间，因白天宝初始供奉耳，但苏晋卒于开元二十二年。范传正《李白新墓碑》有裴周南而杜诗无裴，其名录有出入也。）

帝召见于金銮殿，论当时事，白奏颂一篇，赐食，御手调羹。有诏供奉翰林。一日，帝坐沉香亭子，意有所感，欲得白为乐章，召入而白已醉，左右以水颒面，援笔成《清平调》三章，婉丽精切。杜诗所谓"李白斗酒诗百篇，长安市上酒家眠。天子呼来不上船，自称臣是酒中仙"是也。尝侍帝，醉，使高力士脱靴，力士激杨贵妃中伤之。帝欲官白，妃辄阻止。（新旧《唐书》互有详略。《新唐书》已采宋人乐史《李翰林别集序》大意，《旧唐书》无沉香亭子一节，但亦有使高力士脱靴事，未言高力士以此激杨贵妃，但因力士之怨被斥而已。）因忤高力士、杨贵妃，遂不为帝亲信。恳还山，帝赐金放还。

由是浪迹江湖，浮游四方，终日沉饮。与侍御史崔宗之月夜乘舟自采石至金陵。白衣宫锦袍，于舟中顾瞻笑傲，旁若无人。天宝末，安禄山反，转侧宿松匡庐间，《庐山谣寄卢侍御虚舟》一诗写这种经历、见闻和感受，诗的前四句是："我本楚狂人，凤歌笑孔丘。手持绿玉杖，朝别黄鹤楼。"安史之乱，玄宗幸蜀。白依永王璘，辟为府僚佐。肃宗即位灵武，璘起兵逃还彭泽。璘败当诛，赖郭子仪力救（白曾救郭子仪，郭德之，力言赎罪。此处《新唐书》亦采宋人乐史《李翰林别集序》所说，《旧唐书》无），得诏流夜郎。会赦还浔阳，坐事下狱。宋若思释之，辟为参谋。未几辞职。李阳冰为当涂令，白依之。代宗立，以左拾遗召，而白已卒，年六十余。临卒以诗卷授阳冰，阳冰为序而行世。葬姑孰谢家青山东麓。元和末，宣歙观察使范传正祭其墓，见其二孙女，嫁为农夫之妻。因为立碑。

魏颢曰："白始娶于许，生一女一男，曰明月奴，女既嫁，而卒。又合于刘，刘诀。次合于鲁一妇人，生子曰颇黎，终娶于宋。（宋氏或即宗氏，盖其《窜夜郎于乌江留别宗十六璟》中有句云'我非东床人，令姊忝齐眉'。——章克桥）间携昭阳金陵之妓，迹类谢康乐，世号为李东山。"

又李华《李白墓志》：卒"年六十有二"。"有子曰伯禽。"范传正《李公新墓碑》亦云："亡子伯禽。"伯禽当是明月奴或颇黎中之一人。

《旧唐书》云："以饮酒过度，醉死于宣城，有文集二十卷，行于时。"（小说故事传李白醉中捞月死于水。恐非事实。）

裴敬"墓碑"云："死宣城，葬当涂青山下。"

李阳冰云："疾亟草稿万卷，手集未修，枕上授简，俾余为序。"

魏颢序则言生前曾"尽出其文，命颢为集"。

乐史《李翰林别集序》则云：李阳冰纂李翰林歌诗"为《草堂

集》十卷，史又别收歌诗十卷。……号曰《李翰林集》，今于三馆中得李白赋、序、表、赞、书、颂等，亦排为十卷，号曰《李翰林别集》。"

李白一生，少年任侠，中年做官，晚年流离。

南北朝实施门阀制度，贵族政治。隋唐进士制度，吸收高级知识分子到统治集团，做压迫人民的帮凶和帮闲。这些知识分子出身于封建地主或官僚家庭，从下面爬上来，迎合国君权相、公卿贵人，或者不得意而反抗，或者有清高思想，借作品发牢骚，常处在热衷世事与清高为人的矛盾之中。

李白并非进士，做翰林供奉。不次的恩遇，非正途出身。他诗才杰出，不受羁勒，如应进士科倒未必得意。他绝少宫艳体诗，他的诗从建安文学出来，以建安为风范，与谢朓、鲍照近。

他的诗有热烈的感情，他是一位天才诗人。

李白继陈子昂为复古派中人物。其《古风》五十九首第一首云：

> 大雅久不作，吾衰竟谁陈？
> 王风委蔓草，战国多荆榛。
> 龙虎相啖食，兵戈逮狂秦。
> 正声何微茫，哀怨起骚人。
> 扬马激颓波，开流荡无垠。
> 废兴虽万变，宪章亦已沦。
> 自从建安来，绮丽不足珍。
> 圣代复元古，垂衣贵清真。
> 群才属休明，乘运共跃鳞。
> 文质相炳焕，众星罗秋旻。
> 我志在删述，垂辉映千春。
> 希圣如有立，绝笔于获麟。

这首诗写得很严正，他对于诗推崇《诗经》正声，又说志在删述，自比孔子。与"我本楚狂人，凤歌笑孔丘"似乎矛盾，此两重人格也。实则他对于诗的理论，属于正统派，他自己的个性，则是浪漫的，仙侠一路。他还推崇建安以前的诗，看不起南朝的绮丽文学。其《古风》同阮籍《咏怀》、陈子昂《感遇》的篇章。他的诗的功力可以比上阮嗣宗。

虽然他推崇《诗经》，可是他没有作四言诗，所作的以五古、七古为最多，可见古之难复了。其论诗又云："梁陈以来，艳薄斯极，沈休文又尚以声律，将复古道，非我而谁。"又言："兴寄深微，五言不如四言，七言又其靡也。况使束于声调俳优哉。"他不赞成沈休文一派之声律对偶，宫体靡弱之诗，所以他也绝不提到初唐四杰，不像杜甫那样虚心，诗备众体。李白很少作律诗。

李白诗，擅长古风，多数是乐府古题，古乐府之新作法。从汉魏以迄于南北朝乐府诗题，他几乎都有写作，如《天马歌》《公无渡河》《日出入行》《战城南》《白头吟》《相逢行》《有所思》《短歌行》《长歌行》《采莲曲》《乌夜啼》《乌栖曲》《子夜歌》《襄阳歌》《白纻辞》《将进酒》《行路难》等拟古乐府，而自出心裁。有些乐府诗，虽然不见前人之作，但也非李白创调。在那些乐府古题内，李白诗情奔放，超过古人原作，皆出于古人之上。他的乐府多用杂言及长短句，才气纵横，非格律所能束缚。如《将进酒》《蜀道难》。六朝乐府他亦学，如《白纻辞》《子夜四时歌》《长干行》《乌栖曲》，都很清丽。他是结束汉魏六朝的诗歌，集汉魏六朝诗体大成。他的乐府如天马行空，不受羁縻。

他并不像杜甫那样自己立乐府题目，写当时时事。李白的只是抒情诗，并不记事，是超时代的作家。

略有与时事有关的如《怨歌行》，题下注云："长安见内人出嫁，友人令余代为之。"与《邯郸才人嫁为厮养卒妇》同意。又如《东海有勇妇》，注云：代《关中有贤女》。代即拟的意思，《关中有贤女》原乃汉鼙舞歌，此虽是拟古乐府，所咏为时事，诗中云："北海李使君，飞章奏天庭"。指北海李邕。又如《凤笙篇》，王琦谓送一道流应诏入京之作。《远别离》，萧士赟以为刺国家授柄于李林甫。《蜀道难》一诗，范摅《云溪友议》、洪驹父《诗话》《新唐书·严武传》谓严武欲杀房琯、杜甫，李白为房杜危而作此诗，唯孟棨《本事诗》《唐摭言》《唐书·李白传》谓白见贺知章，以《蜀道难》示之，则为天宝初时作，而严武镇蜀在至德后，不相及也。沈存中《笔谈》谓古本李集《蜀道难》下有注云："讽章仇兼琼也。"萧士赟注李集谓见玄宗幸蜀时作，在天宝末，故言剑阁之难行，又曰"问君西游何时还"，君指明皇也。胡震亨谓但是拟古乐府，白，蜀人，自为蜀咏耳。此说如允，余皆好事者穿凿。

李白《猛虎行》虽亦是乐府诗，但咏时事，"秦人半作燕地囚，胡马翻衔洛阳草"。言禄山之叛，天宝十四载十二月东京之破，封常清战败，高仙芝引兵退守潼关，贼掠子女玉帛悉送范阳也。李白"窜身南国避胡尘"，客于宣城，与张旭会于溧阳酒楼，作此诗，以张良、韩信比己及旭，慨叹不遇。"一输一失关下兵"，一输指高仙芝退兵，一失指明皇斩仙芝、常清。

白才气纵横，乐府诗中常用杂言、长短句，近汉乐府，亦近鲍照，是以杜甫称其"清新庾开府，俊逸鲍参军"。与庾信实不近，其一生低首者为谢宣城。《宣城谢朓楼饯别校书叔云》云："蓬莱文章建安骨，中间小谢又清发。"在《金陵城西楼月下吟》诗中又云："解道澄江净如练，令人长忆谢玄晖。"是其晚年爱宣城之风景，故尔特提谢朓。以彼才力，小谢非其匹也。

总之，唐人作乐府，并非完全拟古，兼存《诗经》讽刺时事之义。此则李白较少，而杜甫、白居易则最为注重此义焉。

白五、七绝句亦佳，唯不善五、七律。

前引杜甫《饮中八仙歌》云："李白一斗诗百篇，长安市上酒家眠。天子呼来不上船，自称臣是酒中仙。"贺知章曾许李白为谪仙人，又杜甫《苏端薛复筵简薛华醉歌》云："坐中薛华善醉歌，歌辞自作风格老。近来海内为长句，汝与山东李白好。"亦称李白善为醉歌也。杜甫自己也有《醉时歌》《醉歌行》等题，诗中并不单说喝酒，乃是酬赠、送别之作。如李白《将进酒》《前有樽酒行》《把酒问月》等篇，皆所谓醉歌也。醉歌者，即席作诗，以助酒兴。如曹操《短歌行》"对酒当歌"之意。李白一生诗酒风流，颇似阮籍，其信仰道家神仙亦然。豪放奔逸，与渊明之洁身自好、躬耕贫苦者又不同。李白有仙侠气，渊明调融儒道，温然纯粹。渊明愿隐，李白愿用世而不得意。虽随吴筠得玄宗知遇为翰林供奉，迄未得官。及天宝乱后，为永王璘辟为僚佐，璘谋乱兵败，白坐流夜郎，赦还，客死当涂。

《将进酒》是彰显李白诗酒风流的代表作，极富思想与个性。诗中岑夫子或谓岑参，丹丘生或谓元丹丘。"黄河之水"句，兴也，"不复回"，兴人生年华一去不复返。以"逝水流年"起，下言饮酒尽欢为乐。陈王，陈思王曹植，他的《名都篇》有"归来宴平乐，美酒斗十千"句。"钟鼓馔玉"言富贵。

《前有樽酒行》，此诗比《将进酒》更为蕴藉。

《日出入行》用汉乐府旧题，翻新，长短句古奥，然毕竟是唐人。全诗充分表现诗人对宇宙和人生的探求精神。

《月下独酌》和《把酒问月》都写诗与月与酒的融合。《把酒问月》比《月下独酌》来得好，《月下独酌》说理多，情感少。此诗说理更深且广。写月即自然是永恒的，人生是飘忽的。诗歌自然，酒遣人生。东坡《水调歌头》自此出。李白《把酒问月》诗分四叠，换韵，歌曲体，酒与月的交融，时与空的交错，淋漓尽致。东坡《水调歌头》开头"明月几时有，把酒问青天"，显然从李白《把酒问月》"青天有月来几时，我今停杯一问之"来。同样是把酒问月，与李白问宇宙、说人生不同，苏东坡后半阙归结到讲别离。

《宣城谢朓楼饯别校书叔云》诗发端忆念过去，烦忧现在，不从私交说，就人生感慨说，得其大。送秋雁，象征送客远游。其次，说到谢朓楼。"抽刀断水"，宾，比喻；"举杯消愁"，主。以流水喻思念、喻忧愁，可以与建安诗人徐干的《室思》"思君如流水，何有穷已时"的诗句做一比较，亦可以李后主《虞美人》词"问君能有几多愁，恰似一江春水向东流"的诗句中加以印证。

《扶风豪士歌》见其豪爽。乱时有用世意，以后入永王璘幕府，见其有意用世。此诗显示清高思想与名位思想的矛盾。末两句"张良未遂赤松去，桥边黄石知我心"点出。

白于天宝之乱，少有描述，其《上皇西巡南京歌》十首，有云："九天开出一成都，万户千门入画图。草树云山如锦绣，秦川得及此间无"。又云："谁道君王行路难，六龙西幸万人欢。地转锦江成渭水，天回玉垒作长安"。又云："少帝长安开紫极，双悬日月照乾坤"。白，蜀人，且他自己在南方，作此等歌颂语，与杜甫之在长安，作《哀江头》之痛哭流涕，感慨绝不相同。杜甫关怀时局，忧念蒸黎，李白不很关心。又如《永王东巡歌》十一首，说到"龙蟠虎踞帝王州，帝子金陵访古丘"，又云："试借君王玉马鞭，指挥戎虏坐琼筵。南风一扫胡尘静，西入长安到日边"。据其后来自己坦白是当时"迫胁上楼船"的，但在此歌中所说，确其赞助王子立功之意，未始不肯为永王用也。文人转侧，难于主张。

白之绝句《苏台览古》："旧苑荒台杨柳新，菱歌清唱不胜春。只今惟有西江月，曾照吴王宫里人。"《黄鹤楼送孟浩然之广陵》："故人西辞黄鹤楼，烟花三月下扬州。孤帆远影碧空尽，惟见长江天际流。"《闻王昌龄左迁龙标遥有此寄》："杨花落尽子规啼，闻道龙标过五溪。我寄愁心与明月，随君直到夜郎西。"《峨眉山月歌》："峨眉山月半轮秋，影入平羌江水流。夜发清溪向三峡，思君不见下渝州。"以上四首，皆见其风韵。

相传《菩萨蛮》《忆秦娥》等小词，皆托名李白，宋人混入白集者，即《清平调》三章，乐史所艳称者，亦恶俗不类，品格低下。乐史，北宋人，新得此三首诗，并有明皇贵妃赏芍药故事（见乐史《李翰林别集序》），实为可疑，非史实。白集另有《宫中行乐词》八首，注云奉召作。亦真伪不辨。比较观之，尚较《清平调》三章为胜。

节选自浦江清《中国文学史讲义》："李白"

元稹　白居易

胡适

　　九世纪的初期——元和、长庆的时代——真是中国文学史上一个很光荣灿烂的时代。这时代的几个领袖文人，都受了杜甫的感动，都下了决心要创造一种新文学。中国文学史上的大变动向来都是自然演变出来的，向来没有有意的、自觉的改革。只有这一个时代可算是有意的、自觉的文学革新时代。这个文学革新运动的领袖是白居易与元稹，他们的同志有张籍、刘禹锡、李绅、李余、刘猛等。他们不但在韵文方面做革新的运动，在散文的方面，白居易与元稹也曾做一番有意的改革，与同时的韩愈、柳宗元都是散文改革的同志。

　　元稹，字微之，河南人，本是北魏拓跋氏帝室之后。他九岁便能作文，少年登"才识兼茂，明于体用"科，他为第一，除右拾遗；因他锋芒太露，为执政所忌，屡次受挫折，后来被贬为江陵府士曹参军，量移通州司马。他的好友白居易那时也被贬为江州司马。他们往来赠答的诗歌最多，流传于世；故他们虽遭贬逐，而文学的名誉更大。元和十四年（八一九），他被召回京。穆宗为太子时，已很赏识元稹的文学；穆宗即位后，升他为祠部郎中，知制诰。知制诰是文人最大的荣誉，而元稹得此事全出于皇帝的简任，不由于宰相的推荐，故他很受相府的排挤。但元稹用散体古文来作制诰，对于向来的骈体制诰诏策是一种有意的革新。（看他的《元氏长庆集》《四部丛刊》本。）《新唐书》说他"变诏书体，务纯厚明切，盛传一时。"《旧唐书》说他的辞诰"复然与古为侔，遂盛传于代"。

穆宗特别赏识他，两年之中，遂拜他为宰相（八二二）。当时裴度与他同做宰相，不很瞧得起这位骤贵的诗人，中间又有人挑拨，故他们不能相容，终于两人同时罢相。元稹出为同州刺史，转为越州刺史；他喜欢越中山水，在越八年，作诗很多。文宗太和三年（八二九），他回京为尚书左丞；次年（八三〇），检校户部尚书，兼鄂州刺史、御史大夫、武昌军节度使。五年（八三一）七月，死于武昌，年五十三（生于七七九）。

白居易，字乐天，下邽人，生于大历七年（七七二），在杜甫死后的第三年。他自己叙他早年的历史如下：

仆始生六七月时，乳母抱弄于书屏下，有指"之"字"无"字示仆者，仆口未能言，心已默识。后有问此二字者，虽百十其试，而指之不差。……及五六岁，便学为诗。九岁，暗识声韵。十五六，始知有"进士"，苦节读书。二十已来，昼课赋，夜课书，间又课诗，不遑寝息矣。以至于口舌成疮，手肘成胝，既壮而肤革不丰盈，未老而齿发早衰白，……盖以苦学力文之所致。又自悲家贫多故，年二十七方从乡试。既第之后，虽专于科试，亦不废诗。（《与元九书》）

贞元十四年（七九八），他以进士就试，擢甲科，授秘书省校书郎。宪宗元和二年（八〇七），召入翰林为学士；明年，拜左拾遗。他既任谏官，很能直言。元稹被谪，他屡上疏切谏，没有效果。五年（八一〇），因母老家贫，自请改官，除为京兆府户曹参军。明年，丁母忧；九年（八一四），授太子左赞善大夫。

当时很多人忌他，说他浮华无行，说他的母亲因看花堕井而死，而他作《赏花》诗及《新井》诗，"甚伤名教"。他遂被贬为江州司马。他自己说这回被贬逐其实是因为他的诗歌讽刺时事，得罪了不少人。他说：

凡闻仆《贺雨》诗，众口籍籍以为非宜矣。闻仆《哭孔戡》诗，众面脉脉尽不悦矣。闻《秦中吟》，则权豪贵近者相目而变色矣。闻《登乐游原》寄足下诗，则执政柄者扼腕矣。闻《宿紫阁村》诗，则握军要者切齿矣。……不相与者，号为沽誉，号为诋讦，号为讪谤。苟相与者，则如牛僧孺之诚焉。乃至骨肉妻孥皆以我为非也。其不我非者，举世不过三两人。……

元和十三年冬（八一八—八一九），他量移忠州刺史。他自浔阳浮江上峡，带他的兄弟行简同行；明年三月，与元稹会于峡口；在夷陵停船三日，他们三人在黄牛峡口石洞中，置酒赋诗，恋恋不能诀别。

元和十四年冬（八一九—八二〇），他被召还京师；明年（八二〇），升主客郎中，知制诰。那时元稹也召回了，与他同知制诰。长庆元年（八二一），转中书舍人。《旧唐书》说：

时天子荒纵不法，执政非其人，制御乖方，河朔复乱。居易累上疏论其事，天子不能用，乃求外任。〔二年〕（八二二）七月，除杭州刺史。俄而元稹罢相，自冯翊转浙东观察使，交契素深，杭越邻境，篇咏往来，不间旬浃。尝会于境上，数日而别。

他在杭州秩满后，除太子左庶子，分司东都。宝历中（八二五—八二六），复出为苏州刺史。文宗即位（八二七），征拜秘书监，明年转刑部侍郎，封晋阳县男，食邑三百户。太和三年（八二九），他称病东归，求为分司官，遂除太子宾客分司。《旧唐书》说：

居易初……蒙英主特达顾遇，颇欲奋厉效报。苟致身于讦谟之地，则兼济生灵。蓄意未果，望风为当路者所挤，流徙江湖，四五年间，几沦蛮瘴。自是宦情衰落，无意于出处，唯以逍遥自得，吟咏情性为事。太和以后，李宗闵、李德裕用事，朋党事起，是非排陷，朝升暮黜，天子亦无如之何。杨颖士、杨虞卿与宗闵善，居易妻，颖士从父妹也。居易愈不自安，惧以党人见斥，乃求致身散地，冀于远害。凡所居官，未尝终秩，率以病免，固求分务，识者多之。

太和五年（八三一），他做河南尹；七年（八三三），复授太子宾客分司。（洛阳为东都，故各官署皆有东都"分司"，如明朝的南京，清朝的盛京；其官位与京师相同，但没有事做。）他曾在洛阳买宅，有竹木池馆，有家妓樊素蛮子能歌舞，有琴有书，有太湖之石，有华亭之鹤。他自己说：

> 水香莲开之旦，露清鹤唳之夕，拂杨石（杨贞一所赠），举陈酒（陈孝仙所授法子酿的），援崔琴（崔晦叔所赠），弹姜《秋思》（姜发传授的；《旧唐书》脱"姜"字，今据《长庆集》补），颓然自适，不知其他。酒酣琴罢。又命乐童登中岛亭，合奏《霓裳散序》，声随风飘，或凝或散，悠扬于竹烟波月之际者久之。曲未竟，而乐天陶然石上矣。(《池上篇》自序)

开成元年（八三六），除同州刺史，他称病不就；不久，又授他太子少傅，进封冯翊县开国侯。会昌中，以刑部尚书致仕。他自己说他能"栖心释梵，浪迹老庄"；晚年与香山僧如满结香火社，白衣鸠杖，往来香山，自称香山居士。他死在会昌六年（八四六），年七十五。〔《旧唐书》作死于大中元年（八四七），年七十六。此从《新唐书》，及李商隐撰的《墓志》。〕

白居易与元稹都是有意做文学改新运动的人：他们的根本主张，翻成现代的术语，可说是为人生而作文学！文学是救济社会，改善人生的利器；最上要能"补察时政"，至少也须能"泄导人情"；凡不能这样的，都"不过嘲风雪，弄花草而已"。白居易在江州时，作长书与元稹论诗（《白氏长庆集》卷二十八，参看《旧唐书》本传所引），元稹在通州也有"叙诗"长书寄白居易（《元氏长庆集》卷三十）。这两篇文章在文学史上要算两篇最重要的宣言。我们先引白居易书中论诗的重要道：

> 圣人感人心而天下和平。感人心者，莫先乎情，莫始乎言，莫切乎声，莫深乎义。诗者，根情，苗言，华声，实义。上自贤圣，下至愚骏，微及豚鱼，幽及鬼神，群分而气同，形异而情一，未有声入而不应，情交而不感者。圣人知其然，因其言，经之以六义；缘其声，纬之以五音。音有韵，义有类。韵协则言顺，言顺则声易入。类举则情见，情见则感易交。于是孕大含深，贯微洞密，上下通而一气泰，忧乐合而百志熙。

这是诗的重要使命。诗要以情为根，以言为苗，以声为华，以义为实。托根于人情而结果在正义，语言声韵不过是苗叶花朵而已。

> 洎周衰秦兴，采诗官废，上不以诗补察时政，下不以歌泄导人情。乃至于谄成之风动，救时之道缺。于时六义始刓矣。国风变为骚辞，五言始于苏李。诗骚皆不遇者各系其志，发而为文。故河梁之句止于伤别；泽畔之吟，归于怨思。彷徨抑郁，不暇及他耳。然去诗未远，梗概尚存，……虽义类不具，犹得风人之什二三焉。于时六义始缺矣。

这就是说，《楚辞》与汉诗已偏向写主观的怨思，已不能做客观的表现人生的工作了。

> 晋宋已远，得者盖寡。以康乐（谢灵运）之奥博，多溺于山水；以渊明之高古，偏放于田园。江鲍之流又狭于此。如梁鸿《五噫》之例者，百无一二。于时六义浸微矣。
> 陵夷至于梁陈间，率不过嘲风雪，弄花草而已矣。噫！

风雪花草之物，三百篇中岂舍之乎？顾所用何如耳。……皆兴发于此，而义归于彼。反是者，可乎哉？然则"余霞散成绮"，"澄江净如练"，"归花先委露，别叶乍辞风"之什，丽则丽矣，吾不知其所讽焉。故仆所谓嘲风雪，弄花草而已。于时六义尽去矣。

他在这里固然露出他受了汉朝迂腐诗说的恶影响，把《三百篇》都看作"兴发于此而义归于彼"的美刺诗，因此遂抹煞一切无所为而作的文学。但他评论六朝的文人作品确然有见地，六朝文学的绝大部分真不过"嘲风雪，弄花草"而已。

唐兴二百年，其间诗人不可胜数。所可举者，陈子昂有《感遇》诗二十首，鲍防《感兴》诗十五篇。又诗之豪者，世称李杜。李之作，才矣，奇矣，人不逮矣，索其风雅比兴，十无一焉。杜诗最多，可传者千余首；至于贯穿古今，觇缕格律，尽工尽善，又过于李焉。然撮其《新安吏》《石壕吏》《潼关吏》《塞芦子》《留花门》之章，"朱门酒肉臭，路有冻死骨"之句，亦不过十三四。（《旧唐书》作"三四十"，误。今据《长庆集》。）杜尚如此，况不逮杜者乎？

以上是白居易对于中国诗的历史的见解。在这一点上，他的见解完全与元稹相同。元稹作杜甫的墓志铭，前面附了一篇长序，泛论中国诗的演变，上起三百篇，下迄李杜，其中的见解多和上引各节相同。此序作于元和癸巳（八一三），在白居易寄此长书之前不多年。（看《元氏长庆集》卷五十六。）

元白都受了杜甫的绝大影响。老杜的社会问题诗在当时是别开生面，为中国诗史开一个新时代。他那种写实的艺术和大胆讽刺朝廷、社会的精神，都能够鼓舞后来的诗人，引他们向这种问题诗的路上走。

八世纪末年，九世纪初年，唐朝的政治到了很可悲观的田地，少年有志的人都感觉这种状态的危机。元稹自己说他那时候竟是"心体悸震，若不可活"。他们觉得这不是"嘲风雪，弄花草"的时候了，他们都感觉文学的态度应该变严肃了。所以元稹与白居易都能欣赏陈子昂《感遇》诗的严肃态度。但《感遇》诗终不过是发点牢骚而已，"彷徨抑郁，不暇及他"，还不能满足这时代的要求。后来元稹发现了杜甫，方才感觉大满意。杜甫的新体诗便不单是发牢骚而已，还能描写实际的人生苦痛，社会利弊，政府得失。这种体裁最合于当时的需要，故元白诸人对于杜甫真是十分崇拜，公然宣言李杜虽然齐名，但杜甫远非李白所能比肩。元稹说：

　　　　……至于子美，盖所谓上薄风骚，下该沈宋，言夺苏李，气吞曹刘，掩颜谢之孤高，杂徐庾之流丽，尽得古今之体势，而兼人人之所独专矣。……能所不能，无可不可，则诗人以来，未有如子美者。……（《杜甫墓志铭序》）

　　这还是大体从诗的形式上立论，虽然崇拜到极点，却不曾指出杜甫的真正伟大之处。白居易说的话便更明白了。他指出李白的诗，"索其风雅比兴，十无一焉"；而杜甫的诗之中，有十之三四是实写人生或讽刺时政的；如"朱门酒肉臭，路有冻死骨"一类的话，李白便不能说，这才是李杜优劣的真正区别。当时的文人韩愈曾作诗道：

　　　　李杜文章在，光焰万丈长。
　　　　不知群儿愚，那用故谤伤！
　　　　蚍蜉撼大树，可笑不自量。

　　有人说，这诗是讥刺元稹的李杜优劣论的。这话大概没有根据。韩愈的诗只是借李杜来替自己发牢骚，与元白的文学批评没有关系。
　　元白发愤要做一种有意的文学革新运动，其原因不出于上述的两点：一面是他们不满意于当时的政治状况，一面是他们受了杜甫的绝大影响。老杜只是忍不住要说老实话，还没有什么文学主张。元白不但忍不住要说老实话，还提出他们所以要说老实话的理由，这便成了他们的文学主张了。白居易说：

> 仆常痛诗道崩坏，忽忽愤（《长庆集》作"愤"）发，或食辍哺，夜辍寝（此依《长庆集》），不量才力，欲扶起之。

这便是有意要做文学改革。他又说：

> 自登朝来，年齿渐长，阅事渐多。每与人言，多询时务；每读书史，多求理道。（唐高宗名治，故唐人书讳"治"字，多改为"理"字。此处之"理道"即"治道"；上文元氏《叙诗》书的"理务因人"，"理乱萌渐"，皆与此同。）始知文章合为时而著，歌诗合为事而作。……（《与元九书》）

最末十四个字便是元白的文学主张。这就是说，文学是为人生作的，不是无所为的，是为救人救世作的。白居易自己又说：

> 是时皇帝（宪宗）初即位，宰府有正人，屡降玺书，访人急病。仆当此日，擢在翰林，身是谏官，月请谏纸。启奏之间，有可以救济人病，裨补时阙，而难于指言者，辄咏歌之，欲稍稍递进闻于上。

"救济人病，裨补时阙"便是他们认为文学的宗旨。白居易在别处也屡屡说起这个宗旨。如《读张籍古乐府》云：

> 张君何为者？业文三十春，尤工乐府词，举代少其伦。为诗意如何？六义互铺陈。风雅比兴外，未尝著空文。……

上可裨教化，舒之济万民。下可理情性，卷之善一身。……

又如他《寄唐生》诗中自叙一段云：

　　我亦君之徒，郁郁何所为？不能发声哭，转作乐府诗。篇篇无空文，句句必尽规。……非求宫律高，不务文字奇，惟歌生民病，愿得天子知。……

唐生即是唐衢，是当时的一个狂士，他最富于感情，常常为了时事痛哭。故白居易诗中说：

　　唐生者何人？五十寒且饥。不悲口无食，不悲身无衣。所悲忠与义，悲甚则哭之。太尉击贼日（段秀实以笏击朱泚），尚书叱盗时（颜真卿叱李希烈）。大夫死凶寇（陆长源为乱兵所害），谏议谪蛮夷（阳城谪道州）。每见如此事，声发涕辄随。……

这个人的行为也可以代表一个时代的严肃认真的态度。他最赏识白居易的诗，白氏《与元九书》中有云：

　　有唐衢者，见仆诗而泣，未几而衢死。

唐衢死时，白居易有《伤唐衢》二首，其一有云：

　　　　忆昨元和初，忝备谏官位。
　　　　是时兵革后，生民正憔悴。
　　　　但伤民病痛，不识时忌讳。
　　　　遂作《秦中吟》，一吟悲一事。
　　　　贵人皆怪怒，闲人亦非訾。

天高未及闻，荆棘生满地。

惟有唐衢见，知我平生志。

一读兴叹嗟，再吟垂涕泗。

因和三十韵，手题远缄寄。

致吾陈（子昂）杜（甫）间，赏爱非常意。……

总之，元白的文学主张是"篇篇无空文，……惟歌生民病"。这就是"文章合为时而著，歌诗合为事而作"的注脚。他们一班朋友，元白和李绅等，努力作讽刺时事的新乐府，即是实行这个文学主义。白居易的《新乐府》五十篇，有自序云：

……其辞质而径，欲见之者易喻也。其言直而切，欲闻之者深诫也。其事核而实，使采之者传信也。其体顺而肆，可以播于乐章歌曲也。总而言之，为君为臣为民为物为事而作，不为文而作也。

总而言之，文学要为人生而作，不为文学而作。

这种文学主张的里面，其实含有一种政治理想。他们的政治理想是要使政府建立在民意之上，造成一种顺从民意的政府。白居易说：

天子之耳不能自聪，合天下之耳听之而后聪也。天子之目不能自明，合天下之目视之而后明也。天子之心不能自圣，合天下之心思之而后圣也。若天子唯以两耳听之，两目视之，一心思之，则十步之内（疑当作"外"）不能闻也，百步之外不能见也，殿庭之外不能知也，而况四海之大，万枢之繁者乎？圣王知其然，故立谏诤讽议之官，开献替启沃之道，俾乎补察遗阙，辅助聪明。犹惧其未也，于是设敢谏之鼓，建进善之旌，立诽谤之木，工商得以流议，士庶得以传言，然后过日闻而德日新矣。……（《策林》七十，《长庆

集》卷四十八）

这是很明白的民意政治的主张。(《策林》七十五篇，是元白二人合作的，故代表他们二人的共同主张。)他们又主张设立采诗之官，作为采访民意的一个重要方法。故《策林》六十九云：

> 问：圣人之致理（理即治，下同）也，在乎酌人言，察人情；而后行为政，顺为教者也。然则一人之耳安得徧闻天下之言乎？一人之心安得尽知天下之情乎？今欲立采诗之官，开讽刺之道，察其得失之政，通其上下之情，子大夫以为如何？

这是假设的问，答案云：

> 臣闻圣王酌人之言，补己之过，所以立理本，导化源也，将在乎选观风之使，建采诗之官，俾乎歌咏之声，讽刺之兴，日采于下，岁献于上者也。所谓言之者无罪，闻之者足以自诫。

他的理由是：

> 大凡人之感于事，则必动於情，然后兴于嗟叹，发于吟咏，而形于歌诗矣。故闻《蓼萧》之诗，则知泽及四海也；闻《禾黍》之咏，则知时和岁丰也；闻《北风》之言，则知威虐及人也；闻《硕鼠》之刺，则知重敛于下也；闻"广袖高髻"之谣，则知风俗之奢荡也；闻"谁其获者妇与姑"之言，则知征税之废业也。故国风之盛衰，由斯而见也；王政之得失，由斯而闻也；人情之哀乐，由斯而知也。然后君臣亲览而斟酌焉：政之废者，修之；阙者，补之；人之忧者，

乐之；劳者，逸之；所谓善防川者，决之使导；善理人者，宣之使言。故政有毫发之善，下必知也；教之锱铢之失，上必闻也。则上之诚明，何忧乎不下达？下之利病，何患乎不上知？上下交和，内外胥悦。若此而不臻至理，不致升平，自开辟以来，未之闻也。

这个主张又见于元和三年（808 年）白居易做府试官时所拟《进士策问》的第三问，意思与文字都与《策林》相同（《长庆集》卷三十，页二一、二二），可见他们深信这个采诗的制度。白居易在元和四年（809 年）作《新乐府》五十篇，其第五十篇为《采诗官》，仍是发挥这个主张的，我且引此篇的全文如下：

采诗官　监前王乱亡之由也

采诗官，采诗听歌导人言。言者无罪闻者诫，下流上通上下泰。周灭秦兴至隋氏，十代采诗官不置。郊庙登歌赞君美，乐府艳词悦君意。若求兴谕规刺言，万句千章无一字。不是章句无规刺，渐及朝廷绝讽议。诤臣杜口为冗员，谏鼓高悬作虚器。一人负扆常端默，百辟入门两自媚。夕郎所贺皆德音，春官每奏唯祥瑞。君之堂兮千里远，君之门兮九重闭。君耳唯闻堂上言，君眼不见门前事。贪吏害民无所忌，奸臣蔽君无所畏。君不见厉王胡亥之末年，群臣有利君无利。君兮君兮愿听此：欲开壅蔽达人情，先向歌诗求讽刺。

这种政治理想并不是迂腐不能实行的。他们不期望君主个个都是圣人，那是柏拉图的妄想。他们也不期望一班文人的一字褒贬都能使"乱臣贼子惧"，那是孔丘、孟轲的迷梦。他们只希望两种"民意机关"：一是许多肯说老实话的讽刺诗人，一是采访诗歌的专官。那时候没有报馆，诗人便是报馆记者与访员，实写人生苦痛与时政利弊的诗便是报纸，便是舆论。那时没有议会，谏官御史便是议会，采诗官也是议会的一部分。民间有了什么可歌可泣的事，或朝廷官府有了苛税虐政，一班平民诗人便都赶去采访诗料：林步青①便编他的滩簧，刘宝全②便编他的大鼓书，徐志摩便唱他的硖石调，小热昏③便唱他的小热昏。几天之内，街头巷口都是这种时事新诗歌了。于是采诗御史便东采一支小调，西抄一支小热昏，编集起来，进给政府。不多时，苛税也豁免了，虐政也革除了。于是感恩戴德的小百姓，饮水思源，发起募捐大会，铜板夹银毫并到，鹰洋与元宝齐来，一会儿，徐志摩的生祠遍于村镇，而小热昏的铜像也矗立街头。猗欤休哉！文学家的共和国万岁！

文学既是要"救济人病，裨补时阙"，故文学当侧重写实，"删淫辞，削丽藻"，"黜华于枝叶，反实于根源"。白居易说：

> 凡今秉笔之徒，率尔而言者有矣，斐然成章者有矣。故歌咏诗赋碑碣赞咏之制，往往有虚美者矣，有媿辞者矣。若行于时，则诬善恶而惑当代；若传于后，则混真伪而疑将来。……
>
> 且古之为文者，上以纽王教，系国风，下以存炯戒，通讽谕。故惩劝善恶之柄执于文士褒贬之际焉，补察得失之端操于诗人美刺之间焉。今褒贬之文无核实，则惩劝之道缺矣。美刺之诗不稽政，则补察之义废矣。虽雕章镂句，将焉用之？

---

① 林步青(1860—1917)丹阳人。苏滩名艺人。原为店员，后受教于当时旅沪的苏滩清客汪利生、王鹤珊。——编者注

② 刘宝全（1869—1942），字毅民，河北省深县人。京韵大鼓演员，刘派京韵大鼓创始人。作品有《大西厢》等20余段。——编者注

③ 小热昏，又名"小锣书"，俗称"卖梨膏糖的"，是广泛流行于苏浙沪一带的诙谐曲艺形式。小热昏的表演以说、唱结合，形式自由、简洁，常以单档或双档表演，表演者自操小锣、板等乐器伴奏。——编者注

臣又闻，稂莠秕稗，生于谷，反害谷者也。淫辞丽藻，生于文，反伤文者也。故农者耘稂莠，簸秕稗，所以养谷也。王者删淫辞，削丽藻，所以养文也。

伏惟陛下诏主文之司，谕"养文"之旨，俾辞赋合炯戒讽谕者，虽质，虽野，采而奖之；碑诔有虚美媿辞者，虽华，虽丽，禁而绝之。若然，则为文者必当尚质抑淫，著诚去伪，小疵小弊荡然无遗矣。（《策林》六十八）

"尚质抑淫，著诚去伪"，这是元白的写实主义。

根据于他们的文学主张，元白二人各有一种诗的分类法。白居易分他的诗为四类：

（1）讽喻诗："自拾遗来，凡所适所感，关于美刺兴比者；又自武德讫元和，因事立题，题为新乐府者。"

（2）闲适诗："或退公独处，或移病闲居，知足保和，吟玩情性者。"

（3）感伤诗："事物牵于外，情理动于内，随感遇而形于叹咏者。"

（4）杂律诗："五言七言，长句绝句，自一百韵至两韵者。"

他自己只承认第一和第二两类是值得保存流传的，其余的都不重要，都可删弃。他说：

仆志在兼济，行在独善。奉而始终之，则为道；言而发明之，则为诗。谓之讽喻诗，兼济之义也。谓之闲适诗，独善之义也。……其余杂律诗，或诱于一时一物，发于一笑一吟，率然成章，非平生所尚者，……略之可也。（《与元九书》）

元稹分他的诗为八类：

（1）古讽："旨意可观，而词近往古者。"

（2）乐讽："意亦可观，而流在乐府者。"

（3）古体："词虽近古，而止于吟写性情者。"

（4）新题乐府："词实乐流，而止于模象物色者。"

（5）律诗。

（6）律讽："稍存寄兴，与讽为流者。"

（7）悼亡。

（8）艳诗。（见《叙诗寄乐天书》）

元氏的分类，体例不一致，其实他也只有两大类：

$$
（一）讽诗
\begin{cases}
（一）古讽 \\
（二）乐讽 \\
（三）律讽
\end{cases}
$$

（二）非讽诗——古体、律体等

元稹在元和丁酉（817年）作《乐府古题序》，讨论诗的分类，颇有精义，也可算是一篇有历史价值的文字。他说：

乐府古题序　　丁酉

诗讫于周，《离骚》讫于楚。是后诗之流为二十四名：赋、颂、铭、赞、文、诔、箴、诗、行、咏、吟、题、怨、叹、章、篇、操、引、谣、讴、歌、曲、词、调，皆诗人六义之余，而作者之言（《长庆集》作"旨"，《全唐诗》同。今依张元济先生用旧抄本校改本）。

由操而下八名，皆起于郊祭军宾吉凶苦乐之际，在音声者，因声以度词，审调以节唱，句度短长之数，声韵平上之差，莫不由之准度。而又别其在琴瑟者为操引。采民氓者为讴谣，备曲度者总得谓之歌曲词调，斯皆由乐以定词，非选调以配乐也。

由诗而下九名，皆属事而作，虽题号不同，而悉谓之为诗，可也。后之审乐者，往往采取其词，度为歌曲。盖选词以配乐，非由乐以定词也。

而纂撰者，由诗而下十七名，尽编为"乐录""乐府"等题。除铙吹、横吹、郊祀、清商等词在乐志者，其余《木兰》《仲卿》《四愁》《七哀》之辈，亦未必尽播于管弦，明矣。

后之文人达乐者少，不复如是配别，但遇兴纪题，往往兼以句读短长为歌诗之异。……况自风雅至于乐流，莫非讽兴当时之事，以贻后代之人。沿袭古题，唱和重复，于文或有短长，于义咸为赘剩，尚不如寓意古题。刺美见事，犹有诗人引古以讽之义焉。曹、刘、沈、鲍之徒，时得如此，亦复稀少。近代唯诗人杜甫《悲陈陶》《哀江头》《兵车》《丽人》等，凡所歌行，率皆即事名篇，无复倚傍。余少时与友人白乐天、李公垂辈谓是为当，遂不复拟赋古题。

昨南（各本无"南"字，依张校）梁州，见进士刘猛、李余各赋古乐府诗数十首，其中一二十章咸有新意。余因选而和之。其有虽用古题，全无古义者，若《出门行》不言离别，《将进酒》特书列女之类，是也。其或颇同古义，全创新词者，则《田家》止述军输，《捉捕》词先蝼蚁之类，是也。刘李二子方将极意于斯文，因为粗明古今歌诗同异之音（似当作"旨"）焉。

他的见解以为汉以下的诗有两种大区别：一是原有乐曲，而后来依曲调而度词；一是原来是诗，后人采取其词，制为歌曲。但他指出，诗的起源虽然关系乐曲，然而诗却可以脱离音乐而独立发展。历史上显然有这样的趋势。最初或采集民间现行歌曲，或乐人制调而文人造词，或文人作诗，而乐工制调。稍后乃有文人仿作乐府，仿作之法也有两种：严格地依旧调，作新词，如曹操、曹丕作《短歌行》，字数相同，显然是同一乐调，这是一种仿作之法。又有些人同作一题，如罗敷故事，或秋胡故事，或秦女休故事，题同而句子的长短，篇章的长短皆不相同，可见这一类的乐府并不依据旧调，只是借题练习作诗，或借题寄寓作者的感想见解而已。这样拟作乐府，已是离开音乐很远了。到杜甫的《兵车行》《丽人行》诸篇，讽咏当时之事，"即事名篇，无复倚傍"，便开"新乐府"的门径，完全脱离向来受音乐拘束或沿袭古题的乐府了。

当时的新诗人之中，孟郊、张籍、刘猛、李余与元稹都还作旧式的古乐府，但都"有新意"，有时竟"虽用古题，全无古义"。（刘猛、李余的诗都不传了。）这已近于作新乐府了。元稹与白居易、李绅（公垂）三个人作了不少的新乐府（李绅的新乐府今不传了），此外如元氏的《连昌宫词》诸篇，如白氏的《秦中吟》诸篇，都可说是新乐府，都是"即事名篇，无复倚傍"的新乐府。故我们可以说，他们认定新乐府为实现他们的文学主张的最适宜的体裁。

元稹自序他的《新体乐府》道：

> ……昔三代之盛也，士议而庶人谤。又曰，"世理（治）则词直，世忌则词隐。"余遭理世而君盛圣，故直其词，以示后，使夫后之人谓今日为不忌之时焉。

白居易的新乐府的自序，已引在上文了，其中有云：

> 其辞质而径，欲见之者易喻也。其言直而切，欲闻之者深诫也。其事核而实，使采之者传信也。其体顺而肆，可以播于乐章歌曲也。

要做到这几个目的，只有用白话作诗了。元白的最著名的诗歌大都是白话的。这不是偶然的事，似是有意的主张。据旧时的传说，白乐天每作诗，令一老妪解之，问曰，"解否？"曰，"解"，则录之。

不解，则又复易之。(《墨客挥犀》)

这个故事不见得可靠，大概是出于后人的附会。英国诗人华兹华斯（Wordsworth）主张用平常说话作诗，后人也造成一种传说，说他每作诗都念给一个老妪听，她若不懂，他便重行修改。这种故事虽未必实有其事，却很可暗示大家公认这几个诗人当时确是有意用平常白话作诗。

近年敦煌石室发见了无数唐人写本的俗文学，其中有《明妃曲》《孝子董永》《季布歌》《维摩变文》等等（另有专章讨论）。我们看了这些俗文学的作品，才知道元白的著名诗歌，尤其是七言的歌行，都是有意仿效民间风行的俗文学的。白居易的《长恨歌》，元稹的《连昌宫词》，与后来的韦庄的《秦妇吟》，都很接近民间的故事诗。白居易自序说他的新乐府不但要"其辞质而径，欲见之者易喻"，还要"其体顺而肆，可以播于乐章歌曲"。这种"顺而肆，可以播于乐章歌曲"的诗体，向哪里去寻呢？最自然的来源便是当时民间风行的民歌与佛曲。试引《明妃传》一段，略表示当时民间流行的"顺而肆"的诗体：

> 昭军（君）昨夜子时亡，突厥今朝发使忙。三边走马传胡令，万里非（飞）书奏汉王。解剑脱除天子服，披头还着庶人裳。衙官坐位刀离面（离面即杜诗所谓"花门劈面"），九姓行哀截耳珰。□□□□□□□①（原文此处为"□"），枷上罗衣不重香。可惜未殃（央）宫里女，嫁来胡地碎红妆。……寒风入帐声犹苦，晓日临行哭未殃（央）。昔日同眠夜即短，如今独寝觉天长。何期远远离京兆，不忆（意）冥冥卧朔方。早知死若埋沙里，悔不教军（君）还帝乡！（《明妃传》残卷，见羽田亨编的《敦煌遗书》，活字本第一

---

① 文中的"□"经查，原文即如此。下同。——编者注

集，上海东亚研究会发行。）

我们拿这种俗文学来比较元白的歌行，便可以知道他们当日所采"顺而肆"的歌行体是从哪里来的了。

因为元白用白话作诗歌，故他们的诗流传最广。白居易自己说：

> 再来长安，又闻有军使高霞寓者，欲聘倡妓，妓大夸曰，"我诵得白学士《长恨歌》，岂同他妓哉？"由是增价。……
>
> 又昨过汉南日，适遇主人集众乐娱他宾。诸妓见仆来，指而相顾曰，"此是《秦中吟》《长恨歌》主耳！"
>
> 自长安抵江西，三四千里，凡乡校、佛寺、逆旅、行舟之中，往往有题仆诗者。士庶、僧徒、孀妇、处女之口，每每有咏仆诗者。……（《与元九书》）

元稹也说他们的诗，

> 二十年间，禁省观寺邮候墙壁之上无不书，王公妾妇牛童马走之口无不道。至于缮写模勒，衒卖于市井，或持以交酒茗者，处处皆是。（"勒"是雕刻。此处有原注云："扬越间多作书模勒乐天及予杂诗，卖于市肆之中也。"此为刻书之最早记载。）其甚者，有至于盗窃名姓，苟求是（日本本《白氏长庆集》作"自"）售，杂乱间厕，无可奈何。
>
> 予于平水市中（原注：镜湖傍草市名。），见村校诸童竞习诗，召而问之，皆对曰，"先生教我乐天、微之诗"，固亦不知予之为微之也。……
>
> 自篇章已来，未有如是流传之广者。……（《白氏长庆集序》）

不但他们自己如此说，反对他们的人也如此说。杜牧作李戡的墓志，述戡的话道：

> 自元和以来，有元白者，纤艳不逞，……流于民间，疏于屏壁；子父女母交口教授；淫言媒语，冬寒夏热，入人肌骨，不可除去。……

元白用平常的说话作诗，他们流传如此之广，"入人肌骨，不可除去"，这是意料中的事。但他们主张诗歌须要能救病济世，却不知道后人竟诋毁他们的"淫言媒语，纤艳不逞"！

这也是很自然的。白居易自己也曾说：

> 今仆之诗，人所爱者，悉不过杂律诗与《长恨歌》已下耳。时之所重，仆之所轻。至于"讽谕"者，意激而言质；"闲适"者，思澹而词迂：以质合迂，宜人之不爱也。(《与元九书》)

他又批评他和元稹的诗道：

> 顷者在科试间，常与足下同笔砚，每下笔时，辄相顾语，患其意太切而理太周，故理太周则辞繁，意太切则言激。然与足下为文，所长在于此，所病亦在于此。……(《和答诗十首序》)

他自己的批评真说得精辟中肯。他们的讽喻诗太偏重急切收效，往往一气说完，不留一点余韵，往往有史料的价值，而没有文学的意味。然其中确有绝好的诗，未可一笔抹杀。如元稹的《连昌宫词》，《织妇词》《田家词》《听弹乌夜啼引》等，都可以算是很好的诗的作品。白居易的诗，可传的更多了。如《宿紫阁山北村》，如《上阳白发人》，如《新丰折臂翁》，如《道州民》，如《杜陵叟》，如《卖炭翁》，都是不朽的诗。白居易最佩服杜甫的"朱门酒肉臭，路有冻死骨"两句，故他早年作《秦中吟》时，还时时模仿老杜这种境界。如《秦中吟》第二首云：

> ……昨日输残税，因窥官库门。
> 　缯帛如山积，丝絮似云屯。
> ……夺我身上暖，买尔眼前恩！
> 　进入琼林库，岁久化为尘。

如第三首云：

> ……厨有臭败肉，库有贯朽钱。
> ……岂无穷贱者，忍不救饥寒？……

如第七首云：

> ……樽罍溢九酝，水陆罗八珍。
> ……是岁江南旱，衢州人食人。

如第九首云：

> ……欢酣促密坐，醉暖脱重裘。
> 　秋官为主人，廷尉居上头；
> 　日中为乐饮，夜半不能休。
> 　岂知阌乡狱，中有冻死囚！

如第十首云：

······一丛深色花，十户中人赋。

这都是模仿老杜的"朱门酒肉臭，路有冻死骨"两句，引申他的意思而已。白氏在这时候的诗还不算能独立。

他作《新乐府》时，虽然还时时显出杜甫的影响，却已是很有自信力，能独立了，能创造了。如《新丰折臂翁》云：

是时翁年二十四，兵部牒中有名字。
夜深不敢使人知，偷将大石捶折臂。
张弓簸旗俱不堪，从兹始免征云南。
······

这样朴素而有力的叙述，最是白氏独到的长处。如《道州民》云：

······
城云"臣按《六典》书，任土贡有不贡无。
道州水土所生者，只有矮民无矮奴。"
······

这样轻轻的十四个字，写出一个人道主义的主张，老杜集中也没有这样大力气的句子。在这种地方，白居易的理解与天才融合为一，故成功最大，最不可及。

但那是一个没有言论自由的时代，又是一个朋党暗斗最厉害的时代。韩愈、柳宗元、刘禹锡、元稹、白居易都是那时代的牺牲者。元白贬谪之后，讽喻诗都不敢作了，都走上了闲适的路，救世主义的旗子卷起了，且做个独善其身的醉吟先生罢。

节选自胡适《白话文学史》："第十六章 元稹 白居易"

韩愈

陈寅恪

古今论韩愈者众矣，誉之者固多，而讥之者亦不少。讥之者之言则昌黎所谓"蚍蜉撼大树，可笑不自量"者（昌黎集伍调张籍诗），不待赘辩，即誉之者亦未中肯綮。今出新意，仿僧徒诠释佛经之体，分为六门，以证明昌黎在唐代文化史上之特殊地位。至昌黎之诗文为世所习诵，故略举一二，借以见例，无取详备也。

一曰：建立道统，证明传授之渊源。

华夏学术最重传授渊源，盖非此不足以征信于人，观两汉经学传授之记载，即可知也。南北朝之旧禅学已采用阿育王经传等书，伪作《付法藏因缘传》，已证明其学说之传授。至唐代之新禅宗，特标教外别传之旨，以自矜异，故尤不得不建立一新道统，证明其渊源之所从来，以压倒同时之旧学派，此点关系吾国之佛教史，人所共知，又其事不在本文范围，是以亦可不必涉及，唯就退之有关者略言之。

昌黎集壹壹原道略云：

> 曰：斯道也，何道也？曰：斯吾所谓道也，非向所谓

老与佛之道也。尧以是传之舜，舜以是传之禹，禹以是传之汤，汤以是传之文武周公，文武周公传之孔子，孔子传之孟轲，轲之死，不得其传焉。

退之自述其道统传授渊源固由孟子卒章所启发，亦从新禅宗所自称者摹袭得来也。

新唐书壹柒陆韩愈传略云：

愈生三岁而孤，随伯兄会贬官岭表。

昌黎集壹复志赋略云：

当岁行之未复兮，从伯氏以南迁。凌大江之惊波兮，过洞庭之漫漫。至曲江而乃息兮，逾南纪之连山。嗟日月其几何兮，携孤嫠而北旋。值中原之有事兮，将就食于江之南。

同书贰叁祭十二郎文略云：

呜呼！吾少孤，及长，不省所怙，惟兄嫂是依。中年，兄殁南方，吾与汝俱幼，从嫂归葬河阳。既又与汝就食江南。零丁孤苦，未尝一日相离也。

李汉昌黎先生集序略云：

先生生于大历戊申，幼孤，随兄播迁韶岭。

寅恪按：退之从其兄会谪居韶州，虽年颇幼小，又历时不甚久，然其所居之处为新禅宗之发祥地，复值此新学说宣传极盛之时，以退之幼年颖悟，断不能于此新禅宗学说浓厚之环境气氛中无所接受感发，然则退之道统之说表面上虽由孟子卒章之言所启发，实际上乃因禅宗教外别传之说所造成，禅学于退之之影响亦大矣哉！宋儒仅执退之后来与大颠之关系，以为破获赃据，欲夺取其道统者，似于退之一生经历与其学说之原委犹未达一间也。

二曰：直指人伦，扫除章句之繁琐。

唐太宗崇尚儒学，以统治华夏，然其所谓儒学，亦不过承继南北朝以来正义义疏繁琐之章句学耳。又高宗、武则天以后，偏重进士词科之选，明经一目仅为中材以下进取之途径，盖其所谓明经者，止限于记诵章句，绝无意义之发明，故明经之科在退之时代，已全失去政治社会上之地位矣（详见拙著唐代政治史述论稿上篇）。南北朝后期及隋唐之僧徒亦渐染儒生之习，诠释内典，袭用儒家正义义疏之体裁，与天竺诂解佛经之方法殊异（见拙著杨树达论语疏证序），如禅学及禅宗最有关之三论宗大师吉藏天台宗大师智顗等之著述与贾公彦、孔颖达诸儒之书其体制适相冥合，新禅宗特提出直指人心见性成佛之旨，一扫僧徒繁琐章句之学，摧陷廓清，发聋振聩，固吾国佛教史上一大事也。退之生值其时，又居其地，睹儒家之积弊，效禅侣之先河，直指华夏之特性，扫除贾、孔之繁文，原道一篇中心旨意实在于此，故其言曰：

> 传曰：古之欲明明德于天下者，先治其国；欲治其国者，先齐其家；欲齐其家者，先修其身；欲修其身者，先正其心；欲正其心者，先诚其意。然则古之所谓正心而诚意者，将以有为也。今也欲治其心，而外天下国家，灭其天常，子焉而不父其父，臣焉而不君其君，民焉而不事其事。

同书伍寄卢仝诗云：

> 春秋三传束高阁，独抱遗经究终始。

寅恪按：原道此节为吾国文化史中最有关系之文字，盖天竺佛教传入中国时，而吾国文化史已达甚高之程度，故必须改造，以蕲适合吾民族、政治、社会传统之特性，六朝僧徒"格义"之学（详见拙著支愍度学说考），即是此种努力之表现，儒家书中具有系统易被利用者，则为小戴记之中庸，梁武帝已作尝试矣。（隋书叁贰经籍志经部有梁武帝撰中庸讲疏一卷，又私记制旨中庸义五卷。）然中庸一篇虽可利用，以沟通儒释心性抽象之差异，而于政治社会具体上华夏、天竺两种学说之冲突，尚不能求得一调和贯彻，自成体系之论点。退之首先发见小戴记中大学一篇，阐明其说，抽象之心性与具体之政治社会组织可以融会无碍，即尽量谈心说性，兼能济世安民，虽相反而实相成，天竺为体，华夏为用。退之于此以奠定后来宋代新儒学之基础，退之固是不世出之人杰，若不受新禅宗之影响，恐亦不克臻此。又观退之寄卢仝诗，则知此种研究经学之方法亦由退之所称奖之同辈中人发其端，与前此经诗著述大意，而开启宋代新儒学家治经之途径者也。

三曰：排斥佛老，匡救政俗之弊害。

昌黎集壹壹原道略云：

　　古之为民者四，今之为民者六。古之教者处其一，今之教者处其三。农之家一，而食粟之家六。工之家一，而用器之家六。贾之家一，而资焉之家六。奈之何民不穷且盗也。

　　是故君者，出令者也。臣者，行君之令而致之民者也。民者，出粟米麻丝，作器皿，通货财，以事其上者也。君不出令，则失其所以为君。臣不行君之令而致之民，则失其所以为臣。民不出粟米麻丝，作器皿，通货财，以事其上，则诛。

　　人其人，火其书，庐其居，明先王之道以道之，鳏寡孤独废疾者有养也，其亦庶乎其可也。

同书贰送灵师诗略云：

> 佛法入中国，尔来六百年。
> 齐民逃赋役，高士着幽禅。
> 官吏不之制，纷纷听其然。
> 耕桑日失隶，朝署时遗贤。

同书壹谢自然诗略云：

> 人生有常理，男女各有伦。
> 寒衣及饥食，在纺绩耕耘。
> 下以保子孙，上以奉君亲。
> 苟异于此道，皆为弃其身。
> 噫乎彼寒女，永托异物群。
> 感伤遂成诗，昧者宜书绅。

寅恪按：上引退之诗文，其所持排斥佛教之论点，此前已有之，实不足认为退之之创见，特退之所言更较精辟，胜于前人耳。原道之文微有语病，不必以辞害意可也。谢自然诗乃斥道教者，以其所持论点与斥佛教者同，故亦附录于此。今所宜注意者，乃为退之所论实具有特别时代性，即当退之时佛教徒众多，于国家财政及社会经济皆有甚大影响，观下引彭偃之言可知也。

唐会要肆柒议释教上（参旧唐书壹贰柒彭偃传）略云：

大历十三年四月，剑南东川观察使李叔明奏请澄汰佛道二教，下尚书省集议。都官员外郎彭偃献议曰：王者之政，变人心为上，因人心次之，不变不因，循常守故者为下，故非有独见之明，不能行非常之事。今陛下以维新之政，为万代法，若不革旧风，令归正道者，非也。当今道士，有名无实，时俗鲜重，乱政犹轻，惟有僧尼，颇为秽杂。自西方之教，被于中国，去圣日远，空门不行五浊，比丘但行麁法，爰自后汉，至于陈隋，僧之教灭，其亦数四，或至坑杀，殆无遗余，前代帝王，岂恶僧道之善，如此之深耶？盖其乱人亦已甚矣。且佛之立教，清净无为，若以色见，即是邪法，开示悟入，惟有一门，所以三乘之人，比之外道。况今出家者，皆是无识下劣之流，纵其戒行高洁，在于王者，已无用矣。今叔明之心甚善，然臣恐其奸吏诋欺，而去者未必非，留者不必是，无益于国，不能息奸，既不变人心，亦不因人心，强制力持，难致远耳。臣闻天生蒸民，必将有职，游行浮食，王制所禁。故有才者受爵禄，不肖者出租税，此古之常道也。今天下僧道不耕而食，不织而衣，广作危言险语，以惑愚者。一僧衣食，岁计约三万有余，五丁所出，不能致此。举一僧以计天下，其费可知。陛下日旰忧勤，将去人害，此而不救，奚其为政？臣伏请僧道未满五十者，每年输绢四疋，尼及女道士未满五十者，输绢二疋。其杂色役，与百姓同。有才智者，令入仕。请还俗为平人者听，但令就役输课，为僧何伤？臣窃料其所出，不下今之租赋三分之一，然则陛下之国富矣，苍生之害除矣。其年过五十者，请皆免之。夫子曰：五十而知天命。列子曰：不斑白，不知道。人年五十岁，嗜欲已衰，纵不出家，心已近道，况戒律检其性情哉？臣以为此令既行，僧尼规避还俗者，固已大半，其年老精修者，必尽为人师，则道释二教益重明矣。上深嘉之。

寅恪按：彭偃为退之同时人，其所言如此，则退之之论自非剿袭前人空言，为无病之呻吟，实匡世正俗之良策。盖唐代人民担负国家直接税及劳役者为"课丁"，其得享有免除此种赋役之特权者为"不课丁"。"不课丁"为当日统治阶级及僧尼道士女冠等宗教徒，而宗教徒之中佛教徒最占多数，其有害国家财政、社会经济之处在诸宗教中尤为特著，退之排斥之亦最力，要非无因也。

至道教则唐皇室以姓李之故，道教徒因缘傅会。自唐初以降，即逐渐取得政治社会上之地位，至玄宗时而极盛，如以道士女冠隶属宗正寺（见唐会要陆伍宗正寺崇玄署条），尊崇老子以帝号，为之立庙，祀以祖宗之礼。除老子为道德经外，更名庄、文、列、庚桑诸子为南华、通玄、冲虚、洞灵等经，设崇玄学，以课生徒，同于国子监。道士女冠有犯，准道格处分诸端（以上均见唐会要伍拾尊崇道教门），皆是其例。尤可笑者，乃至提汉书古今人表中之老子，自三等而升为一等（见唐会要伍拾尊崇道教门），号老子妻为先天太后。做孔子像，侍老子之侧（以上二事见唐会要伍拾尊崇道教杂记门）。荒谬幼稚之举措，类此尚多，无取详述。退之排斥道教之论点除与其排斥佛教相同者外，尚有二端，所应注意：一为老子乃唐皇室所攀认之祖宗，退之以臣民之资格，痛斥力诋，不稍讳避，其胆识已自超其侪辈矣。二为道教乃退之稍前或同时之君主宰相所特提倡者，蠹政伤俗，实是当时切要问题。据新唐书壹佰玖王屿传（参旧唐书壹叁拾王屿传）略云：

> 玄宗在位久，推崇老子道，好神仙事，广修祠祭，靡神不祈。屿上言，请筑坛东郊，祀青帝，天子入其言，擢太常博士、侍御史，为祠祭使。屿专以祠解中帝意，有所禳祓，大抵类巫觋。汉以来葬丧皆有瘞钱，后世里俗稍以纸寓钱，为鬼事，至是屿乃用之。肃宗立，累迁太常卿，又以祠祷见宠。干元三年，拜蒲、同、绛等州节度使，俄以中书侍郎同中书门下平章事。时大兵后，天下愿治，屿望轻，无它才，不为士议谐可，既骤得政，中外怅骇。乃奏置太一坛，劝帝身见九宫祠。帝由是专意，它议不能夺。帝尝不豫，太卜建言，祟在山川。屿遣女巫乘传，分祷天下名山大川，巫皆盛服，中人护领，所至干托州县，赂遗狼藉。时有一巫美而盅，以恶少年数十自随，尤憸狡不法，驰入黄州。刺史左震

晨至馆请事，门镝不启。震怒，破镝入，取巫斩廷下，悉诛所从少年，籍其赃，得十余万，因遣还中人。既以闻，屿不能诘，帝亦不加罪。明年，罢屿为刑部尚书，又出为淮南节度使，犹兼祠祭使。始，屿托鬼神致位将相，当时以左道进者纷纷出焉。

旧唐书壹叁拾李泌传略云：

泌颇有谠直之风，而谈神仙诡道，或云尝与赤松子、王乔、安期、羡门游处，故为代所轻，虽诡道求容，不为时君所重。德宗初即位，尤恶巫祝怪诞之士。初，肃宗重阴阳祠祝之说，用妖人王屿为宰相，或命巫媪乘驿行郡县以为厌胜。凡有所兴造工役，动辄禁忌。而黎干用左道，位至尹京，尝内集众工，编刺珠绣为御衣，既成而焚之，以为禳襘，且无虚月。德宗在东宫颇知其事，即位之后，罢集僧于内道场，除巫祝之祀。有司言，宣政内廊坏，请修缮，而太卜云，孟冬为魁冈，不利穿筑，请卜他月。帝曰：春秋之义，启塞从时，何魁冈之有？卒命修之。又代宗山陵灵驾发引，上号送于承天门，见辒辌不当道，稍指午未间。问其故，有司对曰：陛下本命在午，故不敢当道。上号泣曰：安有枉灵驾而谋身利？卒命直午而行。及建中末，寇戎内梗，桑道茂有城奉天之说，上稍以时日禁忌为意，而雅闻泌长于鬼道，故自外征还，以至大用，时论不以为惬。

及国史补上李泌任虚诞条（参《太平广记》贰捌玖祆妄类李泌条）云：

李相泌以虚诞自任。尝对客曰：令家人速洒扫，今夜洪崖先生来宿。有人遗美酒一榼，会有客至，乃曰：麻姑送酒来，与君同倾。倾之未毕，闻者云：某侍郎取楑子。泌命倒还之，略无怍色。

则知退之当时君相沉迷于妖妄之宗教，民间受害，不言可知。退之之力诋道教，其隐痛或有更甚于诋佛教者，特未昌言之耳。后人昧于时代性，故不知退之言有物意有指，遂不加深察，等闲以崇正辟邪之空文视之，故特为标出如此。

四曰：呵诋释迦，申明夷夏之大防。
昌黎集叁玖论佛骨表略云：

> 臣某言，伏以佛者，夷狄之一法耳。自后汉时流入中国，上古未尝有也。假如其身至今尚在，奉其国命，来朝京师，陛下容而接之，不过宣政一见，礼宾一设，赐衣一袭，卫而出之于境，不令惑众也。

全唐诗壹贰函韩愈拾赠译经僧诗云：

> 万里休言道路赊，有谁教汝度流沙。只今中国方多事，不用无端更乱华。

寅恪按：退之以谏迎佛骨得罪，当时后世莫不重其品节，此不待论者也。今所欲论者，即唐代古文运动一事，实由安史之乱及藩镇割据之局所引起。安史为西胡杂种，藩镇又是胡族或胡化之汉人（详见拙著唐代政治史述论稿上篇），故当时特出之文上自觉或不自觉，其意识中无不具有远则周之四夷交侵，近则晋之五胡乱华之印象，"尊王攘夷"所以为古文运动中心之思想也。在退之稍先之古文家如萧颖士、李华、独孤及、梁肃等，与退之同辈之古文家如柳宗元、刘禹锡、元稹、白居易等，虽同有此种潜意识，然均不免认识未清晰，主张不彻底，是以不敢亦不能因释迦为夷狄之人，佛教为夷狄之法，抉其本根，力排痛斥，若退之之所言所行也。退之之所以得为唐代古文运动领袖者，其原因即在于是，此意已见拙著元白诗笺证稿新乐府章法曲篇末，兹不备论。

五曰：改进文体，广收宣传之效用。

关于退之之文，寅恪尝详论之矣（见拙著元白诗笺证稿长恨歌章）。其大旨以为退之之古文乃用先秦、两汉之文体，改作唐代当时民间流行之小说，欲藉之一扫腐化僵化不适用于人生之骈体文，做此尝试而能成功者，故名虽复古，实则通今，在当时为最便宣传，甚合实际之文体也。至于退之之诗，古今论者亦多矣，兹仅举一点，以供治吾国文学史者之参考。

陈师道后山居士诗话云：

> 退之以文为诗，子瞻以诗为词，如教坊雷大使（娘？）之舞，虽极天下之工，要非本色。今代词手唯秦七、黄九尔，唐诸人不逮也。

寅恪按：退之以文为诗，诚是确论，然此为退之文学上之成功，亦吾国文学史上有趣之公案也。据高僧传贰译经中鸠摩罗什传略云：

> 初，沙门慧叡才识高明，常随什传写。什每为叡论西方辞体，商略同异，云：天竺国俗甚重文制，其宫商体韵以入弦为善。凡觐国王，必有赞德，见佛之仪以歌叹为贵，经中偈颂皆其式也，但改梵为秦，失其藻蔚，虽得大意，殊隔文体，有似嚼饭与人，非徒失味，乃令呕哕也。什尝作颂赠沙门法和云："心山育明德，流薰万由延。哀鸾孤桐上，清音彻九天。"凡为十偈，辞喻皆尔。

盖佛经大抵兼备"长行"，即散文及偈颂即诗歌两种体裁。而两体辞意又往往相符应。考"长行"之由来，多是改诗为文而成者，故

"长行"乃以诗为文，而偈颂亦可视为以文为诗也。天竺偈颂音缀之多少，声调之高下，皆有一定规律，唯独不必叶韵。六朝初期四声尚未发明，与罗什共译佛经诸僧徒虽为当时才学绝伦之人，而改竺为华，以文为诗，实未能成功。唯仿偈颂音缀之有定数，勉强译为当时流行之五言诗，其他不遑顾及，故字数虽有一定，而平仄不调，音韵不叶，生吞活剥，似诗非诗，似文非文，读之作呕，此罗什所以叹恨也。如马鸣所撰佛所行赞，为梵文佛教文学中第一作品。寅恪昔年与钢和泰君共读此诗，取中文二译本及藏文译本比较研究，中译似尚逊于藏译，当时亦引为憾事，而无可如何者也。自东汉至退之以前，此种以文为诗之困难问题迄未有能解决者。退之虽不译经偈，但独运其天才，以文为诗，若持较华译佛偈，则退之之诗词皆声韵无不谐当，既有诗之优美，复具文之流畅，韵散同体，诗文合一，不仅空前，恐亦绝后，绝非效颦之辈所能企及者矣。后来苏东坡、辛稼轩之词亦是以文为之，此则效法退之而能成功者也。

六曰：奖掖后进，期望学说之流传。

唐代古文家多为才学卓越之士，其作品如唐文粹所选者足为例证，退之一人独名高后世，远出余子之上者，必非偶然。据旧唐书壹陆拾韩愈传云：

> 大历、贞元之间，文字多尚古学，效扬雄、董仲舒之述作，而独孤及、梁肃最称渊奥，儒林推重。愈从其徒游，锐意钻仰，欲自振于一代。

及新唐书壹柒陆韩愈传云：

> 愈成就后进士，往往知名。经愈指授，皆称"韩门弟子"。

则知退之在当时古文运动诸健者中，特具承先启后做一大运动领袖之气魄与人格，为其他文士所不能及。退之同辈胜流如元微之、白乐天，其著作传播之广，在当日尚过于退之。退之官又低于元，寿复短于白，而身殁之后，继续其文其学者不绝于世，元白之遗风虽或尚流传，不至断绝，若与退之相较，诚不可同年而语矣。退之所以得致此者，盖亦由其平生奖掖后进，开启来学，为其他诸古文运动家所不为，或偶为之而不甚专意者，故"韩门"遂因此而建立，韩学亦更缘此而流传也。世传隋末王通讲学河汾，卒开唐代贞观之治，此固未必可信，然退之发起光大唐代古文运动，卒开后来赵宋新儒学新古文之文化运动，史证明确，则不容置疑者也。综括言之，唐代之史可分前后两期，前期结束南北朝相承之旧局面，后期开启赵宋以降之新局面，关于政治社会经济者如此，关于文化学术者亦莫不如此。退之者，唐代文化学术史上承先启后转旧为新关捩点之人物也。其地位、价值若是重要，而千年以来论退之者似尚未能窥其蕴奥，故不揣愚昧，特发新意，取证史籍，草成此文，以求当世论文治史者之教正。

原刊《历史研究》一九五四年第二期

贾岛

闻一多

　　这像是元和、长庆间诗坛动态中的三个较有力的新趋势。这边老年的孟郊，正哼着他那沙涩而带芒刺感的五古，恶毒地咒骂世道人心，夹在咒骂声中的，是卢仝、刘叉的"插科打诨"和韩愈的洪亮的嗓音，向佛老挑衅。那边元稹、张籍、王建等，在白居易的改良社会的大纛下，用律动的乐府调子，对社会泣诉着他们那各阶层中病态的小悲剧。同时远远地，在古老的禅房或一个小县的廨署里，贾岛、姚合领着一群青年人作诗，为各人自己的出路，也为着癖好，作一种阴暗情调的五言律诗（阴暗由于癖好，五律为着出路）。

秋气悲万物，惊风振长道。

登高有所思，寒雨伤百草。

平生有亲爱，零落不相保。

五情今已伤，安得自能老。

——孟郊《感怀》

老年中年人忙着挽救人心，改良社会，青年人反不闻不问，只顾躲在幽静的角落里作诗，这现象现在看来不免新奇，其实正是旧中国传统社会制度下的正常状态。不像前两种人，或已"成名"，或已通籍，在权位上有说话做事的机会和责任，这般没功名、没宦籍的青年人，在地位上、职业上可说尚在"未成年"时期，种种对国家社会的崇高责任是落不到他们肩上的。越俎代庖的行为是情势所不许的。所以恐怕谁也没想到那头上来。有抱负也好，没有也好，一个读书人生在那时代，总得作诗。作诗才有希望爬过第一层进身的阶梯。诗作到合乎某种程式，如其时运也凑巧，果然混得一"第"，到那时，至少在理论上你才算在社会中"成年"了，才有说话做事的资格。否则万一你的诗作得不及或超过了程式的严限，或诗无问题而时运不济，那你只好作一辈子的诗，为责任作诗以自课，为情绪作诗以自遣。贾岛便是在这古怪制度之下被牺牲，也被玉成了的一个。在这种情形下，你若还怪他没有服膺孟郊到底，或加入白居易的集团，那你也可算不识时务了。

> 二句三年得，一吟双泪流。
>
> 知音如不赏，归卧故山秋。
>
> ——贾岛《送无可上人》

> 孟郊死葬北邙山，日月星辰顿觉闲。
>
> 天恐文章中断绝，再生贾岛在人间。
>
> ——韩愈《赠贾岛》

贾岛和他的徒众，为什么在别人忙着救世时，自己只顾作诗，我们已经明白了。但为什么单作五律呢？这也许得再说明一下。孟郊等为便于发议论而作五古，白居易等为讲故事而作乐府，都是为了各自特殊的目的，在当时习惯以外，匠心地采取了各自特殊的工具。贾岛一派人则没有那必要。为他们起见，当时最通行的体裁——五律就够了。一则五律与五言八韵的试帖最近，作五律即等于做功课，二则为拈拾点景物来烘托出一种情调，五律也正是一种标准形式。然而作诗为什么老是那一套阴霾、凛冽、峭硬的情调呢？我们在上文说那是由于癖好，但癖好又是如何形成的呢？这点似乎尤其重要。如果再明白了这点，便明白了整个的贾岛。

闽国扬帆去，蟾蜍亏复圆。

秋风生渭水，落叶满长安。

此地聚会夕，当时雷雨寒。

兰桡殊未返，消息海云端。

——贾岛《忆江上吴处士》

贾岛诗意

我们该记得贾岛曾经一度是僧无本。我们若承认一个人前半辈子的蒲团生涯，不能因一旦返俗，便与他后半辈子完全无关，则现在的贾岛，形貌上虽然是个儒生，骨子里恐怕还有个释子在。所以一切属于人生背面的、消极的、与常情背道而驰的趣味，都可溯源到早年在禅房中的教育背景。早年记忆中"坐学白骨塔"，或"三更两鬓几枝雪，一念双峰四祖心"的禅味，不但是"独行潭底影，数息树边身"……"月落看心次，云生闭目中"一类诗境的蓝本，而且是"瀑布五千仞，草堂瀑布边"……"孤鸿来夜半，积雪在诸峰"，甚至"怪禽啼旷野，落日恐行人"的渊源。他目前那时代——一个走上了末路的荒凉、寂寞、空虚，一切罩在一层铅灰色调中的时代，在某种意义上与他早年记忆中的情调是调和，甚至一致的。唯其这时代的一般情调。基于他早年的经验，可说是先天地与他不但面熟，而且知心，所以他对于时代，不至如孟郊那样愤恨，或白居易那样悲伤。反之，他却能立于一种超然地位，借此温寻他的记忆，端详它，摩挲它，仿佛一件失而复得的心爱的什物样。早年的经验使他在那荒凉得几乎狞恶的"时代相"前面，不变色，也不伤心，只感着一种亲切、融洽而已。于是他爱静、爱瘦、爱冷，也爱这些情调的象征——鹤、石、冰雪。黄昏与秋是传统诗人的时间与季候，但他爱深夜过于黄昏，爱冬过于秋。他甚至爱贫、病、丑和恐怖。他看不出"鹦鹉惊寒夜唤人"句一定比"山雨滴栖鸥"更足以令人关怀，也不觉得"牛羊识僮仆，既夕应传呼"较之"归吏封宵钥，行蛇入古桐"更为自然。也不能说他爱这些东西。如果是爱，那便太执着而临于病态了（由于早年禅院的教育，不执着的道理应该是他早已懂透了的）。他只觉得与它们臭味相投罢了。更说不上好奇。他实在因为那些东西太不奇，太平易近人，才觉得它们"可人"，而喜欢常常注视它们。如同一个三棱镜，毫无主见地准备接受并解析日光中各种层次的色调，无奈"世纪末"的云翳总不给他放晴，因此他最热闹的色调也不过"杏园啼百舌，谁醉在花傍！"……"身事岂能遂？兰花又已开"和"柳转斜阳过水来"之类。常常是温馨与凄清糅合在一起："芦苇声兼雨，芰荷香绕灯"，春意留恋在严冬的边缘上："旧房山雪在，春草岳阳生。"

> 相访夕阳时，千株木未衰。
> 石泉流出谷，山雨滴栖鸥。
> 漏向灯听数，酒因客寝迟。
> 今宵不尽兴，更有月明期。
>
> ——贾岛《喜雍陶至》

> 下第只空囊，如何住帝乡！
> 杏园啼百舌，谁醉在花傍？
> 泪落故山远，病来春草长。
> 知音逢岂易，孤棹负三湘。
>
> ——贾岛《下第》

他瞥见的"月影"偏偏不在花上而在"蒲根"，"栖鸟"不在绿杨中而在"棕花上"。是点荒凉感，就逃不脱他的注意，哪怕琐屑到"湿苔粘树瘿"。

　　以上这些趣味，诚然过去的诗人也偶尔触及，却没有如今这样大量地、彻底地被发掘过，花样、层次也没有这样丰富。我们简直无法想象他给予当时人的，是如何深刻的一个刺激。不，不是刺激，是一种酣畅的满足。初唐的华贵，盛唐的壮丽，以及最近十才子的秀媚，都已腻味了，而且容易引起一种幻灭感，他们需要一点清凉，甚至一点酸涩来换换口味。在多年的热情与感伤中，他们的感情也疲乏了，现在他们要休息。他们所熟习的禅宗与老庄思想也这样开导他们。孟郊、白居易鼓励他们再前进。眼看见前进也是枉然，不要说他们早已声嘶力竭。况且有时在理论上就释、道二家的立场说，他们还觉得"退"才是正当办法。正在苦闷中，贾岛来了，他们得救了，他们惊喜得像发现了一个新天地，真的，这整个人生的半面，犹如一日之中有夜，四时中有秋冬——为什么老被保留着不许窥探？这里确乎是一个理想的休息场所。让感情与思想都睡去，只感官张着眼睛往有清凉色调的地带涉猎去：

> 燕存鸿已过，海内几人愁。
>
> 欲问南宗理，将归北岳修。
>
> 若无攀桂分，只是卧云休。
>
> 泉树一为别，依稀三十秋。
>
> ——贾岛《青门里作》

　　"叩齿坐明月，揩颐望白云。"

　　休息又休息，对了，唯有休息可以驱除疲惫，恢复气力，以便应付下一场的紧张。休息，这政治思想中的老方案，在文艺态度上可说是第一次被贾岛发现的。这发现的重要性可由它在当时及以后的势力中窥见。由晚唐到五代，学贾岛的诗人不是数字可以计算的，除极少数鲜明的例外，是向着词的意境与词藻移动的，其余一般的诗人大众，也就是大众的诗人，则全属于贾岛。从这观点看，我们不妨称晚唐五代为贾岛时代。他居然被崇拜到这地步：

> 李洞……酷慕贾长江，遂铜写岛像，戴之巾中，常持数珠念贾岛佛。人有喜贾岛诗者，洞必手录岛诗赠之，叮咛再四曰："此无异佛经，归焚香拜之。"（《唐才子传》九）

> 南唐孙晟……尝画贾岛像，置于屋壁，晨夕事之。（《郡斋读书志》十八）

> 贾阆仙……同时喻凫、顾非熊，继此张乔、张蠙、李频、刘得仁，凡晚唐诸子，皆于纸上北面，随其所得深浅，皆足以终其身而名后世。
>
> ——宋·方岳《深雪偶谈》

上面的故事，你尽可解释为那时代人们的神经病的象征，但从贾岛方面看，确乎是中国诗人从未有过的荣誉，连杜甫都不曾那样老实地被偶像化过。你甚至说晚唐五代之崇拜贾岛是他们那一个时代的偏见和冲动，但为什么几乎每个朝代的末叶都有回向贾岛的趋势？宋末的四灵①，明末的钟谭，以至清末的同光派②，都是如此。不

---

① 又称"永嘉四灵"，是一种流行于南朝宋后期的诗歌流派。指南朝宋时期的四位浙江永嘉籍诗人徐照（字灵晖）、徐玑（号灵渊）、翁卷（字灵舒）、赵师秀（号灵秀）。因四人字号中都有一"灵"字，故名。——编者注

② 同光派是活动于清末和辛亥革命后一段时期的诗歌流派。始于清同、光时期，因"同光以来诗人不专宗盛唐"（陈衍《石遗室诗话》），写诗自称"同光体"，故名。以陈三立、沈曾植、陈衍、郑孝胥等人为代表。是宋诗派的后继者。——编者注

宁唯是。即宋代江西派①在中国诗史上所代表的新阶段，大部分不也是从贾岛那份遗产中得来的盈余吗？可见每个在动乱中灭毁的前夕都需要休息，也都要全部地接受贾岛，而在平时，也未尝不可以部分接受他，作为一种调剂。贾岛毕竟不单是晚唐五代的贾岛，而是唐以后各时代共同的贾岛。

原载于昆明《中央日报·文艺》第18期

---

① 江西派是宋代影响较大的一个诗歌流派，形成于北宋后期，以黄庭坚为首。北宋末年的吕本中作《江西诗社宗派图》，"江西派"的名称由此而来。江西派是我国文学史上第一个有正式名称的诗文派别。——编者注

第五章

宋元

|

（960 年—1279 年）

"自其不变者而观之，则物与我皆无尽也，

而又何羡乎"！

从无限宇宙的角度看，

宇宙和人类都是无穷尽的，

有什么可悲观的呢？

浦江清 （1904—1957） 西南联大中文系教授

江苏松江（今上海市松江区）人，著名古典文学研究
专家。曾任教于清华大学、西南联合大学、北京大学。
与朱自清合称"清华双清"。著有《浦江清文录》《屈
原》及《杜甫诗选注》（合作）等。

苏轼

浦江清

苏轼与欧阳修、王安石、曾巩等同为古文家，与他们不同的，他不完全是受孔孟儒家思想影响，也接受了庄子的思想和佛学中的禅宗哲学思想。苏轼从小就喜欢《庄子》，他说："吾昔有见，口未能言，今见此书，得吾心矣。"足见他受庄子思想影响之深，他的思想与庄周有拍合之点。

《超然台记》是苏轼知密州任上所写。他从杭州通判到胶西密州任知州，离开了江南富庶之区、湖山胜地，到一清苦的小地方。此时密州"岁比不登，盗贼满野，狱讼充斥；而斋厨索然，日食杞菊"。水灾、旱灾，生活很苦，连太守也不能吃饱，但苏轼却不以苦，自得其乐，"处之期年，而貌加丰，发之白者，日以反黑"。一年之后，筑超然台，相与登览，并撰《超然台记》，发挥了他的超然主义思想，"凡物皆有可观。苟有可观，皆有可乐，非必怪奇伟丽者也。铺糟啜醨，皆可以醉，果蔬草木，皆可以饱。……吾安往而不乐"？"人之所欲无穷，而物之可以足吾欲者有尽。美恶之辨战乎中，而去取之择交乎前，则可乐者常少，而可悲者常多。"他认为人之所以不乐者，是因为有欲望而不能得到之故。减少欲望则减少痛苦；追求欲望则可乐常少，而可悲常多。"岂人之情也哉！物有以盖之矣。彼游于物之内，而不游于物之外；物非有大小也，自其内而观之，未有不高且大者也。彼其高大以临我，则我常眩乱反复，如隙中之观斗，又焉知胜负之所在？是以美恶横生，而忧乐出焉；可不大哀乎！"在他看来，"万物皆有可观。苟有可观，皆有可乐"。人有情感，但不能溺于物欲。去除物欲，就能常得物之可乐。苏轼登上台，曰：乐哉游乎！题台名曰"超然"。"以见余之无所往而不乐者，皆游于物之外也。"

苏轼所谓超然的态度，就是"游于物外"。这种人生哲学是接近于庄子《逍遥游》中的思想的。虽然属于主观唯心论的范畴，但在困苦的境遇中积极、乐观，不悲观、沮丧。"游于物外"的超然思想要求一种自由的意志。要求思想上的解放，这也就形成了苏轼文学创作中豪放、旷达的风格。

他的这种超然物外的思想也表现在他的认识论方面，如《题西林壁》诗说："横看成岭侧成峰，远近高低各不同。不识庐山真面目，只缘身在此山中。"他认为要超然于物外，方才能认识物的本体。这种思想也是从庄子和禅宗哲学派生出来的，可是不完全是唯心论的，而是比较客观的、唯物的。

超然物外的人生观也体现在苏轼的艺术观和艺术评论上。他批评王维和吴道子的画说："吴生虽妙绝，犹以画工论。摩诘得之于象外，有如仙翮谢笼樊。吾观二子皆神俊，又于维也敛衽无间言。"他说吴道子尚拘泥于形似，王维则能超脱。所谓"象外"，即形象之外。他认为最高的艺术是超乎象外的。如果把"象"解释成个别的事物，超乎象外就是体现艺术的典型。当时有驸马都尉王晋卿者，善于书画，常请苏轼题跋。苏轼在为他写的《宝绘堂记》中说："君子可以寓意于物，而不可以留意于物。寓意于物，虽微物足以为乐，虽尤物不足以为病；留意于物，虽微物足以为病，虽尤物不足以为乐。"他认为王晋卿爱好书画是好的，每个人都可以有所爱好，但不要爱好太过。他对于一切爱好的东西抱艺术家欣赏的态度，而不抱功利主义的态度。

苏轼认为人不妨有嗜好，但他反对沉溺其中。

苏轼超然游于物外的思想形成他在人生态度上和文学上的达观主义。这在他的《赤壁赋》中有鲜明体现。当时苏轼在黄州团练副使任上，生活很清苦，但他极为达观。从上司那里要来一块地，自己经营，建雪堂，名其地曰"东坡"，自此遂自号"东坡居士"。此间，他多次游历黄州赤壁，写下了前后赤壁赋。在《赤壁赋》（即《前赤壁赋》）中，先借客之口抒发了功业不就、人生苦短的感慨，接着以苏子作答的形式，明确地说："盖将自其变者而观之，则天地曾不能以一瞬"，宇宙万物是不断变化的；但是"自其不变者而观之，则物与我皆无尽也，而又何羡乎"！从无限宇宙的角度看，宇宙和人类都是无穷尽的，有什么可悲观的呢？苏轼就在这变与不变和物我不尽的形象描述中，寄托了他的达观的人生态度。所以，尽管一生颠沛流离，他总能在达观中求得解脱，且能自得其乐。苏轼主张超然、达观，但并不一味反对仕进。有感于灵璧张氏园亭有"开门而出仕""闭门而归隐"之妙，写了《灵璧张氏园亭记》抒发自己的感慨："古之君子，不必仕，不必不仕。必仕则忘其身，必不仕则忘其君。譬之饮食，适于饥饱而已。"他不赞成"违亲绝俗"的隐遁派，更反对"怀禄苟安"追逐功名富贵之人，认为两种人都是极端，都不达观，不近人情。应该以义为节，追求心之所安。

最后要说明的，苏轼的超然物外的达观主义思想，并不是脱离现实生活。他的《水调歌头》里说："明月几时有，把酒问青天。……我欲乘风归去，又恐琼楼玉宇，高处不胜寒。起舞弄清影，何似在人间。"他的达观主义在哲学上是唯心的，但对人生还是执着爱好的，因此他说："但愿人长久，千里共婵娟。"

苏轼诗的特点

历来评苏轼诗者，如沈德潜云："苏子瞻胸有洪炉，金银铅锡，皆归熔铸；其笔之超旷，等于天马脱羁，飞仙游戏，穷极变幻，而适如意中所欲出，韩文公后，又开辟一境界也。"（《说诗晬语·卷下》）

赵翼云："大概才思横溢，触处生春，胸中书卷繁富，又足以供其左旋右抽，无不如志。其尤不可及者，天生健笔一支，爽如哀梨，快如并剪，有必达之隐，无难显之情，此所以继李、杜后为一大家也。"（《瓯北诗话·卷五》）

根据两家的评论，我们可以看到苏诗有以下特点：

（1）题材的丰富。苏轼博学多能，他代表他的时代文学修养极高的文人。于经史子集、释道经典，无所不窥，加以到处宦游，生活经验丰富，所以他的诗也包罗万象，内容丰富。苏轼对于人生是爱好的，因此善于对平淡朴素的东西给予诗意的描写。山川名胜，草木鸟兽，都有题咏，为李杜以后的一大家。沈德潜所谓"金银铅锡，皆归熔铸"是也。题材和博物知识只是原料，"熔铸"是艺术的处理。他以诗人的观点、诗人的感受了解和表现世界与人生。

（2）能达。苏轼以为文学要"达"。他说："孔子曰：'言之不文，行而不远。'又曰：'辞，达而已矣。'夫言止于达意，即疑若不文，是大不然。求物之妙，如系风捕影；能使是物了然于心者，盖千万人而不一遇也，而况能使了然于口与手者乎！是之谓辞达。辞至于能达，则文不可胜用矣。"（《答谢民师书》）苏轼诗歌纵横曲折，无不能达，且能达前人之所不能达。正如赵翼谓"天生健笔一支，爽如哀梨，快如并剪，有必达之隐，无难显之情"。就是说他的诗能够爽快达意，达他人所不能达者。苏轼自负他的文笔，说："吾文如万斛泉源，不择地而出。在平地滔滔汩汩，虽一日千里无难，及其与山石曲折，随物赋形而不可知也。所可知者，常行于所当行，常止于不可不止，如是而已矣。其他吾亦不能知也。"（《文说》）又云："某平生无快意事，惟做文章。意之所到则笔力曲折，无不尽意。自谓世间乐事，无逾此者。"（何薳《春渚纪闻》所引）东坡虽然在说他的文，也可以论到他的诗。他的诗也是笔力曲折，无不尽意，大概以散文的风格写诗。用散文的作法写诗，是宋诗的一个特点。这个特点远从韩愈开始，配合古文运动的发展延续下来。所以宋诗多议论、多说理。苏诗以说理、议论畅达见长。不过诗到底和散文不同，散文纯用论辩逻辑达意，而诗之达在"求物之妙，如系风捕影"。并不只是形似，而是要表达出其精神实质，所以他咏吟山水、人物，都能表现出神韵与动态。他以为最善者能体贴物情、畅达物情，如"竹外桃花三两枝，春江水暖鸭先知"，寥寥数字，生动有致，可谓善于体贴物情，是一种达。"三过门间老病死，一弹指顷去来今"，十四字达尽感慨之情，深入浅出。

（3）多妙悟。苏轼诗多妙悟，含哲理，有理趣。他以诗人的眼光、诗人的感受能力观察世界，了解人生生活，有许多妙悟。例如"横看成岭侧成峰，远近高低各不同。不识庐山真面目，只缘身在此山中"。（《题西林壁》）在山景的形象描绘中寄寓着耐人寻味的理趣，实精辟妙悟之言。"人生到处知何似，应似飞鸿踏雪泥；泥上偶然留指爪，鸿飞哪复计东西。"（《和子由渑池怀旧》）以鸿飞来比人生之际遇，这就并非诉诸感情，而是托于哲理了。苏轼主张自我解放，游于物外。他对于艺术包括诗的见解，不以求形似为满足，而要"得自然之数，不差毫末，出新意于法度之中，寄妙理于豪放之外"。他推崇吴道子，更赞扬"摩诘得之于象外"。得于象外，便能够自由解放。沈氏所谓"等于天马脱羁，飞仙游戏"，即是诗意不受题材拘束，能求得象外的真理，而妙悟也须如此。宋诗使人悟理，唐诗动人感情。我们读苏诗，获得许多智慧。"自言静中阅世俗，有似不饮观酒狂。""吾虽不善书，晓书莫如我。苟能通其意，常谓不学可。"凡此均似得道者言，其所谓道，即象外、物外、超旷之道，亦即庄子之道。而此道与诗相通，与书画艺术亦相通也。

苏轼观物之妙，求物之妙，于日常现实生活的小事物中，发挥其人生哲学，于诗中往往发出其对事物的妙悟，也就是深微的理解。苏诗亦多议论，并不干枯，而是高超旷达的。他用艺术家的态度，爱好人生，摆脱功名富贵的追求，引导读者爱好自然与艺术。

（4）善比喻。苏诗长于比喻，且立意新奇，不落前人窠臼。前述

《题西林壁》以观庐山整体设喻，寓发新意。《和子由渑池怀旧》以"雪泥鸿爪"喻人生境遇，已成千古绝唱。苏轼有许多写西湖诗作，如"欲把西湖比西子，淡妆浓抹总相宜"，十分通俗、亲切，千百年来成为吟西湖的定评之作，再如"春风如系马，未动意先驰。西湖忽破碎，鸟落鱼动镜"，"微风万顷靴纹细，断霞半空鱼尾赤"，"船上看山如走马，倏忽过去数百群"，"岭上晴云披絮帽，树头初日挂铜钲"。有静看，有动观，山如马，湖如镜，晴云如絮帽，初日如铜锣，喻义贴切，栩栩如生。再看《百步洪》诗中"长洪斗落生跳波，轻舟南下如投梭。水师绝叫凫雁起，乱石一线争磋磨。有如兔走鹰隼落，骏马下注千丈坡。断弦离柱箭脱手，飞电过隙珠翻荷"。这些诗句，其中一连串的生动比喻也令人赞叹不已。

（5）诙谐。有人说苏轼"嬉笑怒骂皆成文章"。苏轼的人生观是达观主义的，他襟怀旷达，写起诗来"触处生春"，妙语诙谐。石苍舒喜欢写字，筑醉墨堂，日夕学书，草书颇有成就，请苏轼作诗论书法，苏轼送他诗曰："人生识字忧患始，姓名粗记可以休。"借项梁告诫项羽书不足学的故事幽默地开了头，诗结尾说"不须临池更苦学，完取绢素充衾裯"。又很风趣地说，不须像张芝那样在绢帛上苦练书法，可以用绢来做被褥。苏轼以花甲之年谪居海南之儋耳，生活很苦，人很消瘦，得知同遭贬谪的弟弟人也很瘦，于是作《闻子由瘦》一诗云："海康别驾复何为？帽宽带落惊童仆。相看会作两臞仙，还乡定可骑黄鹄。"达观坦然，机趣横生。

节选自《中国文学史稿·宋元卷》："第三章 苏轼"

辛弃疾

浦江清

辛弃疾的诗和散文留下的不多，他主要是词人。他的词的创作极为丰富，有六百多首，是词人中创作最多的。他的词集叫《稼轩长短句》（四印斋所刻词本）或《稼轩词》（《宋六十名家词》）。

辛弃疾平生"以气节自娱，以功业自许"（范开语）。但他的理想并未实现。他的满腔爱国热情无法吐泄，于是悲歌慷慨的心情在词中得到了最为充分的表现。他的词就是他的抱负和纵横的才气在他当时最流行的文艺形式中的表现。

辛弃疾进一步发展了苏轼所开拓的词的境界，题材极广阔，有抒情，有说理，有怀古，有伤时。笔调是多方面的，无意不可入，无事不可言。悲愤、牢骚，嬉笑怒骂，皆可入词。

稼轩词豪放雄壮，充满爱国思想，有英雄气概，和放翁诗近似，而痛快淋漓，又过于苏轼。辛弃疾"舟次扬州"，回忆当年在此参加抗敌事业的轩昂气概：

> 落日塞尘起，胡骑猎清秋。汉家组练十万，列舰耸层

楼。谁道投鞭飞渡，忆昔鸣髇血污，风雨佛狸愁。季子正年少，匹马黑貂裘。

——《水调歌头》

披貂裘，骑骏马，目睹打败完颜亮的南宋军队军容大盛，辛弃疾对中兴充满希望。而当他回忆年轻时骤马驰金营于数万敌军中生擒叛徒的情景，更是豪情满怀：

壮岁旌旗拥万夫，锦襜突骑渡江初。燕兵夜娖银胡䩜，汉箭朝飞金仆姑。

——《鹧鸪天》

但是壮志难酬，所以辛词更多的则是表现磊落抑塞之气：

更能消、几番风雨，匆匆春又归去。惜春长怕花开早，何况落红无数。春且住，见说道、天涯芳草无归路。怨春不语，算只有殷勤、画檐蛛网，尽日惹飞絮。

长门事，准拟佳期又误。蛾眉曾有人妒。千金纵买相如赋，脉脉此情谁诉？君莫舞，君不见、玉环飞燕皆尘土。闲愁最苦。休去倚危栏，斜阳正在，烟柳断肠处。

——《摸鱼儿》

国难当头，报国无门，不免发出"烟柳断肠"的哀怨。陈廷焯《白雨斋词话》评曰："词意殊怨，然姿态飞动，极沉郁顿挫之致。起处'更能消'三字是从千回万转后倒折出来，真是有力如虎。"梁启超评云："回肠荡气，至于此极。前无古人，后无来者。"（《艺蘅馆词选》）据罗大经《鹤林玉露》说：宋孝宗看了这首词，虽然没有加罪于辛弃疾，但很不高兴。作为爱国志士，忧怀国事的哀愁，无处倾诉，只有借词宣泄出来。"江南游子，把吴钩看了，栏干拍遍，无人会，登临意。"（《水龙吟》）"郁孤台下清江水，中间多少行人泪！西北望长安，可怜无数山。青山遮不住，毕竟东流去。江晚正愁予，山深闻鹧鸪。"（《菩萨蛮》）前词写英雄无用武之地，直抒胸臆；后词"惜水怨山"（周济《宋四家词选》），登台远望，北方山河，仍在敌手，只有借鹧鸪鸣声来抒发自己羁留后方、壮志未酬的抑塞苦闷心情了。

在辛弃疾笔下，壮志不酬的愤懑之情也能表现在别词里：

> 绿树听鹈鴂，更那堪鹧鸪声住，杜鹃声切！啼到春归无寻处，苦恨芳菲都歇。算未抵、人间离别。马上琵琶关塞黑，更长门、翠辇辞金阙。看燕燕，送归妾。
>
> 将军百战声名裂，向河梁、回头万里，故人长绝。易水萧萧西风冷，满座衣冠似雪，正壮士、悲歌未彻。啼鸟还知如许恨，料不啼清泪长啼血。谁共我，醉明月？
>
> ——《贺新郎》

辛茂嘉是弃疾族弟，因事贬官桂林，辛弃疾写了这首在辛词中很著名的《贺新郎·别茂嘉十二弟》。他把兄弟别情放在家国兴亡的大背景下来写，借历代英雄美女去国辞乡的恨事，来抒发山河破碎、同胞生离死别的悲情。梁启超指出："算未抵人间离别"句"为全首筋节"。（《艺蘅馆词选》）这是切中肯綮的评论。陈廷焯评曰："稼轩词自以《贺新郎》一篇为冠。沉郁苍凉，跳跃动荡，古今无此笔力。"（《白雨斋词话》）王国维的《人间词话》说："稼轩《贺新郎·别茂嘉十二弟》，章法绝妙，且语语有境界，此能品而几于神者。然非有意为之，故后人不能学也。"

辛弃疾继承了苏轼的豪放一派。不过苏轼的豪放，在思想上是超旷的，类似陶渊明、李白；而辛弃疾的豪放，风格上是雄浑而壮伟，同时沉郁而悲愤。这是辛弃疾所处的时代和他的遭遇所决定的。他有些像词中的杜甫。

当然，稼轩词也有清新的一面。他的才能是多方面的。他不但善于写回肠荡气、慷慨激昂的壮词，还能写情致缠绵、浓丽绵密的婉词。著名的《祝英台近》就是这方面的代表：

> 宝钗分，桃叶渡，烟柳暗南浦。怕上层楼，十日九风雨。断肠片片飞红，都无人管，更谁劝、啼莺声住？鬓边觑，试把花卜归期，才簪又重数。罗帐灯昏，哽咽梦中语："是他春带愁来，春归何处？却不解、带将愁去。"

深闺女子的相思之情写得细腻传神，温婉清丽，与稼轩大部分词词风迥异。沈谦在他的《填词杂说》里说："稼轩词以激扬奋厉为工；至'宝钗分，桃叶渡'一曲，昵狎温柔，魂销意尽，词人伎俩，真不可测。"这其实正说明辛词风格是多样化的。更可喜的是，在十年退隐的日子里，辛弃疾和农民有了亲密的交往，了解了农民朴素的生活，情感和农民接近了，写了不少清新自然、富有情致的农家生活的词：

> 茅檐低小，溪上青青草。醉里吴音相媚好，白发谁家翁媪？
> 大儿锄豆溪东，中儿正织鸡笼。最喜小儿无赖，溪头卧剥莲蓬。
> ——《清平乐》

一幅农家生活画图。此外，像"东家娶妇，西家归女，灯火门前笑语。酿成千顷稻花香，夜夜费、一天风露"。（《鹊桥仙》）；"父老争言雨水匀，眉头不似去年颦。"（《浣溪沙》）反映了农村温厚的风俗，也分担了农民的欢愁。

辛弃疾善于从前人典籍中学习语言，融入自己词中。如《踏莎行》的：衡门之下可栖迟，日之夕矣牛羊下。是《诗经》的句子："衡门之下，可以栖迟"；"日之夕矣，牛羊下括"。又如《水调歌头》：余既滋兰之九畹，又树蕙之百亩，秋菊可餐英。是《离骚》的句子。

《水龙吟》：人不堪忧，一瓢自乐，贤哉回也！料当年曾问：饭蔬饮水，何为是栖栖者？是《论语》的句子。《哨遍·秋水观》全是《庄子》的话句。

苏东坡用诗的笔调来写抒情的词，辛弃疾则用的是散文笔调，加入说理部分，更把词扩大了。词就代表辛弃疾的谈吐。

辛词爱用典故，这是前人所极少的，所以有"掉书袋"之讥。用典故自然在旁人理解上增加一些困难，但它可以增加词的表现力。

对辛词的评价，从前不算高，苏辛词是被看作别派的，这是由于囿于词以婉约为宗的说法。其实辛弃疾的成就是很大的，他集词之大成，把词发展到最高峰。他的词是爱国主义的。

辛弃疾的遭遇局限了他，他的词对于生活的反映，不能写得更直接、更明显、更广泛、更丰富，而且用文言、用典故，不能很好结合口语，不能歌唱。

辛弃疾的朋友陈亮和刘过的词，风格上都和他相近。陈亮主要是哲学家和政论家，刘过有《龙洲词》，才气不及辛弃疾。

　　　　节选自浦江清《中国文学史稿·宋元卷》："第六章 辛弃疾"

陆游

浦江清

陆游的生平

陆游（1125—1210），字务观，号放翁，祖籍越州山阴（今浙江绍兴）。南宋代表性诗人，也是我国第十二世纪之代表诗人（十一世纪以苏轼为代表）。陆游比辛弃疾大十五岁。他二三岁时，即遭遇靖康之变，生于忧患，死于忧患，终身不忘恢复中原，为爱国诗人的代表。著有《剑南诗稿》（诗九千余首）、《放翁词》（均收入《四部备要》）及《渭南文集》（收入《四部丛刊》）。

陆游生平，分四个阶段叙述。

1125—1157 年：青年时期。

祖父陆佃，有名的语言文字学家；父陆宰，也是一位文人，以直秘阁的职衔，做着权发遣淮南计度转运副使公事。其家居河南荥阳。陆游生于淮上，未满三岁，东京沦陷。其家人避难南下，先至寿春，后回山阴，又迁东阳居三年，最后定居山阴。陆游幼年，在东阳及山阴度过。生长于文学家庭，又接触其父执辈谈中原乱离，濡染爱国思想，十二岁即能诗文。十三岁，喜读陶渊明诗。十六岁，至临安。十七八岁，始学作诗，读王维诗最熟。十九岁，又至临安，试南省。

十八九岁，娶表妹唐琬为妻，感情甚笃。而唐氏不得于其母，唐氏出而另居，陆游时往，终于为其母所恶，离异。唐氏改嫁宗室赵士程（同郡人）。游春日出游相遇于禹迹寺南之沈园。唐以语赵，遣致酒肴，游为赋《钗头凤》词：

红酥手，黄藤酒，满城春色宫墙柳。东风恶，欢情薄。一怀愁绪，几年离索。错！错！错！

春如旧，人空瘦，泪痕红浥鲛绡透。桃花落，闲池阁。山盟虽在，锦书难托。莫！莫！莫！

是年为1155年，陆游年三十一岁，时已续娶王氏。

游以荫补登仕郎，二十九岁赴锁厅试，陈阜卿为考试官，得具卷，大异之，擢置第一。时秦桧孙埙以右文殿修撰来就试，欲列首荐不得，桧深衔之。三十岁（1154年）试礼部，主者复置游于前列，为秦桧所黜（先荐送第一，秦桧孙埙居次，遂为桧所抑。又说陆游论中主恢复，故为桧所忌）。未中进士，下第还乡。

1155年11月，作为江西派诗人之一的曾几做提点浙东刑狱，陆游从他游。1156年曾几改知台州，遂别。此两年陆游作诗必受曾几影响。后人谓陆游诗出江西诗派者以此。

1158—1169年：出仕时期。

秦桧已死。陆游除右迪功郎、福州宁德县主簿。后至临安，除敕令所删定官。1162年，孝宗即位，除枢密院编修官，以史浩、黄祖舜荐孝宗召见，赐进士出身。翌年，为镇江府通判。1163—1165年，张浚督师图恢复，陆游支持张浚之北伐计划，并与其子张栻（敬夫）友善。张浚北伐军初节节胜利，李显忠屡败金人。其后，诸将不和，李显忠被迫退军，致有符离之败。于是和议派又抬头，孝宗气馁，订了屈辱的隆兴和议。

陆游离镇江任改任隆兴（今南昌县）军府通判。言者劾公"交结台谏，鼓唱是非，力说张浚用兵"，免官。归山阴，卜居镜湖。"忆自南昌返故乡，移家来就镜湖凉。""曩得京口俸，始卜湖边居。屋财十余间，岁久亦倍初。"这些诗句是此时生活的写照。

1169 年，陆游以左奉仪郎通判夔州军州事，以病未行，明年遂起程西行。

1170—1178 年：此八九年在蜀中。

1170 年夏，由山阴出发，由长江入蜀，冬天到了夔州。旅途见闻，作《入蜀记》。1172 年，枢密使王炎宣抚四川，驻汉中，辟陆游入幕府，为干办公事兼检法官。汉中，今陕西南郑县，近大散关，亦近宋金边界交界处。"四十从戎驻南郑，酣宴军中夜连日。"此处逼近敌人，时有立功的愿望，过着豪迈的生活，曾猎虎。

留王炎幕时间不长（三月至十一月），改除成都府安抚司参议官，从汉中入成都，有"此身合是诗人未？细雨骑驴入剑门"（《剑门道中遇微雨》）之句。此后，通判蜀州，摄嘉州，往来蜀州、嘉州间。1175 年 6 月，范成大为四川制置使，帅蜀中，与陆游为文字交，不以幕僚待之。1176 年，以所谓"燕饮颓放"去官。自此，陆游自号放翁，仍居成都。1177 年，范成大离蜀还朝，而陆游仍留成都。1178 年被召东归，秋到临安，除福建常平茶盐事，暂归山阴故居。是年，范成大参知政事。

1179—1210 年：三十年，五十余至八十余岁。

陆游自蜀还乡。1179 年，五十五岁，在建安，游武夷山。秋冬间改除江南西路常平茶盐公事，十二月到江西，治抚州。1180 年在抚州，五月十一日夜且半，梦随大驾亲征，尽复汉唐故地，见城邑人物繁丽，云：西凉府也。喜甚，马上作长句，未终篇而觉，乃足成之。诗有"熊罴百万从銮驾，故地不劳传檄下。筑城绝塞进新图，排仗行宫宣大赦。冈峦极目汉山川，文书初用淳熙年。驾前六军错锦绣，秋风鼓角声满天"等句。冬，召赴行在。1182—1185年，在家乡。1186年，年六十二，权知严州。第二年刊《剑南诗稿》，凡二千五百余首。于严州郡治。1189年在都下，寓砖街巷街南小宅。光宗即位，除朝议大夫、礼部郎中，兼实录院检讨官。十二月被劾去官出都。在乡闲居十余年。1192年（年六十八）过禹迹寺南沈氏园，有"林亭感旧空回首"之句。1199年（年七十五）又作《沈园》二绝，悼念唐氏，有"梦断香消四十年"之句。1202年，宋宁宗朝，韩侂（tuō）胄执政，图北伐，起用若干老人如陆游、辛弃疾等以图众望。陆游入都为实录院修撰，同修国史，翌年除宝谟阁待制。1203年，乞致仕，五月出都。韩侂胄议伐金及伐金失败，陆游已还乡，但1209年仍被劾落宝谟阁待制职。

1206年冬，子通为其编诗续稿，成四十八卷，每卷约百首。

1210年，年八十六，卒。《宋史》谓卒于嘉定二年（己巳），八十五岁，实未审。据钱竹汀年谱考定，应卒于宋宁宗嘉定三年（庚午），年八十六。有《示儿》诗："死去元知万事空，但悲不见九州同。王师北定中原日，家祭无忘告乃翁。"

陆游的诗词

陆游在十二三岁时就能写诗文，二十岁前喜欢陶渊明、王维的诗。1155年曾几提点浙东刑狱，游曾从其游。曾几为江西诗派诗人，因此人或谓陆游亦出于江西诗派，实则不然。陆游的诗作是兼各名家之长，豪放而畅达。早期虽受到一点影响，但陆游的诗和江西诗派是不同的。入蜀以后，眼界扩大，创作成熟，接近杜甫风格。《九月一日夜读诗稿有感走笔作歌》云：

我昔学诗未有得，残余未免从人乞。
力屏气馁心自知，妄取虚名有惭色。
四十从戎驻南郑，酣宴军中夜连日。
打球筑场一千步，阅马列厩三万匹。
华灯纵博声满楼，宝钗艳舞光照席。
琵琶弦急冰雹乱，羯鼓手匀风雨疾。
诗家三昧忽见前，屈贾在眼元历历。
天机云锦用在我，剪裁妙处非刀尺。
世间才杰固不乏，秋毫未合天地隔。
放翁老死何足论，广陵散绝还堪惜。

　　自述其诗由于军戎生活的豪放跌宕，自言有独到处（散绝堪惜）。
　　放翁诗在宋诗中，除苏、黄之外，最近杜甫。由于时代背景及在蜀中八九年之生活，其遇王炎、范成大颇似杜甫之遇严武。所不同者，杜甫有出入贼中一段生活，亲身经历战争，并且看到唐室恢复。陆游处于敌我对峙之环境中，一直在鼓吹反攻，抱着杀敌、恢复统一和平的愿望而达不到，常致悲愤与慨叹。
　　陆游诗中一直贯穿着爱国主义思想。陆游为南宋代表诗人，主要是能反映南宋时代的社会现实，在诗歌中抒发爱国家、爱人民的感情。他是自始至终念念不忘恢复中原、收复失地的歌唱者。他有这种精神，是由于他一生下来就遭逢战乱。他虽然籍贯在山阴，可是祖父、父亲都生活在中州，而是在战乱时被迫迁到南方的。他在《三山杜门作歌》（之一）诗中写道：

我生学步逢丧乱，家在中原厌奔窜。
淮边夜闻贼马嘶，跳去不待鸡号旦。
人怀一饼草间伏，往往经旬不炊爨。
呜呼，乱定百口俱得全，孰为此者宁非天？

后来随着年龄和阅历的增长，爱国主义思想日益深厚。他的强烈的爱国思想最充分地表现在他的诗中。

陆游念念不忘中原的人民，他觉得中国应该是统一的：

四海一家天历数，两河百郡宋山川。

——《感愤》

每当冬尽春来的时候，他就遥望着北方辽阔的原野：

京洛雪消春又动，永昌陵上草芊芊。

——《感愤》

他常常幻想着有一天能够击败金人，恢复中原的疆土：

三更穷虏送降款，天明积甲如丘陵。中华初识汗血马，东夷再贡霜毛鹰。群阴伏，太阳升。胡无人，宋中兴！

——《胡无人》

他在战乱连年的时候看到小孩子学写字读书，儿女骨肉之情使他想到中国统一后的和平生活：

从今父子见太平，花间饮水勿饮酒。

——《喜小儿辈到行在》

诗人陆游怀抱着国家统一的希望，且强烈地表达了以身许国、建立功勋的愿望："呜呼，楚虽三户能亡秦，岂有堂堂中国空无人！(《金错刀行》)"感激豪宕，具有胜利的信心，非常乐观。

但是，南宋统治者只苟安于小朝廷的享乐，根本没有想到要收复失地，陆游沉痛地说道："遗民泪尽胡尘里，南望王师又一年！(《秋夜将晓·出篱门迎凉有感》)"尤其是中晚年的时候，看的事情多了，更引起他的悲愤：

> 青山不减年年恨，白发无端日日生。
>
> ——《塔子矶》
>
> 丈夫五十功未立，提刀独立顾八荒。
>
> ——《金错刀行》
>
> 刘琨死后无奇士，独听荒鸡泪满衣！
>
> ——《夜归偶怀故人独孤景略》
>
> 塞上长城空自许，镜中衰鬓已先斑。
>
> ——《书愤》

这些诗句充分表明了一个爱国志士抑郁悲愤的心情。同时，陆游更是有战斗性的，他写了很多讽刺诗，对苟安现状、不思进取的上层人士极为愤慨，《前有樽酒行》中云：

> 绿酒盎盎盈芳樽，清歌袅袅留行云。
> 美人千金织宝裙，水沉龙脑作燎焚。
> ……
> 诸人但欲口击贼，茫茫九原谁可作！

鞭挞了苟安享乐的士大夫，诗人接着写道：

> 丈夫可为酒色死？战场横尸胜床笫。
> 华堂乐饮自有时，少待擒胡献天子。

陆游对南宋统治者不思北伐、苟且偷安也表达了失望和愤慨之情，如《醉歌》：

学剑四十年，虏血未染锷。

不得为长虹，万丈扫寥廓。

又不为疾风，六月送飞雹。

战马死槽枥，公卿守和约。

穷边指淮淝，异域视京洛。

及到"如今老且病，鬓秃牙齿落"，真是"仰天少吐气，饿死实差乐"了。

但是，陆游的愿望并没有实现，眼前祖国分裂，北方人民遭受金统治者的残酷迫害，眼见耽误了岁月，他写下了许多愤慨、悲叹的诗："容身有禄愧满颜，灭贼无期泪横臆。（《晓叹》）""诸公尚守和亲策，志士虚捐少壮年！（《感愤》）"真切于他的时代，极可感人。此外，像《寒夜歌》《陇头水》《书愤》《追感往事》等都属于这一类诗歌。

陆游的爱国心始终未衰，直到临死，还写下了《示儿》诗，嘱咐子女"王师北定中原日，家祭无忘告乃翁"。

深厚的爱国主义思想是陆游诗歌的基础。其次，陆游的诗有许多是反映社会和农民生活的。

陆游曾长期生活在农村，他向往着纯朴的农家生活，他写出了农家生活的健康和可爱，这方面的诗歌很富有人情味，如：

莫笑农家腊酒浑，丰年留客足鸡豚。

山重水复疑无路，柳暗花明又一村。

箫鼓追随春社近，衣冠简朴古风存。

从今若许闲乘月，拄杖无时夜叩门。

——《游山西村》

蕣沟上阪到山家，牧竖应门两髻丫。

莳火正红煨芋熟，岂知新贵筑堤沙？

——《夜投山家》

这些诗的风格很像陶渊明。但他同时也注意到农家疾苦，同情农民的痛苦遭遇，抗议官家对农民的过分剥削，表现了他的人道主义思想。《农家叹》《十月二十八日夜风雨大作》《书叹》等诗写了农民的痛苦。税收迫得他们不能生存："门前谁剥啄？县吏征租声。一身入县庭，日夜穷笞榜人孰不惮死？自计无由生。（《农家叹》）"水灾害得他们不能收获："岂惟涨沟溪，势已卷平陆。辛勤艺宿麦，所望明年熟。一饱正自艰，五穷故相逐。南邻更可念，布被冬未赎。明朝甑复空，母子相持哭！（《十月二十八日夜风雨大作》）"农民受尽残酷的剥削，"有司或苛取，兼并亦豪夺"，诗人很愤慨地说，"政本在养民，此论岂迂阔？"（《书叹》）

再次，陆游亦有写与朋友交往的诗，如《送辛幼安殿撰造朝》，可以看出二人交情甚笃。还有诗表现他在婚姻方面的不幸，对真挚爱情的怀念，饱含着诗人的血泪。三十岁时一个偶然的机会在沈园与唐琬相遇，写下了充满怀念、悔恨的《钗头凤》，四十多年以后，还凄惨地回忆起来：

> 城上斜阳画角哀，沈园非复旧池台。
> 伤心桥下春波绿，曾是惊鸿照影来！
>
> ——《沈园·其一》

陆游的词称《放翁词》（收于《宋六十名家词》，又见于《四部备要》）。他的词多，风格多变化，最有名的是为唐琬而作的《钗头凤》。此词就形式来讲，相当难填，但诗人作得很成功，从词中可以感受到诗人深挚的感情。《汉宫秋》是英雄的歌唱：

> 羽箭雕弓，忆呼鹰古垒，截虎平川。吹笳暮归野帐，雪压青毡。淋漓醉墨，看龙蛇飞落蛮笺。人误许，诗情将略，一时才气超然。
>
> 何事又作南来，看重阳药市，元夕灯山。花时万人乐

处，欹帽垂鞭。闻歌感旧，尚时时流涕尊前。君记取，封侯事在，功名不信由天。

代表诗人词的豪放雄壮的一面，与辛弃疾词相近。最后两句，并非诗人热心功名富贵，而是要为国家出力，恢复中原。

陆游的一些小令也颇豪壮，写山水的词则很清新。然而词不是他的主要成就，不能和辛弃疾相比。他的主要成就是诗。

节选自浦江清《中国文学史稿·宋元卷》："第五章 陆游"

关汉卿

浦江清

关汉卿是奠定元代剧坛基础的大作家，但他的生平材料却很少。

现存的关汉卿剧本十八种中，《窦娥冤》是他的代表作品。王国维《宋元戏曲史》谓："其最有悲剧之性质者，则如关汉卿之《窦娥冤》、纪君祥之《赵氏孤儿》。剧中虽有恶人交构其间，而其蹈汤赴火者，仍出于其主人翁之意志，即列之于世界大悲剧中，亦无愧色也。"《窦娥冤》描写一个善良无辜的妇女，受迫害不屈而死，具备悲剧的本质。

《窦娥冤》的题材，无他书可证。此故事不见于笔记、话本，但来历很悠久。此剧当是取民间流传的故事，而关氏加以处理经营者。

窦娥故事的来源最为古远：

（1）《汉书·于定国传》中东海孝妇的故事。因为冤杀了一个孝妇，东海郡枯旱三年。

（2）干宝《搜神记》记东海孝妇周青被冤杀，临刑车载十丈竹竿，上悬五幡，对众誓愿：青若有罪，血当顺下，青若无罪，血当逆流。

（3）《淮南子》："邹衍事燕惠王尽忠，左右谮之王，王系之狱；仰天哭，夏五月，天为之下霜。"（《太平御览》卷十四转引）又，张说《狱箴》："匹夫结愤，六月飞霜。"

凡此，皆冤狱感动天地的故事。由于一个冤狱，天降灾变，使六月飞霜，使血飞上旗，使大旱三年，都出于民间传说。想来，关汉卿并非捏合此数事以创造此剧本的故事，乃是东海孝妇等的故事在民间流传着，渐渐取得窦娥故事的形式，而关汉卿取之以为剧本的题材，而加以剪裁，写成此剧，并非他凭空架构的。

《窦娥冤》的故事有深厚、悠久的民间文学基础。元人杂剧故事都有深厚的民间文学基础。

由周青而变为窦娥，神话式的故事到关汉卿的创作里成为现实主义的作品。《窦娥冤》以一个微小的人物被冤死而感天动地，具有深厚的人民性。

《窦娥冤》未说明它的时代，说窦天章上京赴考"远践洛阳尘"，设想时代在东汉。楚州山阳郡是宋代地名（今江苏淮安县），时代不明。所写的社会情况是宋元社会。《窦娥冤》具体地描写了小市民的生活现实，真实地暴露了当时社会的黑暗。《窦娥冤》所反映的社会现实是宋元时代的社会，不是汉朝、魏晋时代。尽管窦天章赴考是去洛阳，而不去汴都或大都。像窦娥、蔡婆婆、赛卢医、桃杌太守、窦天章、张驴儿等这几个人物是宋元时代的人物。

蔡婆婆所放的高利贷，一年对本对利的。这是元代所通行的"斡脱钱"，又称"羊羔儿息"。高利贷的剥削使得贫者益贫，富者益富，是促使阶级尖锐对立的一个原因。这是迫害平民最厉害的东西。其次，加重人民灾难的是到处横行的贪官污吏。据《元史》载："成宗大德时，七道奉使宣抚使罢赃官污吏万八千七十三人。顺宗时，苏天爵抚京畿，纠贪吏九百四十九人。"（见钱穆《国史大纲》下）又据史载，元大德七年，就有冤狱五千七百件之多。（《文学遗产》增刊一辑，李束丝《关汉卿的〈窦娥冤〉》。）元时差不多无官不贪，包括蒙古人、色目人、汉人、南人的官吏，贪污成为风气。大德在元代还称作是开明兴盛的时期，尚且如此，其他可知。剧本中虽然没有正面攻击高利贷，通过这样一个悲剧性的故事，自然可以看出高利贷剥削是一个罪恶因素。窦天章为了向蔡婆婆借债不能偿还，因此把女儿割舍了，送入死地；蔡婆婆向赛卢医讨债，几乎被勒死；财富和女色引起了不良之徒的觊觎，而最终断送了窦娥的性命。张驴儿父亲被错误地毒死，张驴儿以后被凌迟处死。这几个人的丧失生命直接、间接都和高利贷制度有关。至于贪官污吏，在元代更为普遍。在本案里，虽然没有写到桃杌受张驴儿贿赂，可是作者刻画桃杌太守云："我做官人胜别人，告状来的要金银……但来告状的，就是我的衣食父母。"寥寥几句话就知道，他不但是个糊涂官，而且是个贪官。糊涂—贪污—残酷，三位一体。在那个时代，贪官污吏普遍存在，冤狱不知道有多少，所以窦娥和桃杌等都有其典型的意义。屈打成招是常事，窦娥被打得"肉都飞，血淋漓，腹中冤枉有谁知！……天那，怎么的覆盆不照太阳晖"！呼天抢地，见不到光明，眼面前只有一片黑暗。窦娥愤怒呼喊道："这都是官吏们无心正法，使百姓有口难言。""这的是衙门从古向南开，就中无个不冤哉！"这些都是强烈的正面攻击贪官污吏的话。

　　通过窦娥这样一个善良可爱的女性所受到的种种不幸的遭遇，使我们认识到那个社会的本质。毫无疑问，反抗的矛头是指向统治阶级的。这是《窦娥冤》的现实主义和它的人民性所在，而且它的现实性和人民性比《西厢记》更高。因此，《窦娥冤》这个剧本一向为中国人民所喜爱，直到现在京戏里还有《六月雪》这一个剧本。窦娥成为在封建社会里被压迫而有强烈反抗性的女性的一个典型人物。毫无疑问，《窦娥冤》是为人民服务的一个剧本，不是为统治阶级服务的剧本。剧的末尾，窦娥唱道："从今后把金牌势剑从头摆，将滥官污吏都杀坏，与天子分忧，万民除害。"又窦天章白："今日个将文卷重行改正，方显得王家法不使民冤。"这里似乎又有肯定统治阶级的话，我们不能如此看。这个剧本申诉出被压迫的人民的愿望，用坚强无比的斗争精神，促使统治者的反省。在封建社会里有没有清官呢？当然是可能有的，但是少数。剧本借窦娥之口说过"衙门从古向南开，就中无个不冤哉"！冤狱倒是普遍的，窦娥血债得以申雪，靠冤死者鬼魂的控诉，足见人间许多冤案是不能得到昭雪的。所以窦娥得以申冤，借助于天地的力量。由于她的控诉，感动了天神，显出威灵：楚州大旱三年，冥冥之中，正义得申。固然人民受灾害，也影响了统治者的剥削，于是方有廉访使的查案（东海孝妇的故事便是如此）。冤狱得申，这是偶然的。所以，《窦娥冤》剧本无一歌颂统治阶级的话，非常显然，作者的立场，自在人民这一边。

按照统治阶级的立场，像窦娥那样一个微小的市民算不得什么，冤枉杀死一个小民，有什么关系？古书上说："邹衍下狱，五月飞霜。"邹衍是一位谋臣，有了不起学问的人。《前汉书平话》说吕后杀了韩信，"其时，天昏地暗，日月无光"。这些都是冤枉所感召的。而窦娥哪能比邹衍、韩信？窦娥这样一个童养媳、寡妇、小市民的身份，竟能够感天动地。这种民间故事以及发挥民间故事的关汉卿的剧本都体现了人类平等、人民要求有人权保障的民主思想（人命关天关地，不管是大人物或是小百姓）。

关汉卿剧作的特点：

（1）描写的社会生活面广，真实地反映了社会现实。关氏多写社会问题剧，他距离剧艺人自己创作剧本的时代近，不是一位高高在上、脱离生活的文人。

（2）关氏剧作存于今者，女主角多于男主角，以社会下层女子为多，各有各的个性。当时演杂剧者多系歌伎，关氏为契合她们的身份，宣泄她们的情感而找求题材。他的风格是大方的，绝不是小巧玲珑的。如坚贞不屈的窦娥，侠义心肠的赵盼儿，贤惠、自我牺牲的王母，聪明机智的谭记儿，聪明多情的燕燕等，都具有女英雄的气派。

（3）朴素、雄伟的辞章，使用当时的口语十分成熟，不尚藻绘，曲多如说白，抒情而有力。《太和正音谱》评马致远"如朝阳鸣凤"，列为第一；评王实甫的词"如花间美人"，乃就其妍丽而言。而关汉卿之词则评之为"如琼筵醉客",未见得当,又谓"观其词语乃可上可下之才",此则未能理解关氏辞章的优点,因风格朴素白描,不为尚辞章华丽者所欣赏。

关汉卿辞章大方,不雕琢,无纤巧习气。人物吐露真实的感情,坦白直率,不须修饰词藻。如《窦娥冤》通本如此。《救风尘》《蝴蝶梦》亦均如此。《救风尘》写风月中人物,非风花雪月作品。《救风尘》第一折,赵盼儿唱:"〔胜葫芦〕你道这子弟情肠甜似蜜,但娶到他家里,多无半载周年相弃掷,早努牙突嘴,拳椎脚踢,打得你哭啼啼。〔幺篇〕恁时节船到江心补漏迟,烦恼怨他谁?事要前思免后悔,我也劝你不得。有朝一日,准备着搭救你块望夫石。"

《拜月亭》亦佳。

《单刀会》是另一方面的代表作。《单刀会》第三折〔尧民歌〕"我关某匹马单刀镇荆襄,长江,今经几战场,却正是后浪催前浪"。第四折〔双调新水令〕"大江东去浪千叠,引着这数十人驾着这小舟一叶。又不比九重龙凤阙,可正是千丈虎狼穴。大丈夫心别,我觑着单刀会似赛村社"。词章壮伟。〔驻马听〕"水涌山叠,年少周郎何处也?不觉的灰飞烟灭,可怜黄盖转伤嗟。破曹的樯橹一时绝,鏖兵的江水犹然热,好教我情惨切!二十年流不尽的英雄血!"气魄雄伟。

节选自浦江清《中国文学史稿·宋元卷》第十章
原题为"关汉卿与王实甫",标题为编者所加①

---

① 限于篇幅,节选介绍关汉卿内容,标题更为"关汉卿"。——编者注

王实甫

浦江清

《西厢记》的作者

元人杂剧数百种，在元代著名及演出者不少佳作，唯《西厢记》最为一般人所传诵。而北《西厢记》在明代刻本亦最多，是多数读者所喜爱的剧本，也是元剧中长篇巨型的剧本。

以作《西厢记》著名的王实甫，亦属于前期的元剧作家。《录鬼簿》著录王实甫次第第十，在马致远、吴昌龄后。但著"大都人"三字，不名官职及事迹。著录王作杂剧十四种，中有《崔莺莺待月西厢记》一种。相传《西厢记》五本，有关作王续、王作关续之说。谓王作关续者，因《西厢记》传为王实甫的作品，而第五本文笔不类，较差，遂谓关汉卿所作。以为关作王续者，因关汉卿时代较前，故而又移作此说。按《录鬼簿》于关剧六十种左右之剧目内，无《西厢记》一种，所以《西厢记》部分为关作实无所据。《西厢记》应全属于王实甫名下，而王实甫之时代应与关汉卿相接而略后，假定与马致远同时，定为1240？—1320？相差应不远。

王作剧目存十四种，今存《西厢记》五本、《丽春堂》一种和《破窑记》一种。《芙蓉亭》《贩茶船》各有一折在《雍熙乐府》中保存。

《西厢记》的结构

《西厢记》采用五本杂剧相连而构成一个长篇巨制的剧本，在元人杂剧中是独一无二的。《西厢记》虽然是长篇剧本，但是与南戏或后来的传奇有别。《西厢记》整本二十折（或二十一折）皆用北曲，这二十折可以分划开来，是四折一楔子，合乎杂剧体例的五本。其中遵守着元杂剧的体例，而稍稍加以变化，有末本与旦本，及旦末合本。

第一本　楔子（老旦唱），一、二、三、四折皆张生唱——末本戏。

第二本第一折（旦唱），楔子（惠明唱），二折（红唱），三、四折（旦唱）。此本是莺、红分唱——旦本戏。

第三本　楔子（红唱），一、二、三、四折皆红娘唱——旦本戏。

第四本　楔子（红唱），一折（末），二折（红），三折（旦），四折（末），此本变化较多，莺、红、张生各有主唱之折——旦末合本戏。

第五本　楔子（末），一折（旦），二折（末），三折（　红），四折（末、红、末、旦、红）。此本亦是旦末合本，而更有变化，第四折以张生主唱，而插入旦、红分唱几支曲子。

《西厢记》整个剧本主要角色是张生、莺莺、红娘三人，其中张生主唱八折，莺莺主唱五折，红娘主唱七折。三个主角，分配平均。

元剧中有不少以爱情为主题的剧本，例如《曲江池》《倩女离魂》《青衫泪》《张生煮海》等，均以女性为主角，是旦本戏。主要因为受元剧体例的限制，只限于一人主唱。而此类爱情剧本，选择女主角主唱，来得细腻，可以有许多优美动听的歌曲，可以充分表现恋爱的情绪，动人心弦。这种安排是适宜的，但是美中不足的地方是作为爱情对方的男人，陷于配角的地位，没有主唱的部分，显得被动而无力。《西厢记》不是这样的，以爱情为主题，而使张生和莺莺都作为主角，都有歌曲可唱，都有戏可演，使观众充分看到张生热烈地追求的一方面，也看到莺莺对于张生热情的反应，以及复杂的心理变化，面面俱到。红娘为主角中的辅导角色，为相国女儿展示爱情所必需的，活泼、生动。《西厢记》所再现的生活面是完整的，没有遗漏。《西厢记》的结构是立体式的，它变平面的抒情歌剧为主体的两方对照，更有戏剧性。

以情节而论，《西厢记》故事并不比《曲江池》等特别曲折复杂，假如要以一本杂剧四折一楔子来写，也是可能的。不过由于董西厢的创造，已经把这个故事发展为一个巨型的说唱本了，描写得特别细致了，所以必须采取五本的长剧，方始能够达到艺术创造上的完整性。我们可以说是内容决定形式。采取了这样一个长本戏的形式，使张生、莺莺、红娘三个角色来分别主唱，又丰富了剧本的内容。

因此，我们可以把《西厢记》的结构作为文艺理论上内容决定形式、形式反作用于内容的一个定律的证明。

这是王实甫《西厢记》的独创性之一。

《西厢记》五本，第一本写张生见到莺莺，一见倾心，引起热情的追求。这是故事的开端。第二本写孙飞虎包围普救寺，崔家陷入困难的境地，赖张生设法退兵，老夫人许婚而又变卦。这是故事的发展，是热闹的、剧情紧张的场面。第三本展开生旦双方心理活动的具体的描写。莺莺心理上的矛盾冲突，充分表现受封建礼教束缚下的闺秀，对于爱情有强烈要求的矛盾心理，是静的场面，而巧妙地以红娘主唱，关联双方。第四本是全剧的顶点，青年男女为了追求爱情，终于摆脱封建礼教的束缚，达到胜利，《送别》《惊梦》完全是抒情。第五本是余波，以团圆结局。此本较为平弱，但也是必需的。董西厢已有此结局。非此，故事不完全。全剧结构谨严，引人入胜，无冗谈之处，胜于明代传奇，竟有一折不可少之感。

《西厢记》的思想性与艺术性

　　《西厢记》是元曲中最通俗流行的一个剧本，从王实甫到现在已经有六百多年。西厢故事是为中国人民所普遍爱好的。不过向来一般人爱读《西厢记》，因为它是写才子佳人的文学作品，故事情节曲折，王实甫的辞章华美而已。贾仲明吊王实甫云："作词章风韵美，士林中等辈伏低。新杂剧，旧传奇，《西厢记》天下夺魁。"金圣叹推王实甫《西厢记》为第六才子书，而切去它的团圆结局，至草桥惊梦为止，对前四本也不少改窜。金圣叹批改《西厢记》，《第六才子书》是通俗流行的，他的批改本是宣传他的唯心论的世界观，归结成人生如梦、无可奈何的消遣。他把《西厢记》不曾当作淫书，是他的进步，而是把它当作闲书，当作非现实的东西，是文人才子梦境的书！

　　向来古典文学不少优秀的作品、伟大的创作，是被封建时代的正统派批评家所歪曲了的。例如《诗经·国风》里面充满了健康的爱情诗，或者被看作"后妃之德"，或者被看作淫奔之诗。

　　《西厢记》在旧社会，或被看作淫书，或被看作闲书。《西厢记》不是一部淫书，因为《西厢记》里面的爱情是真挚的，不是玩弄性的。男女是平等的，一对一的，爱情与婚姻是统一的。《西厢记》不是一部闲书，因为并不单是提供勾栏里面演出娱乐消遣的东西，这里面有血有泪，展示了在封建礼教的压迫下，一对青年男女，如何为了追求自由幸福的生活而斗争，终于达到完全胜利的、符合人民大众愿望的喜剧效果。《西厢记》是古典现实主义和积极的浪漫主义结合的文艺创作。《西厢记》有浪漫主义成分，因为莺莺的美貌多才，张生的才学和热烈追求，红娘这一个丫头角色，以及孙飞虎的包围普救寺，郑恒的触阶自杀等，都是不太寻常的。说它是现实主义的作品，因为人物性格都是真实典型，而情节布局都是入情入理，没有巧合和离奇古怪的部分。

　　《西厢记》以才子佳人为主角，这是采取了前代相传的传奇故事。元人杂剧的爱情剧，从唐人传奇和话本小说中取材，男女主角以才子佳人为多，一般的平民老百姓的爱情还没有被取为题材（直到明代小说），这是时代的限制。《西厢记》中有"才子佳人信有之"的曲文，但是我们不能把它当作才子佳人剧。因为后世的才子佳人戏剧、小说越来越趋于公式化、概念化，而《西厢记》反映了生活真实，是追求人性解放，不庸俗的。事实上，爱情并非只是才子佳人的特权，这部作品有反封建的普遍性。作者发下一个宏愿："愿普天下有情的都成了眷属。"张生、莺莺的故事不过树立了一个斗争的典范而已。

反对父母之命、媒妁之言的门当户对的封建婚姻制度，冲破礼教束缚，追求以爱情为基础的自由美好的婚姻是《西厢记》的主题。

《西厢记》的艺术性：

（1）故事情节的安排是为主题思想服务的。长至二十一折，均为必需的情节，不枝蔓冗沓，是一部建立纯粹爱情婚姻关系的典型代表作品。如《拜月亭》《牡丹亭》等长本的爱情为主题的剧本，加入别的题材太多，有不必要的杂乱的感情。

（2）人物的刻画，赋予鲜明的形象及其真实性。人物的性格随着故事情节的发展而发展，不是孤立的、静止的、抽象的，而是具体的、有发展的，不追求离奇曲折的悲欢离合情节以吸引人。如《荆钗记》《春灯谜》《风筝误》等离奇变幻，故意造设。《西厢记》非在写事，而是写人，展示人物心理变化，极其成功。

（3）辞章的华美。《西厢记》辞章美丽似"花间美人"。因为戏曲是歌剧，歌曲部分很重要。王实甫的文学修养高，语言有其特殊的风格，俏皮、诙谐、大方、泼辣、有变化，雅俗共赏。《西厢记》题材是美的，而王实甫又把辞章美化、理想化，而文笔又服从内容的要求，不追求辞藻的泛美。《西厢记》的美是天然的美，语言和人物性格是协调的。特别精彩的是《送别》一折。整部《西厢记》是一首长诗。《西厢记》是歌剧，也是诗剧。王实甫是戏曲家，同时也是一位大诗人。他的创作比之唐代诗人元稹的《会真记》高。

《西厢记》有浪漫主义的成分，取材于唐人传奇，以爱情为主题。

莺莺的美貌，张生的痴情，普救寺的环境，孙飞虎抢亲的情节，中状元的团圆结局，整个故事好像一篇抒情诗，风格接近李白的风流、浪漫、豪放。是李白型，非杜甫型。王实甫的风格，非关汉卿的风格，当然《西厢记》基本上仍是现实主义的。

《西厢记》对后代文学的影响

《西厢记》在戏曲史上有很高的地位。当时的演出详情不得而知，但它为人所爱读，它是早期的完整的长本剧作，影响到《牡丹亭》《红楼梦》，作为有高度价值的文学作品而流传下来的。到了明代，李日华、陆采根据王西厢改编为南《西厢记》演出，一直流传到现在。弹词中也有《西厢记》唱本。曹雪芹《红楼梦》中有"西厢记妙词通戏语"，黛玉与宝钗对《西厢记》的态度不同，显示出反抗派与正统派、性灵与道学的差异。《西厢记》是抒写性灵的自然的佳作，在现实主义的发展上，它空前，但不绝后，《红楼梦》比它更进一步。《西厢记》的生命力是永久的。

节选自浦江清《中国文学史稿·宋元卷》第十章
原题为"关汉卿与王实甫"，标题为编者所加①

---

① 限于篇幅，节选介绍关汉卿内容，标题更为"关汉卿"。——编者注

第六章

明 清

（公元 1368 年—公元 1839 年）

贾宝玉说：

"说了半天，并没个明心见性之谈，

不过说些什么文章经济，又说什么为忠为孝，

这样人可不是个禄蠹么？"

浦江清 （1904—1957） 西南联大中文系教授

江苏松江（今上海市松江区）人，著名古典文学研究专家。曾任教于清华大学、西南联合大学、北京大学。与朱自清合称"清华双清"。著有《浦江清文录》《屈原》及《杜甫诗选注》（合作）等。

胡适 （1891—1962） 西南联大文学院院长

曾任北京大学校长、西南联合大学文学院院长等职。拥有三十六个博士学位（包括名誉博士），是世上拥有博士学位最多的人之一。他著述丰富，在文学、哲学、史学、考据学、教育学、伦理学、红学等诸领域都有较深研究并开风气之先，是中国新文化运动的奠基人与领袖之一。

《三国演义》

浦江清

折戟沉沙铁未消，自将磨洗认前朝。

东风不与周郎便，铜雀春深锁二乔。

这是晚唐时代诗人杜牧的《赤壁》绝句。赤壁之战是历史上有名的一仗，这首短短的绝句也是唐诗中间有名的。当时曹操统领了号称八十余万水陆大军，占据荆州，追击刘备，威胁东吴，他的雄图大略，自然在乎削平天下，绝不是为了铜雀台上缺少两位江南美人。诗人的设想是无中生有的，不合乎历史事实的。不过历史是历史，诗是诗。诗有诗的艺术，有诗的真实性。那一仗是周瑜侥幸成功了，要不然的话，东吴的生灵涂炭，连他自己的妻室被抓到铜雀台去也是完全可能的。通过"铜雀春深锁二乔"这样一个鲜明的形象，把当时东吴的危机和周郎侥幸成功的这个历史事实着重表现出来，是这首短诗的艺术创造。

这里我们想到《三国演义》这部书。"孔明用智激周瑜"那一回书，似乎是得到杜牧诗句的启发的。诸葛亮劝周瑜不必劳师动众，只要肯把大乔小乔献给曹操，曹兵百万之众便可卸甲卷旗而退，并且他假装不知道大乔小乔是谁，还把曹子建的《登台赋》增改了字句作为证据，特地用来激恼周郎。好像不这么一激，周瑜还没有拒曹的决心似的。这些都是小说家凭空杜撰，完全无中生有，不合历史事实的。不过历史是历史，小说是小说。小说和诗密切地接近，都是艺术的创造。那一回书尽管是无中生有，却把诸葛亮和周瑜的两个典型性格表现得很真实。《三国演义》的源头很古，最早在晚唐时代已经有讲述三国故事的通俗说书，所以我们决不定是说《三国志》的由于杜牧诗句的启发添造出这段情节呢，还是杜牧听过通俗说书偶然用来作为诗的典故呢，两方面都有可能性，且不必管它。我们借用这个例子来说明小说和诗歌的密切接近和血肉连连。长篇小说，按照文学理论，属于大型史诗这一类型；小说是散文体的史诗。

必须分别，《三国演义》不是历史书而是历史小说。如果——对证历史，不符合史实的部分很多。前人批评过这部书说"七实三虚"，七分是真人真事，三分是虚构的。照我们看，虚构的部分绝不止三分，就是连真人真事的部分也是经过文艺性的改造的。与其说"七实三虚"，不如说"三实七虚"，更其恰当。越是虚构的部分，文艺价值越高。拿赤壁战争来说，这一仗的描写从头至尾用了整整八回书，写得紧张生动，有声有色，极其精彩的。如果对证历史，三分是实，七分是虚。黄盖献诈降计是实事，苦肉受刑是增设的；阚泽实有其人，密献诈降书是虚；东吴定下火攻计是实，主要出于黄盖的计谋，诸葛亮和周瑜斗智是虚。诸葛亮借箭、借东风更是虚。蒋干偷书和庞统献连环计都是虚。人物是真，事情是假。苏东坡《赤壁赋》说曹孟德"横槊赋诗，固一世之雄也"，这是形象化的语言，概括了曹操的精神面貌，可是赋什么诗，怎样横槊，没有交代。《三国演义》就更具体地描写这个形象。曹操正唱着他的得意的"对酒当歌，人生几何"的那篇《短歌行》，而且一横槊便把个刘馥刺死了。刘馥实有其人，而且确实死在建安十三年，正是赤壁之战的那一年，可是谁知道他死在曹孟德横槊赋诗的当儿呢？小说家信手拈来，不可相信，但也无法批驳，妙在虚中有实，实中有虚，捏合得情景逼真。

据《三国志·诸葛亮传》裴松之注引"郭冲三事"：

> 亮屯于阳平，遣魏延诸军并兵东下，亮唯留万人守城，晋宣帝率二十万众拒亮，而与延军错道，径至前，当亮六十里所。侦候白宣帝，说亮在城中，兵少力弱。亮亦知宣帝垂至，已与相逼，欲前赴延军，相去又远，回迹反追，势不相及，将士失色，莫知其计。亮意气自若，敕军中皆卧旗息鼓，不得妄出庵幔，又令大开四城门，扫地却洒。宣帝常谓亮持重，而猥见势弱，疑其有伏兵，于是引军北趣山。明日食时，亮谓参佐，拊手大笑曰："司马懿必谓吾怯，将有强伏，循山走矣。"候逻还白，如亮所言。宣帝后知，深以为恨。

以上为郭冲三事文，注下有难者曰云云，驳此事之非实。加以论断曰："故史书，对人民大众讲说历史上的战争故事和英雄人物，讲说某一个朝代的兴亡始末；原来是口头的文艺创作，从他们的累代相传的讲说底本称为'话本'的东西，通过文艺作家的加工编写，产生了大批演义小说。"《东周列国志》《三国演义》《隋唐演义》等，都属于这一类，向来被称为演义小说的，按照它们的内容，可以叫作历史小说。它们是民族形式的历史小说。这类东西有点像欧洲中世纪流行的历史传说和英雄故事书，同样渊源于人民口头创作，同样是封建时代的文艺作品。《三国演义》的作者罗贯中，生活在元末明初（约1330—1400），是一位伟大的通俗文艺作家。三国故事的流传到了他的时代已经有五百年的历史，他继承了丰富的民间文学遗产，再参考了史书里的材料，编写成这部历史和文艺融合得恰到好处的天才杰作，在演义小说中是一部典范的、最成功的作品。

晚唐诗人李商隐在《骄儿诗》里描摹他小孩的淘气情况，有"或谑张飞胡，或笑邓艾吃"两句诗，可见在晚唐时代三国故事已经普遍流行了。《东京梦华录》记载北宋首都汴京（今开封）的"京瓦伎艺"中间有"霍四究说三分，尹常卖五代史"。京瓦是京城的瓦市，热闹的人民市场，活跃着各色各样的大众化的娱乐杂伎。霍四究不知是何等样人。"常卖"是京都的俗语，指在街头叫卖小商品的，大概讲五代史的尹先生曾经是这样一个行当出身的。由此推想，霍四究也不会是怎样博雅的人物吧？从记载，北宋的汴都和南宋的都城临安（今杭州）里，演说史书的名家有孙宽、李孝祥、乔万卷、许贡士、张解元、张小娘子、宋小娘子等。这里贡士、解元等称呼不是真的科举上的身份，乃是社会上对于一般读书人的美称。演史家要按照史书编造故事，其中尽有些有相当学问的读书人，不过这班读书人必定是穷得可以的，在科举上断了念头，不想往统治阶级里爬了，他们转向（为）人民大众服务，坐在茶馆里说古书了。这样他们把掌握在封建统治阶级手里的历史知识搬运给人民，同时结合人民的道德标准批评了历史人物，结合人民大众的艺术创造能力把历史事件越发故事化了。在说书界中还有和演史家并立的"小说"家，讲说传奇、鬼怪和反映社会现实生活的短篇小说的，这派的说书艺人捏合故事的本领更高，不像演史家的一定要依据史书，带点书卷气的。这派的有名艺人中，有故衣毛三、枣儿徐荣等，从他们的称号可以推想他们的阶级出身，大概是卖过旧衣服，开过枣儿铺的。总之，无论读书人也好，做小买卖出身的也好，他们现在同属于一个阶级，就是在市场里说书讲故事的伎艺人。讲说的是他们，编造话本的也是他们。他们属于小市民阶级，处在社会下层，是被压迫者，是老百姓。他们的口头文艺创作，主要反映市民阶层的思想意识。不过在都城里活跃的说书业者，原是从各个城市里集中得来的，说书业普遍于全国，普遍于城市，也深入到农村。说书的是走江湖卖伎艺的，他们接近广泛的人民大众，所以他们的文艺创作合乎人民大众的口味，反映人民大众的愿望的。封建时代有两种文化，一种是封建统治者的文化，一种是人民大众所创造的文化。说书艺人的口头创作集中表现了人民大众的文艺创作才能，从这里成长出民族形式的小说，替施耐庵、罗贯中、吴承恩、吴敬梓、曹雪芹的文艺天才开辟了广阔的道路。

宋代说三分的话本可惜没有能够流传下来。我们所看到的最古的三国故事的话本是元刊本《三国志平话》，书分三卷，上面是连环图画式的插图，下面是话本的本文。我们可以看到老百姓所创造的三国故事，是生动灵活的，可是但具轮廓，缺乏细致的描写。三国故事经过多少人的讲说，若干代的创造，面貌未必相同，这不过是某一时期的某一种本子罢了。那些话本本来是简陋的，留出供说书者铺张增饰的地步，从师父传徒弟，徒弟再传徒弟，各有巧妙，各有创造，不可能完全记录下来。在元代戏曲文学里，涌现出好些三国故事的剧本，这些剧本帮助增加三国故事的情节和三国人物的性格刻画。罗贯中总结了这笔丰富的文艺遗产，重新创造，重新考订史实，在不违背历史事实的原则下进行文艺创造的工作。三国故事到了他的手里，才成为完整的杰出的文艺读物，比之元刊本《三国志平话》大不相同了。

宋人笔记说："讲史书者，谓讲说《通鉴》、汉、唐历代书史文传兴废战争之事。""讲史"一称"演史"，各人标榜一部正史，有讲《汉书》的，有讲《三国志》的，尽管讲得很野。"演义"就是演说大意的意思。讲史家的话本，叫作"平话"或者"演义"。（在当时，它们不叫作"小说"，"小说"指短篇故事。）《三国演义》的正名应该是《三国志演义》。嘉靖刊本三国演义题书名作《三国志通俗演义》，里面标题："晋平阳侯陈寿史传，后学罗本贯中编次。"陈寿的《三国志》就是《二十四史》里的正史。其实《三国演义》和陈寿《三国志》根本是两部书，性质完全不同。所以这样标题的原因，一是说明这部小说的史料依据，一是还要抬出正史来希望见重于知识阶级。还有一个重要的原因是罗贯中确实在史书里用过一番功夫，做了史书材料和人民口头创作双方融合统一的重编工作。他把向来话本中间离开历史事实太远的部分删去了，并且根据史实的轮廓添加文艺性的描绘。因此《三国演义》获得了所谓"雅俗共赏"的优点。

罗氏原本二十四卷，共分二百四十节，每节用七言单句标目。我们通常阅读的《三国演义》，分一百二十回，以七言或八言两句标目，是清初人毛宗岗的评定本。毛本基本上是罗贯中的原著，只有细节的修改和语文上的修饰，那些修改是有更求完善的企图的。新近作家出版社印行的《三国演义》就是大家熟悉的毛宗岗的修改本。

节选自浦江清《中国文学史稿·明清卷》第一章，"第二节 三国演义"

《水浒传》

胡适

　　我想《水浒传》是一部奇书，在中国文学史占的地位比《左传》《史记》还要重大的多；这部书很当得起一个阎若璩来替他做一番考证的工夫，很当得起一个王念孙来替他做一番训诂的工夫。我虽然够不上做这种大事业，只好让将来的学者去做，但我也想努一努力，替将来的"《水浒》专门家"开辟一个新方向，打开一条新道路。

　　简单一句话，我想替《水浒传》做一点历史的考据。

　　《水浒传》不是青天白日里从半空中掉下来的，《水浒传》乃是从南宋初年（西历十二世纪初年）到明朝中叶（十五世纪末年）这四百年的"梁山泊故事"的结晶——我先说这句武断的话丢在这里，以下的两万字便是这一句话的说明和引证。

　　我且先说元朝以前的水浒故事。

　　《宋史》二十二，徽宗宣和三年（西历一一二一）的本纪说：

　　　　淮南盗宋江等犯淮阳军，遣将讨捕，又犯京东江北，入楚海州界。命知州张叔夜招降之。

又《宋史》三百五十一：

> 宋江寇京东，侯蒙上书言："江以三十六人横行齐、魏，官军数万无敢抗者，其才必过人。今清溪盗起，不若赦江，使讨方腊以自赎。"

又《宋史》三百五十三：

> 宋江起河朔，转略十郡，官军莫敢撄其锋。声言将至〔海州〕，张叔夜使间者觇所向，贼径趋海濒，劫钜舟十余，载卤获。于是募死士，得千人，设伏近城，而出轻兵距海诱之战，先匿壮卒海旁，伺兵合，举火焚其舟。贼闻之，皆无斗志。伏兵乘之，擒其副贼。江乃降。

这三条史料可以证明宋江等三十六人都是历史的人物，是北宋末年的大盗。"以三十六人横行齐、魏，官军数万无敢抗者"——看这些话可见宋江等在当时的威名。这种威名传播远近，流传在民间，越传越神奇，遂成一种"梁山泊神话"。我们看宋末遗民龚圣与作宋江三十六人赞的自序说：

> 宋江事见于街谈巷语，不足采著。虽有高如、李嵩辈传写，士大夫亦不见黜，余年少时壮其人，欲存之画赞，以未见信书载事实，不敢轻为。及异时见《东都事略》载侍郎侯蒙传，有书一篇，陈制贼之计云："宋江以三十六人横行河朔，京东官军数万无敢抗者，其材必有过人。不若赦过招降，使讨方腊，以此自赎，或可平东南之乱。"余然后知江辈真有闻于时者。……（周密《癸辛杂识续集》上）

我们看这段话，可见：（1）南宋民间有一种"宋江故事"流行于

"街谈巷语"之中；（2）宋元之际已有高如、李嵩一班文人"传写"这种故事，使"士大夫亦不见黜"；（3）那种故事一定是一种"英雄传奇"，故龚圣与"少年时壮其人，欲存之画赞"。

这种故事的发生与流传久远，决非无因。大概有几种原因：（1）宋江等确有可以流传民间的事迹与威名；（2）南宋偏安，中原失陷在异族手里，故当时人有想望英雄的心理；（3）南宋政治腐败，奸臣暴政使百姓怨恨，北方在异族统治之下受的痛苦更深，故南北民间都养成一种痛恨恶政治恶官吏的心理，由这种心理上生出崇拜草泽英雄的心理。

这种流传民间的"宋江故事"便是《水浒传》的远祖。我们看《宣和遗事》，便可看见一部缩影的"水浒故事"。《宣和遗事》记梁山泊好汉的事，共分六段：

（1）杨志、李进义（后来作卢俊义）、林冲、王雄（后来作杨雄）、花荣、柴进、张青、徐宁、李应、穆横、关胜、孙立等十二个押送"花石纲"的制使，结义为兄弟。后来杨志在颍州阻雪，缺少旅费，将一口宝刀出卖，遇着一个恶少，口角厮争。杨志杀了那人，判决配卫州军城。路上被李进义、林冲等十一人救出去，同上太行山落草。

（2）北京留守梁师宝差县尉马安国押送十万贯的金珠珍宝上京，为蔡太师上寿，路上被晁盖、吴加亮、刘唐、秦明、阮进、阮通、阮小七、燕青等八人用麻药醉倒，抢去生日礼物。

（3）"生辰纲"的案子，因酒桶上有"酒海花家"的字样，追究到晁盖等八人。幸得郓城县押司宋江报信与晁盖等，使他们连夜逃走。这八人连结了杨志等十二人，同上梁山泊落草为寇。

（4）晁盖感激宋江的恩义，使刘唐带金钗去酬谢他。宋江把金钗交给娼妓阎婆惜收了，不料被阎婆惜得知来历，那妇人本与吴伟往来，现在更不避宋江。宋江怒起，杀了他们，题反诗在壁上，出门跑了。

（5）官兵来捉宋江，宋江躲在九天玄女庙里。官兵退后，香案上一声响亮，忽有一本天书，上写着三十六人姓名。这三十六人，除上文已见二十人之外，有杜千、张岑、索超、董平都已先上梁山泊了；宋江又带了朱仝、雷横、李逵、戴宗、李海等人上山。那时晁盖已死，吴加亮与李进义为首领。宋江带了天书上山，吴加亮等遂共推宋江为首领。此外还有公孙胜、张顺、武松、呼延灼、鲁智深、史进、石秀等人，共成三十六员（宋江为帅，不在天书内）。

（6）宋江等既满三十六人之数，"朝廷无其奈何"，只得出榜招安。后有张叔夜"招诱宋江和那三十六人归顺宋朝，各受武功大夫诰敕，分注诸路巡检使去也。因此三路之寇悉得平定，后遣宋江收方腊，有功，封节度使"。

《宣和遗事》一书，近人因书里的"惇"字缺笔作"惇"字，故定为宋时的刻本。这种考据法用在那"俗文讹字弥望皆是"的民间刻本上去，自然不很适用，不能算是充分的证据。但书中记宋徽宗、钦宗二帝被房后的事，记载得非常详细，显然是种族之痛最深时的产物。书中采用的材料大都是南宋人的笔记和小说，采的诗也没有刘后村以后的诗。故我们可以断定《宣和遗事》记的梁山泊三十六人的故事一定是南宋时代民间通行的小说。

周密（宋末人，元武宗时还在）的《癸辛杂识》载有龚圣与的三十六人赞。三十六人的姓名，大致与《宣和遗事》相同，只有吴加亮改作吴用，李进义改作卢俊义，阮进改为阮小二，李海改为李俊，王雄改为杨雄：这都与《水浒传》更接近了。此外周密记的，少了公孙胜、林冲、张岑、杜千四人，换上宋江、解珍、解宝、张横四人（《宣和遗事》有张横，又写作李横，但不在天书三十六人之数），也更与《水浒》接近了。

龚圣与的三十六人赞里全无事实，只在那些"绰号"的字面上做文章，故没有考据材料的价值。但他那篇自序却极有价值。序的上半——引见上文——可以证明宋元之际有李嵩、高如等人"传写"梁山泊故事，可见当时除《宣和遗事》之外一定还有许多更详细的水浒故事。序的下半很称赞宋江，说他"识性超卓，有过人者"；又说：

盗跖与江，与之"盗"名而不辞，躬履"盗"迹而不讳者也。岂若世之乱臣贼子畏影而自走，所为近在一身而其祸未尝不流四海？

这明明是说"奸人政客不如强盗"了！再看他那些赞的口气，都有希望草泽英雄出来重扶宋室的意思。如九文龙史进赞："龙数肖九，汝有九文；盍从东皇，驾五色云？"如小李广花荣赞："中心慕汉，夺马而归；汝能慕广，何忧数奇？"这都是当时宋遗民的故国之思的表现。又看周密的跋语：

> 此皆群盗之靡耳，圣与既各为之赞，又从而序论之，何哉？太史公序游侠而进奸雄，不免后世之讥。然其首著胜、广于列传，且为项羽作本纪，其意亦深矣。识者当能辨之。

这是老实希望当时的草泽英雄出来推翻异族政府的话。这便是元朝"水浒故事"所以非常发达的原因。后来长江南北各处的群雄起兵，不上二十年，遂把人类有历史以来最强横的民族的帝国打破，遂恢复汉族的中国。这里面虽有许多原因，但我们读了龚圣与、周密的议论，可以知道水浒故事的发达与传播也许是汉族光复的一个重要原因哩。

二

元朝水浒故事非常发达，这是万无可疑的事。元曲里的许多水浒戏便是铁证。但我们细细研究元曲里的水浒戏，又可以断定元朝的水浒故事绝不是现在的《水浒传》，又可以断定那时代决不能产生现在的《水浒传》。

元朝戏曲里演述梁山泊好汉的故事的，也不知有多少种。依我们所知，至少有下列各种：

（1）高文秀的◎《黑旋风双献功》（《录鬼簿》作《双献头》）

（2）又《黑旋风乔教学》

（3）又《黑旋风借尸还魂》

（4）又《黑旋风斗鸡会》

（5）又《黑旋风诗酒丽春园》

（6）又《黑旋风穷风月》

（7）又《黑旋风大闹牡丹园》

（8）又《黑旋风敷演刘耍和》〔（4）至（8）五种《涵虚子》皆无"黑旋风"三字，今据暖红室新刻的钟嗣成《录鬼簿》为准〕

（9）杨显之的《黑旋风乔断案》

（10）康进之的◎《梁山泊黑旋风负荆》

（11）又《黑旋风老收心》

（12）红字李二的《板踏儿黑旋风》（《涵虚子》无下三字）

（13）又《折担儿武松打虎》

（14）又《病杨雄》

（15）李文蔚的◎《同乐院燕青博鱼》（《录鬼簿》上三字作"报冤台"，"博"字作"扑"，今据《元曲选》）

（16）又《燕青射雁》

（17）李致远的◎《都孔目风雨还牢末》

（18）无名氏的◎《争报恩三虎下山》

（19）又《张顺水里报怨》

以上关于梁山泊好汉的戏目十九种，是参考《元曲选》《涵虚子》（《元曲选》卷首附录的）和《录鬼簿》（原书有序，年代为至顺元年，当西历一三三〇年；又有题词，年代为至正庚子，当西历一三六〇年）三部书辑成的。不幸这十九种中，只有那加◎的五种现在还保存在臧晋叔的《元曲选》里（下文详说），其余十四种现在都不传了。

但我们从这些戏名里，也就可以推知许多事实出来：第一，元人戏剧里的李逵（黑旋风）一定不是《水浒传》里的李逵。细看这个李逵，他居然能"乔教学"，能"乔断案"，能"穷风月"，能玩"诗酒丽春园"！这可见当时的李逵一定是一个很滑稽的角色，略像萧士比亚戏剧里的佛斯大夫（Falstaff）——有时在战场上呕人，有时在脂粉队里使人笑死。至于"借尸还魂"，"敷演刘耍和"，"大闹牡丹园"，"老收心"等等事，更是《水浒传》的李逵所没有的了。第二，元曲里的燕青，也不是后来《水浒传》的燕青："博鱼"和"射雁"，都不是《水浒传》里的事实（《水浒》有燕青射鹊一事，或是受了"射雁"的暗示的）。第三，《水浒》只有病关索杨雄，并没"病杨雄"的话，可见元曲的杨雄也和《水浒》的杨雄不同。

现在我们再看那五本保存的梁山泊戏，更可看出元曲的梁山泊好汉和《水浒传》的梁山泊好汉大不相同的地方了。我们先叙这五本戏的内容：

（1）《黑旋风双献功》。宋江的朋友孙孔目带了妻子郭念儿上泰安神州去烧香，因路上有强盗，故来问宋江借一个护臂的人。李逵自请要去，宋江就派他去。郭念儿和一个白衙内有奸，约好了在路上一家店里相会，各唱一句暗号，一同逃走了。孙孔目丢了妻子，到衙门里告状，不料反被监在牢里。李逵扮作庄家呆后生，买通牢子，进监送饭，用蒙汗药醉倒牢子，救出孙孔目；又扮作祇候，偷进衙门，杀了白衙内和郭念儿，带了两颗人头上山献功。

（2）《李逵负荆》。梁山泊附近一个杏花庄上，有一个卖酒的王林，他有一女名叫满堂娇。一日，有匪人宋刚和鲁智恩，假冒宋江和鲁智深的名字，到王林酒店里，抢去满堂娇。那日李逵酒醉了，也来王林家，问知此事，心头大怒，赶上梁山泊，和宋江、鲁智深大闹。后来他们三人立下军令状，下山到王林家，叫王林自己质对。王林才知道他女儿不是宋江们抢去的。李逵惭愧，负荆上山请罪，宋江令他下山把宋刚、鲁智恩捉来将功赎罪。

（3）《燕青博鱼》。梁山泊第十五个头领燕青因误了限期，被宋江杖责六十，气坏了两只眼睛，下山求医，遇着卷毛虎燕顺把两眼医好，两人结为弟兄。燕顺在家因为与哥哥燕和嫂嫂王腊梅不和，一气跑了。燕和夫妻有一天在同乐院游春，恰好燕青因无钱使用，在那里博鱼。燕和爱燕青气力大，认他做兄弟，带回家同住。王腊梅与杨衙内有奸，被燕青撞破。杨衙内倚仗威势，反诬害燕和、燕青持刀杀人，把他们收在监里。燕青劫牢走出，追兵赶来，幸遇燕顺搭救，捉了奸夫淫妇，同上梁山泊。

（4）《还牢末》。史进、刘唐在东平府做都头。宋江派李逵下山请他们入伙，李逵在路上打死了人，捉到官，幸亏李孔目救护，定为误伤人命，免了死罪。李逵感恩，送了一对扁金环给李孔目。不料李孔目的妾萧娥与赵令史有奸，拿了金环到官出首，说李孔目私通强盗，问成死罪。刘唐与李孔目有旧仇，故极力虐待他，甚至于收受萧娥的银子，把李孔目吊死。李孔目死而复苏，恰好李逵赶到，用宋江的书信招安了刘唐、史进，救了李孔目，杀了奸夫淫妇，一同上山。

（5）《争报恩》。关胜、徐宁、花荣三个人先后下山打探军情。济州通判赵士谦带了家眷上任，因道路难行，把家眷留在权家店，自己先上任。他的正妻李千娇是很贤德的，他的妾王腊梅与丁都管有奸。这一天，关胜因无盘缠在权家店卖狗肉，因口角打倒丁都管，李千娇出来看，见关胜英雄，认他做兄弟。关胜走后，徐宁晚间也到权家店，在赵通判的家眷住屋的稍房里偷睡，撞破丁都管和王腊梅的奸情，被他们认作贼，幸得李千娇见徐宁英雄，认他做兄弟，放他走了。又一天晚间，李千娇在花园里烧香，恰好花荣躲在园里，听见李千娇烧第三炷香"愿天下好男子休遭罗网之灾"，花荣心里感动，向前相见。李千娇见他英雄，也认他做兄弟。不料此时丁都管和王腊梅走过门外，听见花荣说话，遂把赵通判喊来。赵通判推门进来，花荣拔刀逃出，砍伤他的臂膊。王腊梅咬定李千娇有奸，告到官衙，问成死罪。关胜、徐宁、花荣三人得信，赶下山来，劫了法场，救了李千娇，杀了奸夫淫妇，使赵通判夫妻和合。

我们研究这五本戏，可得两个大结论。

第一，元朝的梁山泊好汉戏都有一种很通行的"梁山泊故事"作共同的底本。我们可看这五本戏共同的梁山泊背景：

（1）《双献功》里的宋江说："某姓宋，名江，字公明，绰号及时雨者也。幼年曾为郓城县把笔司吏，因带酒杀了阎婆惜，被告到官，脊杖六十，迭配江州牢城。因打此梁山经过，有我八拜交的哥哥晁盖知某有难，领喽啰下山，将解人打死，救某上山，就让我坐第二把交椅。哥哥晁盖三打祝家庄身亡，众兄弟拜某为头领。某聚三十六大伙，七十二小伙，半垓来喽啰。寨名水浒，泊号梁山；纵横河港一千条，四下方圆八百里；东连大海，西接济阳，南通巨野、金乡，北靠青、齐、兖、郓。……"

（2）《李逵负荆》里的宋江自白有"杏黄旗上七个字：替天行道救生民"的话。其余略同上。又王林也说，"你山上头领都是替天行道的好汉。……老汉在这里多亏了头领哥哥照顾老汉。"

（3）《燕青博鱼》里，宋江自白与《双献功》大略相同，但有"人号顺天呼保义"的话，又叙杀阎婆惜事也更详细：有"因带酒杀了阎婆惜，一脚踢翻烛台，延烧了官房"一事。又说"晁盖三打祝家庄，中箭身亡"。

（4）《还牢末》里，宋江自叙有"我平日度量宽洪，但有不得已的好汉，见了我时，便助他些钱物，因此天下人都叫我做及时雨宋公明"的话。其余与《双献功》略同，但无"三十六大伙，七十二小伙"的话。

（5）《争报恩》里，宋江自叙词："只因误杀阎婆惜，逃出郓州城，占下了八百里梁山泊，搭造起百十座水兵营。忠义堂高搠杏黄旗一面，上写着'替天行道宋公明'。聚义的三十六个英雄汉，那一个不应天上恶魔星？"这一段只说三十六人，又有"应天上恶魔星"的话，与《宣和遗事》说的天书相同。

看这五条，可知元曲里的梁山泊大致相同，大概同是根据于一种人人皆知的"梁山泊故事"。这时代的"梁山泊故事"有可以推知的几点：（1）宋江的历史，小节细目虽互有详略的不同，但大纲已渐渐固定，成为人人皆知的故事。（2）《宣和遗事》的三十六人，到元朝渐渐变成了"三十六大伙，七十二小伙"，已加到百零八人了。（3）梁山泊的声势越传越张大，到元朝时便成了"纵横河港一千条，四下方圆八百里"的水浒了。（4）最重要的一点是元朝的梁山泊强盗渐渐变成了"仁义"的英雄。元初龚圣与自序作赞的意思，有"将使一归于正，义勇不相戾，此诗人忠厚之心也"的话，那不过是希望的话。他称赞宋江等，只能说他们"名号既不僭侈，名称俨然，犹循故辙"；这是说他们老老实实地做"盗贼"，不敢称王称帝。龚圣与又说宋江等"与之盗名而不辞，躬履盗迹而不讳"。到了后来，梁山泊渐渐变成了"替天行道救生民"的忠义堂了！这一变非同小可。把"替天行道救生民"的招牌送给梁山泊，这是水浒故事的一大变化，既可表示元朝民间的心理，又暗中规定了后来《水浒传》的性质。

这是元曲里共同的梁山泊背景。

第二，元曲演梁山泊故事，虽有一个共同的背景，但这个共同之点只限于那粗枝大叶的梁山泊略史。此外，那些好汉的个人历史、性情、事业，当时还没有固定的本子，故当时的戏曲家可以自由想象，自由描写。上条写的是"同"，这条写的是"异"。我们看他们的"异"处，方才懂得当时文学家的创造力。懂得当时文学家创造力的薄弱，方才可以了解《水浒传》著者的创造力的伟大无比。

我们可先看元曲家创造出来的李逵。李逵在《宣和遗事》里并没有什么描写，后来不知怎样竟成了元曲里最时髦的一个角色！上文记的十九种元曲里，竟有十二种是用黑旋风做主人翁的，《还牢末》一名《李山儿生死报恩人》，也可算是李逵的戏。高文秀一个人编了八本李逵的戏，可谓"黑旋风专门家"了！大概李逵这个"脚色"大半是高文秀的想象力创造出来的，正如 Falstaff 是萧士比亚创造出来的。高文秀写李逵的形状道：

> 我这里见客人将礼数迎，把我这两只手插定。哥也，他见我这威凛凛的身似碑亭，他可惯听我这莽壮声？唬他一个痴挣，唬得他荆棘律的胆战心惊！

又说：

你这般茜红巾，腥衲袄，乾红褡膊，腿绷护膝，八答麻鞋，恰便似那烟薰的子路，黑染的金刚。休道是白日里，夜晚间揣摸着你呵，也不是个好人。

又写他的性情道：

我从来个路见不平，爱与人当道撅坑。我喝一喝，骨都都海波腾！撼一撼，赤力力山岳崩！但恼着我黑脸的参参，和他做场的歹斗，翻过来落可便吊盘的煎饼！

但高文秀的《双献功》里的李逵，实在太精细了，不像那鲁莽粗豪的黑汉。看他一见孙孔目的妻子便知他不是"儿女夫妻"；看他假扮庄家后生，送饭进监；看他偷下蒙汗药，麻倒牢子；看他假扮祗候，混进官衙：这岂是那鲁莽粗疏的黑旋风吗？至于康进之的《李逵负荆》，写李逵醉时情状，竟是一个细腻风流的词人了！你听李逵唱：

饮兴难酬，醉魂依旧。寻村酒，恰问罢王留。王留道，兀那里人家有！可正是清明时候，却言风雨替花愁。和风渐起，暮雨初收。俺则见杨柳半藏沽酒市，桃花深映钓鱼舟。更和这碧粼粼春水波纹绉，有往来社燕，远近沙鸥。

（人道我梁山泊无有景致，俺打那厮的嘴！）

俺这里雾锁着青山秀，烟罩定绿杨洲。（那桃树上一个黄莺儿将那桃花瓣儿唵呵，唵呵，唵的下来，落在水中，——是好看也！我曾听的谁说来？我试想咱。……哦！想起来了也！俺学究哥哥道来。）他道是轻薄桃花逐水流。（俺绰起这桃花瓣儿来，我试看咱。好红红的桃花瓣儿！〔笑科〕你看我好黑指头也！）恰便是粉衬的这胭脂透！（可惜了你这瓣儿！俺放你趁那一般的瓣儿去！我与你赶，与你赶！贪赶桃花瓣儿。）早来到这草桥店垂杨的渡口。（不中，则怕误了俺

哥哥的将令。我索回去也。……）待不吃呵，又被这酒旗儿
将我来相迤逗。他，他，他舞东风在曲律杆头！

这一段，写的何尝不美？但这可是那杀人不眨眼的黑旋风的心
理吗？

我们看高文秀与康进之的李逵，便可知道当时的戏曲家对于梁山
泊好汉的性情人格的描写还没有到固定的时候，还在极自由的时代：
你造你的李逵，他造他的李逵；你造一本李逵《乔教学》，他便造一
本李逵《乔断案》；你形容李逵的精细机警，他描写李逵的细腻风流。
这是人物描写一方面的互异处。

再看这些好汉的历史与事业。这十三本李逵戏的事实，上不依
《宣和遗事》，下不合《水浒传》，上文已说过了。再看李文蔚写燕青
是梁山泊第十五个头领，他占的地位很重要，《宣和遗事》说燕青是劫
"生辰纲"的八人之一，他的位置，自然应该不低。后来《水浒传》里
把燕青派作卢俊义的家人，便完全不同了。燕青下山遇着燕顺弟兄，大
概也是自由想象出来的事实。李文蔚写燕顺也比《水浒传》里的燕顺
重要得多。最可怪的是《还牢末》里写的刘唐和史进两人。《水浒传》
写史进最早，写他的为人也极可爱。《还牢末》写史进是东平府的一
个都头，毫无可取的技能；写宋江招安史进乃在晁盖身死之后，也和
《水浒》不同。刘唐在《宣和遗事》里是劫"生辰纲"的八人之一，
与《水浒》相同。《还牢末》里的刘唐竟是一个挟私怨谋害好人的小
人，还比不上《水浒传》的董超、薛霸！萧娥送了刘唐两锭银子，要
他把李孔目吊死，刘唐答应了；萧娥走后，刘唐自言自语道：

> 要活的难，要死的可容易。那李孔目如今是我手里物
> 事，搓的圆，捏的扁。拼得将他盆吊死了，一来，赚他几个
> 银子使用；二来，也偿了我平生心愿。我且吃杯酒去，再来
> 下手，不为迟哩。

这种写法，可见当时的戏曲家叙述梁山泊好汉的事迹，大可随意构造；并且可见这些文人对于梁山泊上人物都还没有一贯的、明白的见解。

以上我们研究元曲里的水浒戏，可得四条结论：

（1）元朝是"水浒故事"发达的时代。这八九十年中，产生了无数"水浒故事"。

（2）元朝的"水浒故事"的中心部分——宋江上山的历史、山寨的组织和性质——大致都相同。

（3）除了那一部分之外，元朝的水浒故事还正在自由创造的时代：各位好汉的历史可以自由捏造，他们的性情品格的描写也极自由。

（4）元朝文人对于梁山泊好汉的见解很浅薄平庸，他们描写人物的本领很薄弱。

从这四条上，我们又可得两条总结论：

（甲）元朝只有一个雏形的水浒故事和一些草创的水浒人物，但没有《水浒传》。

（乙）元朝文学家的文学技术，程度很幼稚，决不能产生我们现有的《水浒传》。

附注：我从前也看错了元人的文学在中国文学史上的位置。近年我研究元代的文学，才知道元人的文学程度实在很幼稚，才知道元代只是白话文学的草创时代，绝不是白话文学的成人时代。即如关汉卿、马致远两位最大的元代文豪，他们的文学技术与文学意境都脱不了"幼稚"的批评。故我近来深信《水浒》《西游》《三国》都不是元代的产物。这是文学史上一大问题，此处不能细说，我将来别有专论。

三

以上是研究从南宋到元末的水浒故事。我们既然断定元朝还没有

《水浒传》，也做不出《水浒传》，那么《水浒传》究竟是什么时代的什么人做的呢？

《水浒传》究竟是谁做的？这个问题至今无人能够下一个确定的答案。明人郎瑛《七修类稿》说："《三国》《宋江》二书乃杭人罗贯中所编。"但郎氏又说他曾见一本，上刻"钱塘施耐庵"作的。清人周亮工《书影》说："《水浒传》相传为洪武初越人罗贯中作，又传为元人施耐庵作。田叔禾《西湖游览志》又云，此书出宋人笔。近日金圣叹自七十回之后，断为罗贯中所续，极口诋罗，复伪为施序于前，此书遂为施有矣。"田叔禾即田汝成，是嘉靖五年的进士。他说《水浒传》是宋人做的，这话自然不值得一驳。郎瑛死于嘉靖末年，那时还无人断定《水浒》的作者是谁。周亮工生于万历四十年（一六一二），死于康熙十一年（一六七二），正与金圣叹同时。他说，《水浒》前七十回断为施耐庵是从金圣叹起的；圣叹以前，或说施，或说罗，还没有人下一种断定。

圣叹删去七十回以后，断为罗贯中的，圣叹自说是根据"古本"。我们现在须先研究圣叹评本以前《水浒传》有些什么本子。

明人沈德符的《野获编》说："武定侯郭勋，在世宗朝，号好文多艺。今新安所刻《水浒传》善本，即其家所传，前有汪大函序，托名天都外臣者。"周亮工《书影》又说："故老传闻，罗氏《水浒传》一百回，各以妖异语冠其首，嘉靖时，郭武定重刻其书，削其致语，独存本传。"据此，嘉靖郭本是《水浒传》的第一次"善本"，是有一百回的。

再看李贽的《忠义水浒传》序：

> 《水浒传》者，发愤之作也。……施、罗二公身在元，心在宋，虽生元日，实愤宋事。是故愤二帝之北狩，则称大破辽以泄其愤；愤南渡之苟安，则称灭方腊以泄其愤。敢问泄愤者谁乎？则前日啸聚水浒之强人也，欲不谓之忠义，不可也。是故施、罗二公传《水浒》，而复以忠义名其传

焉。……宋公明者，身居水浒之中，心在朝廷之上，一意招安，专图报国，卒致于犯大难，成大功，服毒自缢，同死而不辞。……最后南征方腊，一百单八人者阵亡已过半矣。又智深坐化于六和，燕青涕泣而辞主，二童就计于混江。……（《焚书》卷三）

李贽是嘉靖、万历时代的人，与郭武定刻《水浒传》的时候相去很近，他这篇序说的《水浒传》一定是郭本《水浒》。我们看了这篇序，可以断定明代的《水浒传》是有一百回的；是有招安以后，"破辽"，"平方腊"，"宋江服毒自尽"，"鲁智深坐化"等事的；我们又可以知道明朝嘉靖、万历时代的人也不能断定《水浒传》是施耐庵做的，还是罗贯中做的。

到了金圣叹，他方才把前七十回定为施耐庵的《水浒》，又把七十回以后，招安平方腊等事，都定为罗贯中续做的《续水浒传》。圣叹批第七十回说："后世乃复削去此节，盛夸招安，务令罪归朝廷而功归强盗，甚且至于哀然以忠义二字冠其端，抑何其好犯上作乱至于如是之甚也！"据此可见明代所传的《忠义水浒传》是没有卢俊义的一梦的。圣叹断定《水浒》只有七十回，而骂罗贯中为狗尾续貂。他说："古本《水浒》如此，俗本妄肆改窜，真所谓愚而好自用也。"我们对于他这个断定，可有两种态度：（1）可信金圣叹确有一种古本；（2）不信他得有古本，并且疑心他自己假托古本，"妄肆窜改"，称真本为俗本，自己的改本为古本。

第一种假设——认金圣叹真有古本作校改的底子——自然是很难证实的。我的朋友钱玄同先生说："金圣叹实在喜欢乱改古书。近人刘世珩校刊关、王原本《西厢》，我拿来和金批本一对，竟变成两部书。……以此例彼，则《水浒》经老金批校，实在有点难信了。"钱先生希望得着一部明板的《水浒》，拿来考证《水浒》的真相。据我个人看来，即使我们得着一部明板《水浒》，至多也不过是嘉靖朝郭武定的一百回本，就是金圣叹指为"俗本"的，究竟我们还无从断定金圣叹有无"真古本"。但第二种假设——金圣叹假托古本窜改原本——更不能充分成立。金圣叹若要窜改《水浒》,尽可自由删改,并没有假托古本的必要。他武断《西厢》的后四折为续作,并没有假托古本,又何必假托一部古本的《水浒传》呢?大概文学的技术进步时,后人对于前人的文章往往有不能满意的地方。元人做戏曲是匆匆忙忙地做了应戏台上之用的,故元曲实在多有太潦草、太疏忽的地方,难怪明人往往大加修饰,大加窜改。况且元曲刻本在当时本来极不完备:最下的本子仅有曲文,无有科白,如日本西京帝国大学影印的《元曲三十种》;稍好的本子虽有科白,但不完全,如"付末上见外云云了","且引俫上,外分付云云了",如董授经君影印的《十段锦》;最完好的本子如臧晋叔的《元曲选》,大概都是已经明朝人大加补足修饰的了。此项曲本,既非"圣贤经传",并且实有修改的必要,故我们可以断定现在所有的元曲,除了西京的三十种之外,没有一种不曾经明人修改的。《西厢》的改窜,并不起于金圣叹,到圣叹时《西厢》已不知修改了多少次了。周宪王、王世贞、徐渭都有改本,远在圣叹之前,这是我们知道的。比如李渔改《琵琶记》的《描容》一出,未必没有胜过原作的地方。我们现在看见刘刻的《西厢》原本与金评本不同,就疑心全是圣叹改了的,这未免太冤枉圣叹了。在明朝文人中,圣叹要算是最小心的人。他有武断的毛病,他又有错评的毛病。但他有一种长处,就是不敢抹杀原本。即以《西厢》而论,他不知道元人戏曲的见解远不如明末人的高超,故他武断后四出为后人续的,这是他的大错。但他终不因此就把后四出都删去了,这是他的谨慎处。他评《水浒传》也是如此。我在第一节已指出了他的武断和误解的毛病。但明朝人改小说戏曲向来没有假托古本的必要,况且圣叹引据古本不但用在百回本与七十回本之争,又用在无数字句小不同的地方。以圣叹的才气,改窜一两个字,改换一两句,何须假托什么古本?他改《左传》的句读,尚且不须依傍古人,何况《水浒传》呢?因此我们可以假定他确有一种七十回的《水浒》本子。

我对于"《水浒》是谁做的"这个问题,颇曾虚心研究,虽不能说有了最满意的解决，但我却有点意见，比较的可算得这个问题的一个可用的答案。我的答案是：

（1）金圣叹没有假托古本的必要。他用的底本大概是一种七十回的本子。

（2）明朝有三种《水浒传》：第一种是一百回本；第二种是七十回本，第三种又是一百回本。

（3）第一种一百回本是原本，七十回本是改本。后来又有人用七十回本来删改百回本的原本，遂成一种新百回本。

（4）一百回本的原本是明初人做的，也许是罗贯中做的。罗贯中是元末明初的人，涵虚子记的元曲里有他的《龙虎风云会》杂剧。

（5）七十回本是明朝中叶的人重做的，也许是施耐庵做的。

（6）施耐庵不知是什么人，但决不是元朝人。也许是明朝文人的假名，并没有这个人。

这六条假设，我且一一解说于下：

（1）金圣叹没有假托古本的必要，上文已说过了，我们可以承认圣叹家藏的本子是一种七十回本。

（2）明朝有三种《水浒传》。第一种是《水浒》的原本，是一百回的。周亮工说，"故老传闻，罗氏《水浒传》一百回，各以妖异语冠其首"，即是此本。第二种是七十回本，大概金圣叹的"贯华堂古本"即是此本。第三种是一百回本，是有招安以后"征四寇"等事的，亦名《忠义水浒传》。李贽的序可为证。周亮工又说，"嘉靖时，郭武定重刻其书，削其致语，独存本传"，当即是此本（说见下条）。

（3）第一种百回本是《水浒传》的原本。我细细研究元朝到明初的人做的关于梁山泊好汉的故事与戏曲，敢断定明朝初年决不能产生现有七十回本的《水浒传》。自从《宣和遗事》到周宪王，这二百多年中，至少有三十种关于梁山泊的书，其中保存到今的，约有十种。照这十种左右的书看来，那时代文学的见解、意境、技术，没有一样不是在草创的时期的，没有一样不是在幼稚的时期的。且不论元人做的关于水浒的戏曲。周宪王死在明开国后七十年，他做杂剧该在建文、永乐的时代，总算"晚"了。但他的《豹子和尚自还俗》与《黑旋风仗义疏财》两种杂剧，固然远胜于元曲里《还牢末》与《争报恩》等等水浒戏，但还是很缺乏超脱的意境和文学的技术（这两种，现在董授经君刻的《杂剧十段锦》内）。故我觉得周亮工说的"故老传闻，罗氏《水浒传》一百回，各以妖异语冠其首"的话，大概是可以相信的。周氏又说，"嘉靖时，郭武定重刻其书，削其致语，独存本传"。大概这种一百回本的《水浒传》原本一定是很幼稚的。

但我们又可以知道《水浒传》的原本是有招安以后的事的。何以见得呢？因为这种见解和宋元至明初的梁山泊故事最相接近。我们可举几个例。《宣和遗事》说："那三十六人归顺宋朝，各受武功大夫诰敕，分注诸路巡检使去也。因此三路之寇悉得平定。后遣宋江收方腊有功，封节度使。"元代宋遗民周密与龚圣与论宋江三十六人也都希望草泽英雄为国家出力。不但宋元人如此。明初周宪王的《黑旋风仗义疏财》杂剧（大概是改正元人的原本的）也说张叔夜出榜招安，宋江弟兄受了招安，做了巡检，随张叔夜征方腊，李逵生擒方腊。这戏中有一段很可注意：

（李撇古）今日闻得朝廷出榜招安，正欲上山报知众位首领自首出来替国家出力，为官受禄，不想途次遇见。不知两位哥哥怎生主意？

（李逵）俺山中快乐，风高放火，月黑杀人，论秤分金银，换套穿衣服；千自由，百自在，可不强似这小官受人的气！俺们怎肯受这招安也？

（李撇古）你两个哥哥差见了。……你这三十六个好汉都是有本事有胆量的，平日以忠义为主。何不因这机会出来首官，与官里出些气力，南征北讨，得了功劳，做个大官，……不强似你在牛皮帐里每日杀人，又不安稳，那贼名儿几时脱得？

这虽是帝室贵族的话，但这种话与上文引的宋元人的水浒见解是很一致的。因此我们可以知道《水浒》的百回本原本一定有招安以后的事（看下文论《征四寇》一段）。

这是第一种百回本，可叫作原百回本。我们又知道明朝嘉靖以后最通行的《水浒传》是《忠义水浒传》，也是一种有招安以后事的百回本。这是无可疑的。据周亮工说，这个百回本是郭武定删改那每回"各以妖异语冠其首"的原本而成的。这话大概可信。沈德符《野获编》称郭本为"《水浒》善本"，便是一证。这一种可叫作新百回本。

大概读者都可以承认这两种百回本是有的了。现在难解决的问题就是那七十回本的时代。

有人说，那七十回本是金圣叹假托的，其实并无此本。这一说，我已讨论过了，我以为金圣叹无假托古本的必要，他确有一种七十回本。

又有人说，近人沈子培曾见明刻的《水浒传》，和圣叹批本多不相同，可见现在的七十回本《水浒传》是圣叹窜改百回本而成的；若不是圣叹删改的，一定是明朝末年人删改的。依这一说，七十回本应该在新百回本之后。

这一说，我也不相信。我想《水浒传》被圣叹删改的小地方，大概不免。但我想圣叹在前七十回大概没有什么大窜改的地方。圣叹既然根据他的"古本"来删去了七十回以后的《水浒》，又根据"古本"来改正了许多地方（五十回以后更多）——他既然处处拿"古本"作根据，他必不会有了大窜改而不引据"古本"。况且那时代通行的《水浒传》是新百回本的《忠义水浒传》，若圣叹大改了前七十回，岂不容易被人看出？况且周亮工与圣叹同时，也只说"近日金圣叹自七十回之后断为罗贯中所续，极口诋罗"，且不说圣叹有大窜改之处。如此看来，可见圣叹对于新百回本的前七十回，除了他注明古本与俗本不同之处之外，大概没有什么大窜改的地方。

我且举一个证据。雁宕山樵的《水浒后传》是清初做的，那时圣叹评本还不曾很通行，故他依据的《水浒传》还是百回本的《忠义水浒传》。这书屡次提到"前传"的事，凡是七十回以前的事，没有一处不与圣叹评本相符。最明白的例如说燕青是天巧星，如说阮小七是天败星，位在第三十一，如说李俊在石碣天文上位次在二十六，如说史进位列天罡星数，都与圣叹本毫无差异（此书证据极多，我不能遍举了）。可见石碣天文以前的《忠义水浒传》与圣叹的七十回本没有大不同的地方。

我们虽不曾见《忠义水浒传》是什么样子的，但我们可以推知坊间现行的《续水浒传》——又名《征四寇》，不是《荡寇志》，《荡寇志》是道光年间人做的——一定与原百回本和新百回本都有很重要的关系。这部《征四寇》确是一部古书，很可考出原百回本和《忠义水浒传》后面小半部是个什么样子。李贽《忠义水浒传序》记的事实，如大破辽，灭方腊，宋江服毒，南征方腊时百八人阵亡过半，智深坐化于六和，燕青涕泣而辞主，二童就计于混江，都是《征四寇》里的事实。《征四寇》里有李逵在寿张县坐衙断案一段事（第三回），当是根据元曲《黑旋风乔断案》的；又有李逵在刘太公庄上捉假宋江负荆请罪的事（第二回），是从元曲《李逵负荆》脱胎出来的；又有燕青射雁的事（第十七回），当是从元曲《燕青射雁》出来的；又有李逵在井里通到斗鸡村，遇着仙翁的事（二十五回），当是依据元曲《黑旋风斗鸡会》的。看这些事实，可见《征四寇》和元曲的《水浒》戏很接近。最重要的是《征四寇》叙东京八十万禁军教头王庆遭高俅陷害，迭配淮西，后来造反称王的事（二十九至三十一回）。这个王庆明明是《水浒传》今本里的王进。王庆是"四寇"之一；四寇是辽、田虎、王庆、方腊；"四寇"之名来源很早，《宣和遗事》说宋江等平定"三路之寇"，后来又收方腊，可见"四寇"之说起于《宣和遗事》。但李贽作序时，只说"大破辽"与"灭方腊"两事；清初人做的《水浒后传》屡说"征服大辽，剿除方腊"，但无一次说到田虎、王庆的事。可见新百回本已无四寇，仅有二寇。我研究新百回本删去二寇的原因，忽然明白《征四寇》这部书乃是原百回本的下半部。《征四寇》现存四十九回，与圣叹说的三十回不合。我试删去征田虎及征王庆的二十回，恰存二十九回；第一回之前显然还有硬删去的一回；合起来恰是三十回。田虎一大段不知为什么删去，但我看王庆一段的删去明是因为王庆已变了王进，移在全书的第一回，故此一大段不能存在。这是《征四寇》为原百回本的剩余的第一证据。《征四寇》每回之前有一首荒谬不通的诗，周亮工说的"各以妖异语冠其首"，大概即根本于此。这是第二证据。《征四寇》的文学的技术和见解，确与元朝人的文学的技术和见解相像。更可断定这书是原百回本的一部分。若新百回本还是这样幼稚，决不能得晚明那班名士（如李贽、袁宏道等）那样钦佩。这是第三证据。

以上我主张新百回本的前七十回与今本七十回没有什么大不同的地方；新百回本的后三十回确与原百回本的后半部大不同，可见新百回本确已经过一回大改窜了。新百回本是嘉靖时代刻的，郎瑛著书也在嘉靖年间，他已见有施、罗两本。况且李贽在万历时做《水浒序》又混称"施罗两公"。若七十回本出在明末，李贽决没有合称施、罗的必要。因此我想嘉靖时初刻的新百回本已是两种本子合起来的：一种是七十回本，一种是原百回本的后半。因为这新百回本（《忠义水浒传》）是两种本子合起来的，故嘉靖以后人混称施、罗两公，故金圣叹敢断定七十回以前为施本，七十回以后为罗本。

因此，我假定七十回本是嘉靖郭本以前的改本。大概明朝中叶时期——当弘治、正德的时候——文学的见解与技术都有进步，故不满意于那幼稚的《水浒》百回原本。况且那时又是个人主义的文学发达的时代。李梦阳、康海、王九思、祝允明、唐寅一班人都是不满意于政府的，都是不满意于当时社会的。故我推想七十回本是弘治、正德时代的出产品。这书大概略本那原百回本，重新改做一番，删去招安以后的事；一切人物的描写，事实的叙述，大概都有许多更改原本之处。如王庆改为王进，移在全书之首，又写他始终不肯落草，便是一例。若原百回本果是像《征四寇》那样幼稚，这七十回本检直不是改本，竟可称是创作了。

这个七十回本是明朝第二种《水浒传》。我们推想此书初出时必定不能使多数读者领会，当时人大概以为这七十回是一种不完全的本子，郭勋是一个贵族，又是一个奸臣，故更不喜欢这七十回本。因此，我猜想郭刻的百回的"《水浒》善本"大概是用这七十回本来修改原百回本的：七十回以前是依七十回本改的，七十回以后是嘉靖时人改的。这个新百回本是第三种《水浒》本子。

这第三种本子——新百回本——是合两种本子而成的，前七十回全采七十回本，后三十回大概也远胜原百回本的末五十回，所以能风行一世。但这两种本子的内容与技术是不同的，前七十回是有意重新改做的，后三十回是用原百回本的下半改了凑数的，故明眼的人都知道前七十回是一部，后三十回又是一部。不但上文说的李贽混称施、罗二公是一证据，还有清初的《水浒后传》的"读法"上说"前传之前七十回中，回目用大闹字者凡十"。现查《水浒传》的回目果有十次用"大闹"字，但都在四十五回以前。既在四十五回以前，何故说"前七十回"呢？这可见分两《水浒》为两部的，不止金圣叹一人了。

（4）如果百回本的原本是如周亮工说的那样幼稚，或是像《征四寇》那样幼稚，我们可以断定他是元末明初的著作。周亮工说罗贯中是洪武时代的人，大概罗贯中到明末初期还活着。前人既多说《水浒》是罗贯中做的，我们也不妨假定这百回本的原本是他做的。

（5）七十回本一定是明末中叶的人删改的，这一层我已在上文（3）条里说过了。嘉靖时郎瑛曾见有一本《水浒传》，是"钱塘施耐庵"做的。可惜郎瑛不曾说这一本是一百回，还是七十回。或者这一本七十回的即是郎瑛看见的施耐庵本。我想：若施本不是七十回本，何以圣叹不说百回本是施本而七十回本是罗本呢？

（6）我们虽然假定七十回本为施耐庵本，但究竟不知施耐庵是谁。据我的浅薄学问，元明两朝没有可以考证施耐庵的材料。我可以断定的是：施耐庵绝不是宋元两朝人，他绝不是明朝初年的人，因为这三个时代不会产出这七十回本的《水浒传》。从文学进化的观点看起来，这部《水浒传》，这个施耐庵，应该产生在周宪王的杂剧与《金瓶梅》之间。——但是何以明朝的人都把施耐庵看作宋元的人呢？

（田汝成、李贽、金圣叹、周亮工等人都如此。）这个问题极有研究的价值。清初出了一部《后水浒传》，是接着百回本做下去的（此书叙宋江服毒之后，剩下的三十几个水浒英雄，出来帮助宋军抵御金兵，但无成功；混江龙李俊同一班弟兄，渡海至暹罗国，创下李氏王朝）。这书是一个明末遗民雁荡山樵陈忱做的（据沈登瀛《南浔备志》；参看《荡寇记》前镜水湖边老渔的跋语），但他托名"古宋遗民"。我因此推想那七十回本《水浒传》的著者删去了原百回本招安以后的事，把《忠义水浒传》变成了"纯粹草泽英雄的水浒传"，一定有点深意，一定很触犯当时的忌讳，故不得不托名于别人。"施耐庵"大概是"乌有先生"，"亡是公"一流的人，是一个假托的名字。明朝文人受祸的最多。高启、杨基、张羽、徐贲、王行、孙蕡、王蒙都不得好死。弘治、正德之间，李梦阳四次下狱；康海、王敬夫、唐寅都废黜终身。我们看了这些事，便可明白《水浒传》著者所以必须用假名的缘故了。明朝一代的文学要算《水浒传》的理想最激烈，故这书的著者自己隐讳也最深。书中说的故事又是宋代的故事，又和许多宋元的小说戏曲有关系，故当时的人或疑施耐庵为宋人，或疑为元人，却不知道宋元时代决不能产生这样一部奇书。

我们既不能考出《水浒传》的著者究竟是谁，正不妨仍旧认"施耐庵"为七十回本《水浒传》的著者，——但我们须要记得，"施耐庵"是明朝中叶一个文学大家的假名！

总结上文的研究，我们可把南宋到明朝中叶的《水浒》材料做一个渊源表如下：

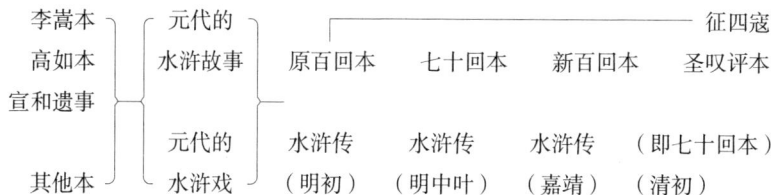

李嵩本	元代的				── 征四寇
高如本	水浒故事	原百回本	七十回本	新百回本	圣叹评本
宣和遗事					
	元代的	水浒传	水浒传	水浒传	（即七十回本）
其他本	水浒戏	（明初）	（明中叶）	（嘉靖）	（清初）

四

自从金圣叹把"施耐庵"的七十回本从《忠义水浒传》里重新分出来，到于今已近三百年了（圣叹自序在崇祯十四年）。这三百年中，七十回本居然成为《水浒传》的定本。平心而论，七十回本得享这点光荣，是很应该的。我们现在且替这七十回本做一个分析。

七十回本除"楔子"一回不计外，共分十大段：

第一段——第一至第十一回。这一大段只有杨志的历史（"做到殿司制使官，因道君皇帝盖万岁山，差一般十个制使去太湖边搬运花石纲赴京交纳。不料洒家……失陷了花石纲，不能回京。"）是根据于《宣和遗事》的，其余都是创造出来的。这一大段先写八十万禁军教头王进被高俅赶走了。王进即是《征四寇》里的王庆，不在百八人之数；施耐庵把他从下半部直提到第一回来，又改名王进，可见他的著书用意。王进之后，接写一个可爱的少年史进，始终不肯落草，但终不能不上少华山去；又写鲁达为了仗义救人，犯下死罪，被逼做和尚，再被逼做强盗；又写林冲被高俅父子陷害，逼上梁山。林冲在《宣和遗事》里是押送"花石纲"的十二个制使之一；但在龚圣与的三十六人赞里却没有他的名字，元曲里也不提起他，大概元朝的水浒故事不见得把他当作重要人物。《水浒传》却极力描写林冲，风雪山神庙一段更是能感动人的好文章。林冲之后，接写杨志。杨志在困穷之中不肯落草，后来受官府冤屈，穷得出卖宝刀，以致犯罪受杖，迭配大名府（卖刀也是《宣和遗事》中有的，但在颖州，《水浒传》改在京城，是有意的）。这一段连写五个不肯做强盗的好汉，他的命意自然是要把英雄落草的罪名归到贪官污吏身上去。故这第一段可算是《水浒传》的"开宗明义"的部分。

第二段——第十二至第二十一回。这一大段写"生辰纲"的始末，是《水浒传》全局的一大关键。《宣和遗事》也记有五花营堤上劫取生辰纲的事，也说是宋江报信，使晁盖等逃走；也说到刘唐送礼谢宋江，以致宋江杀阎婆惜。《水浒传》用这个旧轮廓，加上无数琐细节目，写得格外有趣味。这一段从雷横捉刘唐起，写七星聚义，写智取生辰纲，写杨志、鲁智深落草，写宋江私放晁盖，写林冲火并梁山泊，写刘唐送礼酬谢宋江，写宋江怒杀阎婆惜，直写到宋江投奔柴进避难，与武松结拜做兄弟。《水浒》里的中心人物——须知卢俊义、呼延灼、关胜等人不是《水浒》的中心人物——都在这里了。

第三段——第二十二回到第三十一回。这一大段可说是武松的传。涵虚子与《录鬼簿》都记有红字李二的《武松打虎》一本戏曲。红字李二是教坊刘耍和的女婿，刘耍和已被高文秀编入曲里，而《录鬼簿》说高文秀早死，可见红字李二的武松戏一定远在《录鬼簿》成书之前，——约在元朝的中叶。可见十四世纪初年已有一种武松打虎的故事。《水浒传》根据这种故事，加上新的创造的想象力，从打虎写到杀嫂，从杀嫂写到孟州道打蒋门神，从蒋门神写到鸳鸯楼、蜈蚣岭，便成了《水浒传》中最精彩的一大部分。

第四段——第三十一回到第三十四回。这一小段是勉强插入的文章。《宣和遗事》有花荣和秦明等人，无法加入，故写清风山、清风寨、对影山等一段，把这一班人送上梁山泊去。

第五段——第三十五回到第四十一回。这一大段也是《水浒传》中很重要的文字，从宋江奔丧回家，迭配江州起，写江州遇戴宗、李逵，写浔阳江宋江题反诗，写梁山泊好汉大闹江州，直写到宋江入伙后又偷回家中，遇着官兵追赶，躲在玄女庙里，得受三卷天书。江州一大段完全是《水浒传》的著者创造出来的。《宣和遗事》没有宋江到江州配所的话，元曲也只说他迭配江州，路过梁山泊，被晁盖打救上山。《水浒传》造出江州一大段，不但写李逵的性情品格，并且把宋江的野心大志都写出来。若没有这一段，宋江便真成了一个"虚名"了。天书一事，《宣和遗事》里也有，但那里的天书除了三十六人的姓名，只有诗四句："破国因山木，兵刀用水工。一朝充将领，海内耸威风。"《水浒传》不写天书的内容，又把这四句诗改作京师的童谣："耗国因家木，刀兵点水工。纵横三十六，播乱在山东。（见三十八回）"这不但可见《宣和遗事》和《水浒》的关系，又可见后来文学的见解和手段的进化。

第六段——第四十二回到第四十五回。这一段写公孙胜下山取母亲，引起李逵下山取母，又引起戴宗下山寻公孙胜，路上引出杨雄、石秀一段。《水浒传》到了大闹江州以后，便没有什么很精彩的地方。这一段中写石秀的一节比较是要算很好的了。

第七段——第四十六回到第四十九回。这一段写宋江三打祝家庄。在元曲里，三打祝家庄是晁盖的事。

第八段——第五十回到第五十三回。写雷横、朱仝、柴进三个人的事。

第九段——第五十四回到五十九回。这一大段和第四段相像，也是插进去做一个结束的。《宣和遗事》有呼延灼、徐宁等人，《水浒传》前半部又把许多好汉分散在二龙山、少华山、桃花山等处了，故有这一大段，先写呼延灼征讨梁山泊，次请出一个徐宁，次写呼延灼兵败后逃到青州，慕容知府请他收服桃花山、二龙山、白虎山，次写少华山与芒砀山：遂把这五山的好汉一齐送上梁山泊去。

第十段——第五十九回到七十回。这一大段是七十回本《水浒传》的最后部分，先写晁盖打曾头市中箭身亡，次写卢俊义一段，次写关胜，次写破大名府，次写曾头市报仇，次写东平府收董平，东昌府收张清，最后写石碣天书作结。《宣和遗事》里，卢俊义是梁山泊上最初的第二名头领，《水浒传》前面不曾写他，把他留在最后，无法可以描写，故只好把擒史文恭的大功劳让给他。后来结起帐来，一百零八人中还有董平和张清没有加入，这两人又都是《宣和遗事》里有名字的，故又加上东平、东昌两件事。算算还少一个，只好拉上一个兽医皇甫端！这真是《水浒传》的"强弩之末"了！

这是《水浒传》的大规模。我们拿历史的眼光来看这个大规模，可得两种感想。

第一，我们拿宋元时代那些幼稚的梁山泊故事，来比较这部《水浒传》，我们不能不佩服"施耐庵"的大匠精神与大匠本领；我们不能不承认这四百年中白话文学的进步很可惊异！元以前的，我们现在且不谈。当元人的杂剧盛行时，许多戏曲家从各方面搜集编曲的材料，于是有高文秀等人采用民间盛行的梁山泊故事，各人随自己的眼光才力，发挥水浒的一方面，或创造一种人物，如高文秀的黑旋风，如李文蔚的燕青之类；有时几个文人各自发挥一个好汉的一片面，如高文秀发挥李逵的一片面，杨显之、康进之、红字李二又各各发挥李逵的一片面。但这些都是一个故事的自然演化，又都是散漫的，片面的，没有计划的，没有组织的发展。后来这类的材料越积越多了，不能不有一种贯通综合的总编，于是元末明初有《水浒传》百回之作。但这个草创的《水浒传》原本，如上节所说，是很浅陋幼稚的。这种浅陋幼稚的证据，我们还可以在《征四寇》里寻出许多。然而这个《水浒传》原本居然把三百年来的水浒故事贯通起来，用宋元以来的梁山泊故事做一个大纲，把民间和戏台上的"三十六大伙，七十二小伙"的种种故事做一些子目，造成一部草创的大小说，总算是很难得的了。到了明朝中叶，"施耐庵"又用这个原百回本作底本，加上高超的新见解，加上四百年来逐渐成熟的文学技术，加上他自己的伟大创造力，把那草创的山寨推翻，把那些僵硬无生气的水浒人物一齐毁去；于是重兴水浒，再造梁山，画出十来个永不会磨灭的英雄人物，造成一部永不会磨灭的奇书。这部七十回的《水浒传》不但是集四百年水浒故事的大成，并且是中国白话文学完全成立的一个大纪元。这是我的第一个感想。

第二，施耐庵的《水浒传》是四百年文学进化的产儿，但《水浒传》的短处也就吃亏在这一点。倘使施耐庵当时能把那历史的梁山泊故事完全丢在脑背后，倘使他能忘了那"三十六大伙，七十二小伙"的故事，倘使他用全副精神来单写鲁智深、林冲、武松、宋江、李逵、石秀等七八个人，他这部书一定格外有精彩，一定格外有价值。可惜他终不能完全冲破那历史遗传的水浒轮廓，可惜他总舍不得那一百零八人。但是一个人的文学技能是有限的，决不能在一部书里创造一百零八个活人物。因此，他不能不东凑一段，西补一块，勉强把一百零八人"挤"上梁山去！闹江州以前，施耐庵确能放手创造，看他写武松一个人便占了全书七分之一，所以能有精彩。到了宋江上山以后，全书已去七分之四，还有那四百年传下的"三打祝家庄"的故事没有写（明以前的水浒故事，都把三打祝家庄放在宋江上山之前），还有那故事相传坐第二把交椅的卢俊义和关胜、呼延灼、徐宁、燕青等人没有写。于是施耐庵不能不潦草了，不能不杂凑了，不能不敷衍了。最明显的例是写卢俊义的一大段。这一段硬把一个坐在家里享福的卢俊义拉上山去，已是很笨拙了；又写他信李固而疑燕青，听信了一个算命先生的妖言便去烧香解灾，竟成了一个糊涂汉了，还算得什么豪杰？至于吴用设的诡计，使卢俊义自己在壁上写下反诗，更是浅陋可笑。还有燕青在宋元的水浒故事里本是一个很重要的人物，施耐庵在前六十回竟把他忘了，故不能不勉强把他捉来送给卢俊义做一个家人！此外如打大名府时，宋江忽然生背疽，于是又拉出一个安道全来；又如全书完了，又拉出一个皇甫端来，这种杂凑的写法，实在幼稚的很。推求这种缺点的原因，我们不能不承认施耐庵吃亏在于不敢抛弃那四百年遗传下来的水浒旧轮廓，这是很可惜的事。后来《金瓶梅》只写几个人，便能始终贯彻，没有一种敷衍杂凑的弊病了。

我这两种感想是从文学的技术上着想的。至于见解和理想一方面，我本不愿多说话，因为我主张让读者自己虚心去看《水浒传》，不必先怀着一些主观的成见。但我有一个根本观念，要想借《水浒传》做一个具体的例来说明，并想贡献给爱读《水浒传》的诸君，做我这篇长序的结论。

我承认金圣叹确是懂得《水浒》的第一大段，他评前十一回，都无大错。他在第一回批道：

> 为此书者之胸中，吾不知其有何等冤苦，而必设言一百八人，而又远托之于水涯。……今一百八人而有其人，殆不止于伯夷、太公居海避纣之志矣。

这个见解是不错的。但他在"读法"里又说：

> 大凡读书先要晓得作书之人是何等心胸。如《史记》须是太史公一肚皮宿怨发挥出来。……《水浒传》却不然。施耐庵本无一肚皮宿怨要发挥出来，只是饱暖无事，又值心闲，不免伸纸弄笔，寻个题目，写出自家许多锦心绣口。故其是非皆不谬于圣人。

这是很误人的见解。一面说他"不知其胸中有何等冤苦"，一面又说他"只是饱暖无事，又值心闲，不免伸纸弄笔"，这不是绝大的矛盾吗？一面说"不止于居海避纣之志"，老实说就是反抗政府，一面又说"其是非皆不谬于圣人"，这又不是绝大的矛盾吗？《水浒传》绝不是"饱暖无事，又值心闲"的人做得出来的书。"饱暖无事，又值心闲"的人只能作诗钟，做八股，做死文章，——决不肯来做《水浒传》。圣叹最爱谈"作史笔法"，他却不幸没有历史的眼光，他不知道《水浒》的故事乃是四百年来老百姓与文人发挥一肚皮宿怨的地方。宋元人借这故事发挥他们的宿怨，故把一座强盗山寨变成替天行道的机关。明初人借他发挥宿怨，故写宋江等平四寇立大功之后反被政府陷害谋死。明朝中叶的人——所谓施耐庵——借他发挥他的一肚皮宿怨，故削去招安以后的事，做成一部纯粹反抗政府的书。

这部七十回的《水浒传》处处"褒"强盗，处处"贬"官府。这是看《水浒》的人，人人都能得着的感想。圣叹何以独不能得着这个普遍的感想呢？这又是历史上的关系了。圣叹生在流贼遍天下的时代，眼见张献忠、李自成一班强盗流毒全国，故他觉得强盗是不能提倡的，是应该"口诛笔伐"的。圣叹是一个绝顶聪明的人，故能赏识《水浒传》。但文学家金圣叹究竟被《春秋》笔法家金圣叹误了。他赏识《水浒传》的文学，但他误解了《水浒传》的用意。他不知道七十回本删去招安以后事正是格外反抗政府，他看错了，以为七十回本既不赞成招安，便是深恶宋江等一班人。所以他处处深求《水浒传》的

"皮里阳秋"，处处把施耐庵恭维宋江之处都解作痛骂宋江。这是他的根本大错。

换句话说，金圣叹对于《水浒》的见解与做《荡寇志》的俞仲华对于《水浒》的见解是很相同的。俞仲华生当嘉庆、道光的时代，洪秀全虽未起来，盗贼已遍地皆是，故他认定"既是忠义便不做强盗，既做强盗必不算忠义"的宗旨，做成他的《结水浒传》，即《荡寇志》，要使"天下后世深明盗贼忠义之辨，丝毫不容假借"（看《荡寇志》诸序。俞仲华死于道光己酉，明年洪秀全起事）！俞仲华的父兄都经过匪乱，故他有"孰知罗贯中之害至于此极耶"的话。他极佩服圣叹，尊为"圣叹先生"，其实这都是因为遭际有相同处的缘故。

圣叹自序在崇祯十四年，正当流贼最猖獗的时候，故他的评本努力要证明《水浒传》"把宋江深恶痛绝，使人见之真有狗彘不食之恨"。但《水浒传》写的一班强盗确是可爱可敬，圣叹决不能使我们相信《水浒传》深恶痛绝鲁智深、武松、林冲一班人，故圣叹只能说"《水浒传》独恶宋江，亦是歼厥渠魁之意，其余便饶恕了"。好一个强辩的金圣叹！岂但"饶恕"，简直是崇拜！

圣叹又亲见明末的流贼伪降官兵，后复叛去，遂不可收拾。所以他对于《宋史》侯蒙请赦宋江使讨方腊的事，大不满意，故极力驳他，说他"一语有八失"。所以他又极力表章那没有招安以后事的七十回本。其实这都是时代的影响。雁荡山樵当明亡之后，流贼已不成问题，当时的问题乃是国亡的原因和亡国遗民的惨痛等等问题，故雁荡山樵的《水浒后传》极力写宋南渡前后那班奸臣误国的罪状；写燕青冒险到金兵营里把青子黄柑献给道君皇帝；写王铁杖刺杀王黼、杨戬、梁师成三个奸臣；写燕青、李应等把高俅、蔡京、童贯等邀到营里，大开宴会，数说他们误国的罪恶，然后把他们杀了；写金兵掳掠平民，勒索赎金；写无耻奸民，装作金兵模样，帮助仇敌来敲吸同胞的脂髓，这更可见时代的影响了。

这种种不同的时代发生种种不同的文学见解，也发生种种不同的文学作物——这便是我要贡献给大家的一个根本的文学观念。《水浒传》上下七八百年的历史便是这个观念的具体的例证。不懂得南宋的时代，便不懂得宋江等三十六人的故事何以发生。不懂得宋元之际的时代，便不懂得水浒故事何以发达变化。不懂得元朝一代发生的那么多的水浒故事，便不懂得明初何以产生《水浒传》。不懂得元明之际的文学史，便不懂得明初的《水浒传》何以那样幼稚。不读《明史》的《功臣传》，便不懂得明初的《水浒传》何以于固有的招安的事之外又加上宋江等有功被谗遭害和李俊、燕青见机远遁等事。不读《明史》的《文苑传》，不懂得明朝中叶的文学进化的程度，便不懂得七十回本《水浒传》的价值。不懂得明末流贼的大乱，便不懂得金圣叹的《水浒》见解何以那样迂腐。不懂得明末清初的历史，便不懂得雁荡山樵的《水浒后传》。不懂得嘉庆、道光间的遍地匪乱，便不懂得俞仲华的《荡寇志》。——这叫作历史进化的文学观念。

节选自胡适《〈水浒传〉考证》，标题为编者所加①

---

① 因篇幅限制，删节了版本真伪考证部分，标题改为"水浒传"。——编者注

《西游记》

胡适

民国十年十二月中，我在百忙中做了一篇《西游记序》，当时搜集材料的时间甚少，故对于考证的方面很不能满足自己的期望。这一年之中，承许多朋友的帮助，添了一些材料；病中多闲暇，遂整理成一篇考证，先在《读书杂志》第六期上发表。当时又为篇幅所限，不能不删节去一部分。这回《西游记》再版付印，我又把前做的《西游记序》和《考证》合并起来，成为这一篇。

一

《西游记》不是元朝的长春真人邱处机做的。元太祖西征时，曾遣使召邱处机赴军中，处机应命前去，经过一万余里，走了四年，始到军前。当时有一个李志常记载邱处机西行的经历，做成《西游记》二卷。此书乃是一部地理学上的重要材料，并非小说。

小说《西游记》与邱处机《西游记》完全无关，但与唐沙门慧立做的《慈恩寺三藏法师传》（常州天宁寺有刻本）和玄奘自己著的《大唐西域记》（常州天宁寺有刻本）却有点小关系。玄奘是中国史上一个非常伟大的人物。他二十六岁立志往印度去求经，途中经过了无数困难，出游十七年（六二八—六四五），经历五十多国，带回佛教经典六百五十七部。归国之后，他着手翻译，于十九年中（六四五—六六三），译成重要经论七十三部，凡一千三百三十卷（参看《改造》四卷一号梁任公先生的《千五百年前之留学生》）。慧立为他做的传记——大概是根据于玄奘自己的记载的——写玄奘的事迹最详细，为中国传记中第一部大书。传中记玄奘的家世和求经的动机如下：

> 玄奘，俗姓陈，缑氏人。兄弟四人，他第四。他的二哥先出家，教他诵习经业。他后来也得出家，与兄同居一寺。他游历各地，访求名师，讲论佛法，后入长安，住大觉寺。他"既遍谒众师，备飡其说；详考其义，各擅宗途；验之圣典，亦隐显有异，莫知适从；乃誓游西方，以问所惑；并取《十七地论》，以释众疑"。

这是玄奘求法的目的。他后来途中有谢高昌王的启，中有云：

> ……远人来译，音训不同；去圣时遥，义类乖舛；遂使双林一味之旨分成当现二常，他化不二之宗析为南北两道。纷纭争论，凡数百年。率土怀疑，莫有匠决。玄奘……负笈从师，年将二纪，……未尝不执卷踌躇，捧经侘傺；望给园而翘足，想鹫岭而载怀，愿一拜临，启伸宿惑；虽知寸管不可窥天，小蠡难为酌海，但不能弃此微诚，是以束装取路。……

这个动机，不幸被做《西游记》的人完全埋没了。但传说中玄奘路上经过的种种艰难困苦，乃是《西游记》的种子。我们且引他初起程的一段：

> 于是结侣陈表，有诏不许。诸人咸退，唯法师不屈。既方事孤游，又承西路艰险，乃自试其心以人间众苦，种种调伏，堪任不退。然始入塔启请，申其意志，愿乞众圣冥加，使往还无梗。……遂即行矣，时年二十六也。……时国政尚新，疆场未远，禁约百姓不许出蕃。……不敢公出，乃昼伏夜行。……〔出〕玉门关，……孑然孤游沙漠矣。惟望骨聚马粪等，渐进，顷间忽见有军众数百队，满沙碛间，乍行乍息，皆裘毼驼马之像，及旌旗槊毡之形；易貌移质，倏忽千变；遥瞻极著，渐近而微。……见第一烽，恐候者见，乃隐伏沙沟，至夜方发。到烽西见水，下饮盥讫，欲取皮囊盛水，有一箭飒来，几中于膝；须史，更一箭来。知为他见，乃大言曰，"我是僧从京师来，汝莫射我。"……

第一烽与第四烽的守者待他还好，放他过去。下文云：

> 从此已去，即莫贺延碛，长八百余里，古曰沙河。上无飞鸟，下无走兽，复无水草。是时顾影唯一心但念观音菩萨及《般若心经》。初法师在蜀，见一病人，身疮臭秽，衣服破污，愍将向寺，施与饮食衣服之直。病者惭愧，乃授法师此经，因常诵习。至沙河间，逢诸恶鬼奇状异类绕人前后；唯念观音，不得全去；即诵此经，发声皆散；在危获济，实所凭焉。

下文又云：

> 行百余里，失道，觅野马泉，不得。下水欲饮（下字作"取下来"解），袋重，失手覆之。千里之资，一朝斯

罄！……四顾茫然，人马俱绝。夜则妖魑举火，烂若繁星；昼则惊风拥沙，散如时雨。虽遇如是，心无所惧；但苦水尽，渴不能前。于是时，四夜五日，无一滴沾喉；口腹干焦，几将殒绝，不能复进，遂卧沙中。默念观音，虽困不舍，启菩萨曰，"玄奘此行，不求财利，无冀名誉，但为无上道心正法来耳。仰惟菩萨慈念群生，以救苦为务。此为苦矣，宁不知耶？"如是告时，心心无辍。至第五夜半，忽有凉风触身，冷快如沐寒水，遂得目明；马亦能起。体既稣息，得少睡眠；……惊寤进发，行可十里，马忽异路，制之不回。经数里，忽见青草数亩，下马恣食。去草十步，欲回转，又到一池，水甘澄镜彻。下而就饮，身命重全，人马俱得稣息。……此等危难，百千不能备叙。……

这种记叙，既符合沙漠旅行的状况，又符合宗教经验的心理，真是极有价值的文字。

玄奘出流沙后，即到伊吾。高昌国王麹文泰闻知他来了，即遣使来迎接。玄奘到高昌后，国王款待极恭敬，坚留玄奘久住国中，受全国的供养，以终一身。玄奘坚不肯留，国王无法，只能用强力软禁住他；每日进食，国王亲自捧盘。

法师既被停留，违阻先念，遂誓不食，以感其心。于是端坐，水浆不涉于口，三日。至第四日，王觉法师气息渐惙，深生愧惧，乃稽首礼谢云，"任法师西行，乞垂早食。"法师恐其不实，要王指日为言。王曰，"若须尔者，请共对佛更结因缘。"遂共入道场礼佛，对母张太妃共法师约为兄弟，任师求法。……仍屈停一月，讲《仁王般若经》，中间为师营造行服。法师皆许，太妃甚欢，愿与师长为眷属，代代相度。于是方食。……讲讫，为法师度四沙弥，以充给侍；给法服三十具，以西土多寒，又造面衣手衣靴袜等各数事，黄金一百两，银钱三万，绫及绢等五百匹，充法师往还二十年所用之资。给马三十匹，手力二十五人，遣殿中侍御史欢信送至叶护可汗衙。又作二十四封书，通屈支等二十四国，每一封书附大绫一匹为信。又以绫绢五百匹，果味两车，献叶护可汗，并书称"法师者，是奴弟，欲求法于婆罗门国。愿可汗怜师如怜奴，仍请敕以西诸国给邬落马递送出境"。

从此以后，玄奘便是"阔留学"了。这一段事，记高昌王与玄奘结拜为兄弟，又为他通书于当时镇服西域的突厥叶护可汗，书中也称玄奘为弟。自高昌以西，玄奘以"高昌王弟"的资格旅行各国。这一点大可注意。《西游记》中的唐太宗与玄奘结拜为弟兄，故玄奘以"唐御弟"的资格西行，这一件事必是从高昌国这一段因缘脱胎出来的。

二

以上略述玄奘取经的故事的本身。这个故事是中国佛教史上一件极伟大的故事；所以这个故事的传播，和一切大故事的传播一样，渐渐的把详细节目都丢开了，都"神话化"过了。况且玄奘本是一个伟大的宗教家，他的游记里有许多事实，如沙漠幻景及鬼火之类，虽然都可有理性的解释，在他自己和别的信徒的眼里自然都是"灵异"，都是"神迹"。后来佛教徒与民间随时逐渐加添一点枝叶，用奇异动人的神话来代换平常的事实，这个取经的大故事，不久就完全神话化了。

即如上文所引慧立的《慈恩寺三藏法师传》中一段说：

从此已去，即莫贺延碛，长八百余里，古曰沙河。上无飞鸟，下无走兽，复无水草。是时顾影唯一心但念观音菩萨及《般若心经》。初法师在蜀，见一病人，身疮臭秽，衣服破污，愍将向寺，施与饮食衣服之直。病者惭愧，乃授法师此经，因常诵习。至沙河间，逢诸恶鬼奇状异类绕人前后；虽念观音，不得全去；即诵此经，发声皆散；在危获济，实所凭焉。

这一段话还合于宗教心理的经验；然而宋朝初年（西历九七八）辑成的《太平广记》，引《独异志》及《唐新语》，已把这一段故事神话化过了。《太平广记》九十二说：

沙门玄奘，唐武德初（年代误）往西域取经，行至罽宾国，道险，〔多〕虎豹，不可过。奘不知为计，乃锁房门而坐。至夕开门，见一老僧，头面疮痍，身体脓血，床上独坐，莫知来由。奘乃礼拜勤求，僧口授《多心经》一卷，令奘诵之；遂得山川平易，道路开辟，虎豹藏形，魔鬼潜迹，遂至佛国，取经六百余部而归。其《多心经》，至今诵之。

我们比较这两种记载，可见取经故事"神话化"之速。《太平广记》同卷又说：

初奘将往西域，于灵岩寺见有松一树。奘立于庭，以手摩其枝曰："吾西去求佛教，汝可西长。若吾归，即却东回，使吾弟子知之。"及去，其枝年年西指，约长数丈。一年，忽东回。门人弟子曰，"教主归矣"。乃西迎之。奘果还。至今众谓此松为摩顶松。

这正是《西游记》里玄奘说的"但看那山门里松枝头向东，我即回来"（第十二回，又第一百回）的话的来源了。这也可证取经故事的神话化。

欧阳修《于役志》说：

> 景祐三年丙子七月，甲申，与君玉饮寿宁寺（扬州）。
> 寺本徐知诰故第；李氏建国，以为孝先寺；太平兴国改今
> 名。寺甚宏壮，画壁尤妙。问老僧，云，"周世宗入扬州时，
> 以为行宫，尽圬漫之。惟经藏院画玄奘取经一壁独在，尤为
> 绝笔。"叹息久之。

南唐建国离开玄奘死时不过二百多年，这个故事已成为画壁的材
料了。我们虽不知此画的故事是不是神话化了的，但这种记载已可以
证明那个故事的流传之远。

三

民国四年，罗振玉先生和王国维先生在日本三浦将军处借得一部
《大唐三藏取经诗话》，影印行世。此书凡三卷，卷末有"中瓦子张家
印"六个字。王先生考定中瓦子为宋临安府的街名，乃倡优剧场的所
在（参看吴自牧《梦粱录》卷十九，又卷十五），因定为南宋"说话"
的一种。书中共分十七章，每章自有题目，颇似后世小说的回目。书
中有诗有话，故名"诗话"。今抄十七章的目录如下：

　□□□□（原文如此）第一。（全阙）
　　　行程遇猴行者处第二。
　　　入大梵天王宫第三。
　　　入香山寺第四。
　　　过狮子林及树人国第五。
　　　过长坑大蛇岭处第六。
　　　入九龙池处第七。

"遇深沙神"第八。（题阙）

入鬼子母国处第九。

经过女人国处第十。

入王母池之处第十一。

入沉香国处第十二。

入波罗国处第十三。

入优钵罗国处第十四。

天竺国度海之处第十五。

转至香林寺受《心经》第十六。

到陕西王长者妻杀儿处第十七。

我们看这个目录，可以知道在南宋时，民间已有一种《唐三藏取经》的小说，完全是神话的，完全脱离玄奘取经的真故事。这部书确是《西游记》的祖宗。内中有三点，尤可特别注意：

（1）猴行者的加入。

（2）深沙神为沙和尚的影子。

（3）途中的妖魔灾难。

先说猴行者。《取经诗话》中，猴行者已成了唯一的保驾弟子了。第二节说：

僧行六人，当日起行。法师语曰："今往西天，程途百万，各人谨慎。"……偶于一日午时，见一白衣秀才，从正东而来，便揖和尚："万福，万福！和尚今往何处？莫不是再往西天取经否？"法师合掌曰："贫僧奉敕，为东土众生未有佛教，是取经也。"秀才曰："和尚生前两回去取经，中路遭难。此回若去，千死万死。"法师曰："你如何得知？"秀才曰："我不是别人。我是花果山紫云洞八万四千铜头铁额猕猴王。我今来助和尚取经。此去百万程途，经过三十六国，多有祸难之处。"法师应曰："果得如此，三世有缘，东土众生获大利益。"当便改呼为"猴行者"。

此中可注意的是：（1）当时有玄奘"生前两回取经，中路遭难"的神话。（2）猴行者现白衣秀才相。（3）花果山是后来小说有的，紫云洞后来改为水帘洞了。（4）"八万四千铜头铁额猕猴王"一句，初读似不通，其实是很重要的；此句当解作"八万四千个猕猴之王"（说详下章）。

第三章说猴行者曾"九度见黄河清"。第十一章里，他自己说：

> 我八百岁时到此中（西王母池）偷桃吃了，至今二万七千岁不曾来也。
>
> 法师曰：今日蟠桃结实，可偷三五个吃。
>
> 猴行者曰：我因八百岁时偷吃十个，被王母捉下，左肋判八百，右肋判三千铁棒，配在花果山紫云洞。至今肋下尚痛，我今定是不敢偷吃也。

这一段自然是《西游记》里偷吃蟠桃的故事的来源，但又可见南宋"说话"的人把猴行者写得颇知畏惧，而唐僧却不大老实！

唐僧三次要行者偷桃，行者终不敢偷，然而蟠桃自己落下来了。

> 说由未了，撷下三颗蟠桃，入池中去。……师曰，"可去寻取来吃。"猴行者即将金镮杖向盘石上敲三下，乃见一个孩儿，面带青色，爪似鹰鹞，开口露牙，向池中出。行者问，"汝年几多？"孩曰，"三千岁。"行者曰，"我不用你。"又敲五下，见一孩儿，面如满月，身挂绣。行者曰，"汝年多少？"答曰，"五千岁。"行者曰，"不用你。"又敲数下，偶然一孩儿出来。问曰，"你年多少？"答曰，"七千岁。"行者放下金镮杖，叫取孩儿入手中，问和尚，"你吃否？"和尚闻语心惊，便走。被行者手中旋数下，孩儿化成一枚乳

枣，当时吞入口中。后归东土唐朝，遂吐出于西川，至今此
地中生人参是也。

这时候，偷蟠桃和偷人参果还是一件事。后来《西游记》从此化
出，分作两件故事。

上段所说"金镮杖"，乃是第三章里大梵天王所赐。行者把唐
僧带上大梵天王宫中赴斋，天王及五百罗汉请唐僧讲《法华经》，他
"一气讲完，如瓶注水"。大梵天王因赐予猴行者"隐形帽一事，金镮
锡杖一条，钵盂一只，三件齐全"。这三件法宝，也被《西游记》里
分作几段了。(《诗话》称天王为北方毗沙门大梵天王。这是"托塔天
王"的本名，梵文为 Vai' sravana，可证此书近古。)

《诗话》第八章，不幸缺了两页，但此章记玄奘遇深沙神的事，
确是后来沙僧的根本。此章大意说玄奘前身两世取经，中途都被深沙
神吃了。他对唐僧说："项下是和尚两度被我吃，袋得枯骨在此。"
和尚说："你最无知。此回若不改过，教你一门灭绝。"深沙合掌谢恩：
"伏蒙慈照！"深沙当时哮吼，化了一道金桥；深沙神身长三丈，将
两手托定，师行七人便从金桥上过，过了深沙。深沙诗曰：

　　一堕深沙五百春，浑家眷属受灾殃。金桥手托从师过，
乞荐幽神化却身。
　　法师诗曰：两度曾经汝吃来，更将枯骨问无才。而今赦
法残生去，东土专心次第排。
　　猴行者诗曰：谢汝回心意不偏，金桥银线步平安。回归
东土修功德，荐拔深沙向佛前。

《西游记》第八回说沙和尚在流沙河做妖怪时，"向来有几次取经
人来，都被我吃了。凡吃的人头，抛落流沙，竟沉水底。惟有九个取
经人的骷髅，浮在水面，再不能沉。我以为异物，将索儿穿在一处，
闲时拿来顽耍。"这正是从深沙神一段变出来的。第二十二回，木吒

把沙和尚项下挂的骷髅，用索子结作九宫，化成法船，果然稳似轻舟，浪静风平，渡过流沙河。那也是从《诗话》里的金桥银线演化出来的。不过在南宋时，深沙的神还不曾变成三弟子之一。猪八戒此时连影子都没有呢。

次说《诗话》中叙玄奘路上经过许多灾难，虽没有"八十一难"之多，却是"八十一难"的缩影。第四章猴行者说：

> 我师莫诃西路寂寥，此中别是一天。前去路途尽是虎狼蛇兔之处。逢人不语，万种恓惶；此去人烟，都是邪法。

全书写这些灾难，写的实在幼稚，全没有文学的技术。如写蛇子国：

> 大蛇小蛇，交杂无数，攘乱纷纷。大蛇头高丈余，小蛇头高八尺，怒眼如灯，张牙如剑。

如写狮子林：

> 只见麒麟迅速，狮子峥嵘，摆尾摇头，出林迎接，口衔香花，皆来供养。

这种浅薄的叙述可以使我们格外赏叹明清两朝小说技术的惊人的进步。

我们选录《诗话》中比较有趣味的一段——火类坳头的白虎精：

> ……只见岭后云愁雾惨，雨细交霏。云雾之中，有一白衣妇人，身挂白罗衣，腰系白褶，手把白牡丹花一朵，面似白莲，十指如玉。……猴行者一见，高声便喝："想汝是火类坳头白虎精，必定是也！"妇人闻语，张口大叫一声，忽然

面皮裂皱，露爪张牙，摆尾摇头，身长丈五。定醒之中，满山都是白虎。被猴行者将金镮杖变作一个夜叉，头点天，脚踏地，手把降魔杵，身如蓝靛青，发似硃沙，口吐百丈火光。当时白虎精哮吼近前相敌，被猴行者战退。半时，遂问虎精甘伏未伏。虎精曰，未伏。猴行者曰，"汝若未伏，看你肚中有一个老猕猴。"虎精闻说，当下未伏，一叫猕猴，猕猴在白虎精肚内应，遂教虎开口吐出一个猕猴，顿在面前，身长丈二，两眼火光。白虎精又云，我未伏。猴行者曰，"汝肚内更有一个。"再令开口，又吐出一个，顿在面前。白虎精又曰未伏。猴行者曰，"你肚中无千无万个老猕猴，今日吐至来日，今月吐至来月，今年吐至来年，今生吐至来生，也不尽。"白虎精闻语，心生忿怒；被猴行者化一团大石，在肚内渐渐会大；教虎精吐出，开口吐之不得，只见肚皮裂破，七孔流血。喝起夜叉，浑门大杀，虎精大小粉骨尘碎，绝灭除踪。

《西游记》里的孙行者最爱被人吃下肚里去，这是他的拿手戏，大概火类坳头的一个暗示，后来也会用分身法，越变越奇妙有趣味了。我们试看孙行者在狮驼山被老魔吞下肚去，在无底洞又被女妖吞下去；他又住过铁扇公主的肚里，又住过黄眉大王的肚里，又住过七绝山稀柿衕的红鳞大蟒的肚里。巧妙虽各有不同，渊源似乎是一样的。

以上略记《大唐三藏取经诗话》的大概。这一本小册子的出现，使我们明白南宋或元朝已有了这种完全神话化了的取经故事；使我们明白《西游记》小说同《水浒》《三国》一样——也有了五六百年的演化的历史：这真是可宝贵的文学史料了。

四

说到这里，我要退回去，追叙取经故事里这个猴王的来历。何以南宋时代的玄奘神话里忽然插入了一个神通广大的猴行者？这个猴子是国货呢？还是进口货呢？

前不多时，周豫才先生指出《纳书楹曲谱》补遗卷一中选的《西游记》四出，中有两出提到"巫枚祇"和"无支祁"。《定心》一出说孙行者"是骊山老母亲兄弟，无支祁是他姊妹"。又《女国》一出说：

> 似摩腾伽把阿难摄在瑶山上，若鬼子母将如来围定在灵山上，巫枝祁把张僧拿在龟山上。不是我魔王苦苦害真僧，如今佳人个个要寻和尚。

周先生指出，做《西游记》的人或亦受这个巫枝祁故事的影响。我依周先生的指点，去寻这个故事的来源；《太平广记》卷四六七李汤条下，引《古岳渎经》第八卷云：

> 禹理水，三至桐柏山，惊风走雷，石号木鸣，五伯拥川，天老肃兵，不能兴。……禹因鸿濛氏、章商氏、兜卢氏、犁娄氏，乃获淮涡水神，名无支祁，善应对言语，辨江淮之浅深，原隰之远近；形若猿猴，缩鼻高额，青躯白首，金目雪牙，颈伸百尺，力逾九象，搏击腾踔，疾奔轻利。……颈锁大索，鼻穿金铃，徙淮阴之龟山之足下，俾淮水永安流注海也。

这个无支祁是一个"形若猿猴"的淮水神，《词源》引《太平寰宇记》，说略同。周先生又指出朱熹《楚辞辨证·天问》篇下有一条云：

> 此间之言，特战国时俚俗相传之语，如今世俗僧伽降无
> 支之祈，许逊斩蛟蜃精之类，本无稽据，而好事者遂假托撰造
> 以实之。

据此，可见宋代民间又有"僧伽降无支之祈"的传说。僧伽为唐代名僧，死于中宗景龙四年（七一〇）。他住泗州最久，淮泗一带产生许多关于他的神话（《宋高僧传》十八，《神僧传》七）。降无支之祈大概也是淮泗流域的僧伽神话之一，到南宋时还流行民间。

但上文引曲词里的无支祈，明是一个女妖怪，他有"把张僧拿在龟山上"的神话。龟山即是无支祈被锁的所在，大概这个无支祈，无论是古的今的，男性女性，始终不曾脱离淮泗流域。这是可注意的第一点，因为《西游记》小说的著者吴承恩（见下章）是淮安人。第二，《宋高僧传》十八说，唐中宗问万回师，"彼僧伽者，何人也？"对曰，"观音菩萨化身也。"《僧伽传》说他有弟子三人：慧岸，慧俨，木叉。木叉多显灵异，唐僖宗时，赐谥曰真相大师，塑像侍立于僧伽之左，若配飨焉。传末又说"慧俨侍十一面观音菩萨傍"。这也是可注意的一点，因为在《西游记》里，慧岸和木叉已并作一人，成为观音菩萨的大弟子了。第三，无支祈被禹锁在龟山足下，后来出来作怪，又有被僧伽（观音菩萨化身）降伏的传说；这一层和《取经诗话》的猴王，和《西游记》的猴王，都有点相像。或者猴行者的故事确曾从无支祈的神话里得着一点暗示，也未可知。这也是可注意的一点。

以上是猜想猴行者是从中国传说或神话里演化出来的。但我总疑心这个神通广大的猴子不是国货，乃是一件从印度进口的。也许连无支祈的神话也是受了印度影响而仿造的。因为《太平广记》和《太平寰宇记》都根据《古岳渎经》，而《古岳渎经》本身便不是一部可信的古书。宋元的僧伽神话，更不消说了。因此，我依着钢和泰博士（Baror A. von Stael Holstein）的指引，在印度最古的纪事诗《拉摩传》（Ramayana）里寻得一个哈奴曼（Hanuman），大概可以算是齐天大圣

的背影了。

《拉摩传》大约是二千五百年前的作品，记的是阿约爹国王大刹拉达的长子，生有圣德和神力；娶了一个美人西姐为妻。大刹拉达的次妻听信了谗言，离间拉摩父子间的爱情，把拉摩驱逐出去，做了十四年的流人。拉摩在客中，遇着女妖苏白；苏白爱上了拉摩，而拉摩不睬他。这一场爱情的风波，引起了一场大斗争。苏白大败之后，奔到楞伽，求救于他的哥哥拉凡纳，把西姐的美貌说给他听，拉凡纳果然动心，驾了云车，用计赚开拉摩，把西姐劫到楞伽去。

拉摩失了他的妻子，决计报仇，遂求救于猴子国王苏格利法。猴子国有一个大将，名叫哈奴曼，是天风的儿子，有绝大神通，能在空中飞行，他一跳就可从印度跳到锡兰（楞伽）。他能把希玛拉耶山拔起背着走。他的身体大如大山，高如高塔，脸放金光，尾长无比。他替拉摩出力，飞到楞伽，寻着西姐，替他们传达信物。他往来空中，侦探敌军的消息。

有一次，哈奴曼飞向楞伽时，途中被一个老母怪（Surasa）一口吞下去了。哈奴曼在这个老魔的肚子里，心生一计，把身子变的非常之高大；那老魔也就不能不把自己的身子变大，后来越变越大，那妖怪的嘴张开竟有好几百里阔了；哈奴曼趁老魔身子变的极大时，忽然把自己身子缩成拇指一般小，从肚里跳上来，不从嘴里出去，却从老魔的右耳朵孔里出去了。

又有一次，哈奴曼飞到希玛拉耶山（刚大马达山）中去访寻仙草，遇着一个假装隐士的妖怪，名叫喀拉，是拉凡纳的叔父受了密计来害他的。哈奴曼出去洗浴，杀了池子里的一条鳄鱼，从那鳄鱼肚里走出一个受谪的女仙。那女仙教哈奴曼防备喀拉的诡计，哈奴曼便去把喀拉捉住，抓着一条腿，向空一摔，就把喀拉的身体从希玛拉耶山一直摔到锡兰岛，不偏不正，刚刚摔死在他的侄儿拉凡纳的宝座上！

哈奴曼有一次同拉凡纳决斗，被拉凡纳们用计把油涂在他的猴尾巴上，点起火来，那其长无比的尾巴就烧起来了。然而哈奴曼的神通广大，他们不但没有烧死他，反被哈奴曼借刀杀人，用他尾巴上的大火把敌人的都城楞伽烧完了。

我们举这几条，略表示哈奴曼的神通广大，但不能多举例了。哈奴曼保护拉摩王子，征服了楞伽的敌人，夺回西妲，陪他们凯旋，回到阿约爹国。拉摩凯旋之后，感谢哈奴曼之功，赐他长生不老的幸福，也算成了"正果"了。

陶生（John Dowson）在他的《印度古学词典》里（页一一六）说："哈奴曼的神通事迹，印度人从少至老都爱说爱听的。关于他的绘画，到处都有。"除了《拉摩传》之外，当第十世纪和第十一世纪之间（唐末宋初），另有一部《哈奴曼传奇》（Hanuman Nataka）出现，是一部专记哈奴曼奇迹的戏剧，风行民间。中国同印度有了一千多年的文化上的密切交通，印度人来中国的不计其数，这样一桩伟大的哈奴曼故事是不会不传进中国来的。所以我假定哈奴曼是猴行者的根本。除上引许多奇迹外，还有两点可注意。第一，《取经诗话》里说，猴行者是"花果山紫云洞八万四千铜头铁额猕猴王"。花果山自然是猴子国。行者是八万四千猴子的王，与哈奴曼的身份也很相近。第二，《拉摩传》里说哈奴曼不但神通广大，并且学问渊深：他是一个文法大家；"人都知道哈奴曼是第九位文法作者。"《取经诗话》里的猴行者初见时乃是一个白衣秀才，也许是这位文法大家堕落的变相呢！

五

现在我可以继续叙述宋以后取经故事的演化史了。

金代的院本里有《唐三藏》之目，但不传于后。元代的杂剧里有吴昌龄做的《唐三藏西天取经》，亦名《西游记》。此书见于《也是园书目》，云四卷；曹寅的《栋亭书目》（京师图书馆钞本）作六卷。这六卷的《西游记》当乾隆末年《纳书楹曲谱》编纂时还存在，现在不知尚有传本否。《纳书楹曲谱》中选有下列各种关于《西游记》的戏曲：

> 《西游记》六出：《撇子》，《认子》，《胖姑》，《伏虎》，《女还》，《借扇》。（《续集》三）
> 又《西游记》四出：《饯行》，《定心》，《揭钵》，《女国》。（《补遗》）
> 《俗西游记》一出：《思春》。

我们看这些有曲无白的词曲，实在不容易想象当日的原本是什么样子了。《唐三藏》一出，当是元人的作品。但我们在这一出里，只看见一个西夏国的回回皈依顶礼，不能推想全书的内容。只有末段临行时的曲词说：

> 俺只见黑洞洞征云起，更那堪昏惨惨雾了天日！愿恁个大唐师父取经回，再没有外道邪魔可也近得你！

从末句里可以推想全书中定有"外道邪魔"的神话分子了。

吴昌龄的六本《西游记》不知是《纳书楹》里选的这部《唐三藏》，还是那部《西游记》。我个人推想，《唐三藏》是元初的作品，而吴昌龄的《西游记》却是元末的作品，大概即是《纳书楹》里选有十出的那部《西游记》。我的理由有几层：

（1）这部《西游记》曲的内容很和《西游记》小说相接近。焦循《剧说》卷四说：

> 元人吴昌龄《西游》词与俗所传《西游记》小说小异。

小异就是无大异。今看《西游记》曲中，《撇子》一折写殷夫人把儿子抛入江中，《认子》一折写玄奘到江州衙内认母，《饯行》一折写玄奘出发，《定心》一折写紧箍咒收服心猿，《伏虎》《女还》二折写行者收妖救刘大姐，《女国》一折写女国王要嫁玄奘，《借扇》一折写火焰山借扇：都是和《西游记》小说很接近的。《揭钵》一折虽是演义所无，但周豫才先生说"火焰山红孩儿当即由此化生"，是很不错的。十折之中，只有《胖姑》一折没有根据。但我们很可以假定这十折都是焦循说的那部"与《西游记》小说小异"的吴昌龄《西游记》了。

（2）吴昌龄的《西游记》曲，颇有文学的荣誉。《虎口余生》（《铁冠图》）的作者曹寅曾说：

> 吾作曲多效昌龄，比于临川之学董解元也。（见焦循
> 《剧说》四）

我们看《纳书楹》所引十折，确然都很有文学的价值。最妙的是《胖姑》一折，全折曲词虽是从元人睢景臣的《汉高祖还乡》（看《读书杂志》第四期末栏）脱化出来的，但命意措辞都可算是青胜于蓝。此折大概是借一个乡下胖姑娘的口气描写唐三藏在一个国里受参拜顶礼临行时的热闹状况。中说：

> （《一绲儿麻》）不是俺胖姑儿心精细，则见那官人们簇拥着一个大擂槌。那擂槌上天生有眼共眉。我则道，鲍子头，葫芦蒂；这个人儿也忒煞蹊跷！恰便似不敢道的东西，枉被那旁人笑耻。
> ……
> （《新水令》）则见那官人们腰屈共头低，吃得个醉醺醺脑门着地；咿咿鸣，吹竹管；扑冬冬，打着牛皮。笑他一会，闹一会。
> ……
> （《川拨棹》）好教我便笑微微，一个汉，木雕成两个腿；

见几个武职他舞着面旌旗，忽刺刺口里不知他说个甚的，妆
着一个鬼：——人多，我也看不仔细。

……

这种好文字，怪不得曹栋亭那样佩服了。这也是我认这部曲为吴
昌龄原作的一个重要理由。

如果我的猜想不错，如果《纳书楹》里保存的《西游记》残本
真是吴昌龄的作品，那么，我们可以说，元代已有一个很丰富的《西
游记》故事了。但这个故事在戏曲里虽然已很发达，有六本之多，为
元剧中最长的戏（《西厢记》只有五本）。然而这个故事还不曾有相当
的散文写定，还不曾成为《西游记》小说。当时若有散文《西游记》，
大概也不过是在《取经诗话》与今本《西游记》之间的一种平凡的
"话本"。

钱曾《也是园书目》记元明无名氏的戏曲中，有《二郎神锁齐天
大圣》一本，这也是猴行者故事的一部分。大概此类的故事，当日还
不曾有大规模的定本，故编戏的人可以运用想象力，敷演民间传说，
造为种种戏曲。那六本的《西游记》已可算是一度大结集了。最后的
大结集还须等待一百多年后的另一位姓吴的作者。

七

《西游记》的中心故事虽然是玄奘的取经，但是著者的想象力真
不小！他得了玄奘的故事的暗示，采取了金元戏剧的材料（？），加
上他自己的想象力，居然造出一部大神话来！这部书的结构，在中国
旧小说之中，要算最精密的了。他的结构共分作三个部分：

第一部分：齐天大圣的传（第一回至第七回）。

第二部分：取经的因缘与取经的人（第八回至第十二回）。

第三部分：八十一难的经历（第十三回至第一百回）。

我们现在分开来说：

第一部分乃是世间最有价值的一篇神话文学。我在上文已略考这个猴王故事的来历。这个神猴的故事，虽是从印度传来的，但我们还可以说这七回的大部分是著者创造出来的。须菩提祖师传法一段自然是从禅宗的六祖传法一个故事上脱化出来的。但著者写猴王大闹天宫的一长段，实在有点意思。玉帝把猴王请上天去，却只叫他去做一个未入流的弼马温；猴王气了，反下天宫，自称"齐天大圣"；玉帝调兵来征伐，又被猴王打败了；玉帝没法，只好又把他请上天去，封他"齐天大圣"，"只不与他事管，不与他俸禄"！后来天上的大臣又怕他太闲了，叫他去管蟠桃园。天上的贵族要开蟠桃盛会了，他们依着"上会的旧规"，自然不请这位前任弼马温。不料这馋嘴的猴子一时高兴，把大会的仙品仙酒一齐偷吃了，搅乱了蟠桃大会，把一座庄严的天宫闹得不成样子，他却又跑下天称王去了！等到玉帝三次调兵遣将，好容易把他捉上天来，却又奈何他不得；太上老君把他放在八卦炉中炼了七七四十九日，仍旧被他跑出来，"不分上下，使铁棒东打西敲，更无一人可敌，直打到通明殿里，灵霄殿外！"玉帝发了急，差人上西天去讨救，把如来佛请下来。如来到了，诘问猴王，猴王答道：

> 花果山中一老猿，……因在凡间嫌地窄，立心端要住瑶天。灵霄宝殿非他有，历代人王有分传。强者为尊该让我，英雄只此敢争先！

他又说：

> 他（玉帝）虽年劫修长，也不应久住在此。常言道，"交椅轮流坐，明年是我尊。"只教他搬出去，将天宫让与我，便罢了。若还不让，定要搅乱，不得清平！

前面写的都是政府激成革命的种种原因；这两段简直是革命的檄文了！美猴王的天宫革命，虽然失败，究竟还是一个"虽败犹荣"的英雄！

我要请问一切读者：如果著者没有一肚子牢骚，他为什么把玉帝写成那样一个大饭桶？为什么把天上写成那样黑暗、腐败、无人？为什么教一个猴子去把天宫闹的那样稀糟？

但是这七回的好处全在他的滑稽。著者一定是一个满肚牢骚的人，但他又是一个玩世不恭的人，故这七回虽是骂人，却不是板着面孔骂人。他骂了你，你还觉得这是一篇极滑稽，极有趣，无论谁看了都要大笑的神话小说。正如英文的《阿梨思梦游奇境记》（Alice's Adventures in Wonderland）虽然含有很有意味的哲学，仍旧是一部极滑稽的童话小说（此书已由我的朋友赵元任先生译出，由商务出版）。现在有许多人研究儿童文学，我很郑重地向他们推荐这七回天宫革命的失败英雄"齐天大圣传"。

第二部分（取经因缘与取经人物）有许多不合历史事实的地方。例如玄奘自请去取经，有诏不许；而《西游记》说唐太宗征求取经的人，玄奘愿往。这是一不合。又如玄奘本是緱氏人，父为士族，兄为名僧；他自身出家的事，本传记叙甚详；而《西游记》说他的父亲是状元，母亲是宰相之女。但是状元的儿子，宰相的外孙如何忽然做了和尚呢？因此有殷小姐忍辱报仇的故事造出来（参看《太平广记》一二二陈义郎的故事），作为玄奘出家的理由。这是二不合。但这种变换，都是很在情理之中的。玄奘的家世与幼年事迹实在太平常了，没有小说的兴趣，故有改变的必要。况且玄奘既被后人看作神人，他的父母也该高升了，故升作了状元与相府小姐。玄奘为经义难明，异说难定，故发愤要求得原文的经典。这种考据家的精神，是科学的精神，在我们眼里自然极可佩服；但这也没有通俗小说的资格，故也有改变的必要。于是有魏征斩龙与太宗游地府的故事。这一大段是许多小故事杂凑起来的。研究起来，很有趣味。袁天罡的神算，自然是一个老故事（参看《太平广记》七六，又二二一）。秦叔宝、尉迟敬德做门神，大概也是唐人的故事。泾河龙王犯罪的故事，已见于唐人小说。《太平广记》四一八引《续玄怪录》，叙李靖代龙王行雨，误下了二十尺雨，致龙王母子都受天谴。这个故事是很古的。唐太宗游地府的故事，也是很古的。唐人张鷟的《朝野佥载》有一则（王静庵先生引《太平广记》所引）云：

> 唐太宗极康豫。太史令李淳风见上，流泪无言。上问之，对曰，"陛下夕当晏驾。"……太宗至夜半，奄然入定，见一人云，"陛下暂合来，还即去也。"帝问君是何人，对曰，"臣是生人判冥事。"太宗入见判官，问六月四日事，即令还。向见者又迎送引导出。淳风即观乾象，不许哭泣。须臾乃寤。及曙，求昨所见者，令所司与一官，遂注蜀道一丞。

此事最有趣味，因为近年英国人斯坦因（Stein）在敦煌发见唐代的写本书籍中，有一种白话小说的残本，仅存中间一段云：

> "判官懆恶，不敢道名字。"帝曰，"卿近前来。"轻道，"姓崔名子玉。""朕当识。"言讫，使人引，皇帝至院门，使人奏曰，"伏维陛下且立在此，容臣入报判官速来。"言讫，使者到厅前拜了，启判官，"奉大王处，太宗是生魂到领，判官推勘，见在门外，未敢引。"判官闻言，惊忙起立。（下阙）（引见《东方杂志》十七卷，八号，王静庵先生文中）

这个故事里已说判官姓崔名子玉。我们疑心那魏征斩龙及作介绍书与崔判官的故事也许在那损坏的部分里，可惜不传了。崔判官的故事到宋时已很风行，故宋仁宗嘉祐二年加崔府君封号诏有"惠存滏邑，恩结蒲人；生著令猷，没司幽府"等语（引见《东方杂志》，卷页同上）。这个故事可算很古了。

如果上文引的《纳书楹曲谱》里的《西游记》是吴昌龄的原本，那么，殷小姐忍辱复仇，唐太宗征求取经人，等等故事由来已久，不是吴承恩新加入的了。

第三部分（八十一难）是《西游记》本身。这一部分有四个来源。第一个来源自然是玄奘本传里的记载，我们上文已引了最动人的几段。那些困难，本是事实，夹着一点宗教的心理作用。他们最能给小说家许多暗示。沙漠上光线屈折所成的幻影渐渐的成了真妖怪了，沙漠的风沙渐渐的成了黄风大王的怪风和罗刹女的铁扇风了，沙漠里四日五夜的枯焦渐渐的成了周围八百里的火焰山了，烈日炎风的沙河渐渐的又成了八百里"鹅毛飘不起"的流沙河了，高昌国王渐渐的成了大唐皇帝了，高昌国的妃嫔也渐渐的成了托塔天王的假公主和天竺国的妖公主了。这种变化乃是一切大故事流传时的自然命运，逃不了的，何况这个故事本是一个宗教的故事呢？

第二个来源是南宋或元初的《唐三藏取经诗话》和金元戏剧里的《唐三藏西天取经》故事。这些故事的神话的性质，上文已说明了。依元代杂剧的体例看来，吴昌龄的《西游记》虽为元代最长的六本戏，六本至多也不过二十四折；加上楔子，也不过三十折。这里面决不能记叙八十一难的经过。故这个来源至多只能供给一小部分的材料。

第三个来源是最古的，是《华严经》的最后一大部分，名为《入法界品》的（晋译第三十四品，唐译第三十九品）。这一品占《华严经》全书的四分之一，说的只是一个善财童子信心求法，勇猛精进，经历一百一十城，访问一百一十个善知识，毕竟得成正果。这一部《入法界品》便是《西游记》的影子，一百一十城的经过便是八十一难的影子。我们试看《入法界品》的布局：

（1）文殊师利告善财言，"善男子，于此南方，有一国土名曰可乐，其国有山名为和合；于彼山中，有一比丘名功德云。汝诣彼问，云何菩萨学菩萨行，修菩萨道，乃至云何具普贤行。"……

（2）功德云比丘告善财言，"善男子，南方有国名曰海门，彼有比丘名曰海云。汝应诣彼问菩萨行。"……

（3）海云比丘告善财言，"善男子，汝诣南方六十由旬，有一国土名曰海岸，彼有比丘名曰善住。应往问彼云何菩萨修清净行。"……

（4）善住比丘言，"善男子，于此南方，有一国土名曰住林，彼有长者名曰解脱。汝诣彼问……"这样一个转一个的下去，直到一百一十个，直到弥勒佛，又得见文殊师利，遂成就无量大智光明，"不久当与一切佛等，一身充满一切世界。"这一个"信心求法，勇猛精进"的故事，一定给了《西游记》的著者无数的暗示。

第四个来源自然是著者的想象力与创造力了。上面那三个来源都不能供给那八十一难的材料，至多也不过供给许多暗示，或供给一小部分的材料。我们可以说，《西游记》的八十一难大部分是著者想象出来的。想出这许多妖怪灾难，想出这一大堆神话，本来不算什么难事。但《西游记》有一点特别长处，就是他的滑稽意味。拉长了面孔，整日说正经话，那是圣人菩萨的行为，不是人的行为。《西游记》所以能成世界的一部绝大神话小说，正因为《西游记》里种种神话都带着一点诙谐意味，能使人开口一笑，这一等就把那神话"人化"过了。我们可以说，《西游记》的神话是有"人的意味"的神话。

我们可举几个例。如第三十二回平顶山猪八戒巡山的一段，便是一个好例：

> 那呆子入深山，又行有四五里，只见山凹中有一块桌面大的四四方方青石头。呆子放下钯，对石头唱个大喏。行者暗笑，"看这呆子做甚勾当！"原来那呆子把石头当作唐僧、沙僧、行者三人，朝着他演习哩。他道："我这回去，见了师父，若问有妖怪，就说有妖怪；他问什么山，我若说是泥捏的，锡打的，铜铸的，面蒸的，纸糊的，笔画的，——他们见说我呆哩，若说这话，一发说呆了。我只说是石头山。他若问甚洞，也只说是石头洞。他问什么门，却说是钉钉的铁叶门。他问里边多少远，只说入内有三层。他若再问门上钉子多少，只说老猪心忙记不真。"……

最滑稽的是朱紫国医病降妖一大段。孙行者揭了榜文，却去揣在猪八戒的怀里，引出一大段滑稽文字来。后来行者答应医病了，三藏喝道：

> 你跟我这几年，那会见你医好谁来？你连药性也不知，医书也未读，怎么大胆撞这个大祸？

行者笑道：

> 师父，你原来不晓得，我有几个草头方儿，能治大病。管情医得他好便了。就是医死了，也只问得个庸医杀人罪名，也不该死，你怕怎的？

下文诊脉用药的两段也都是很滑稽的。直到寻无根水做药引时，行者叫东海龙王敖广来"打两个喷嚏，吐些津液，与他吃药罢"。病医好了，在谢筵席上，八戒口快，说出"那药里有马……"行者接着遮掩过去，说药内有马兜铃。国王问众官马兜铃是何品味，能医何症。时有太医院官在傍道：

> 主公，兜铃味苦寒无毒，定喘消痰大有功。通气最能除血蛊，补虚宁嗽又宽中。
> 国王笑道：用的当，用的当。猪长老再饮一杯。

这都是随笔诙谐，很有意味。

我们在上文曾说大闹天宫是一种革命。后来第五十回里，孙行者被独角兕大王把金箍棒收去了，跑到天上，见玉帝。行者朝上唱个大喏道：

> 启上天尊。我老孙保护唐僧往西天取经，……遇一凶怪，

把唐僧拿在洞里要吃。我寻上他门，与他交战。那怪神通广大，把我金箍棒抢去。……我疑是天上凶星下界，为此特来启奏，伏乞天尊垂慈洞鉴，降旨查勘凶星，发兵收剿妖魔，老孙不胜战栗屏营之至！

这种奴隶的口头套语，到了革命党的口里，便很滑稽了。所以殿门旁有葛仙翁打趣他道：

猴子，是何前倨后恭？
行者道：不是前倨后恭，老孙于今是没棒弄了。

这种诙谐的里面含有一种尖刻的玩世主义。《西游记》的文学价值正在这里。

节选自胡适《〈西游记〉考证》，标题为编者所加 ①

---

① 因篇幅限制，删节考证部分，标题改为"西游记"。——编者注

《红楼梦》

浦江清

《红楼梦》有两个作者，前八十回是曹雪芹所作，后四十回是高鹗等所补。

《红楼梦》产生的时代和曹雪芹对创作动机的表述

《红楼梦》产生在清乾隆年间，是封建社会从繁荣到崩溃的时期。书中所写的一个贵族家庭的没落，也反映整个时代走向没落，是封建社会的末期。在西洋，初期资本主义已经抬头，在中国，尚是清代统治国力强盛的时期，然而外强中干。乾隆的好大喜功和几次南巡，开了淫靡之风，清代统治慢慢走上下坡路。

书中写贾府常用外国东西。贾府是贵族世家，薛家是商业资本的家庭。

在这时，一般满贵族家庭，都已汉化。子弟们靠世袭官爵，不拘于科举出身，故而过着悠闲的生活。公子哥儿们的嗜好，俗一点的是声色、荒淫、赌博、禽鸟、唱戏、弄官做；雅一点的是喜欢构园亭、作诗词、刻书，讲究花木、禽鸟、古董、书画。曹雪芹生长于这种家庭，所以写出这样一部小说来描绘他自己熟悉的家庭生活。

当他终日忙忙在这热闹场中，生活享受很好的时候，是写不出深刻的文艺作品来的：乃是在他家败以后，自己穷愁潦倒，方始能够写这样一部伟大小说。冷静中回忆热闹，有留恋与幻灭的矛盾心理。

《红楼梦》产生在太平盛世，不是流离战乱的年代，书中没有战争，没有忠臣烈士，只写家庭琐碎，儿女私情。集中写一个家庭、几个女性。在《水浒传》《西游记》《三国演义》《金瓶梅》《儒林外史》以外，别树一帜。

《红楼梦》产生于古典文学和艺术成熟的时期，古典文学和艺术发展到一个新的阶段，诗词、小说、戏曲、音乐、绘画、园亭结构等为贵族和名士所欣赏。纳兰性德的词，诗歌中主神韵的王渔洋、主性灵的袁枚，音乐、戏曲包括昆曲，比如《桃花扇》《长生殿》对作者都有影响，书法、绘画，如倪云林、唐寅、文徵明、祝枝山、清初以山水画著称的四王等，都为作者所熟知。作者对此雅事，无不精通，加之以灯谜、酒令、花草、禽鸟、烹饪，乃至医道等，也无不知晓。《红楼梦》书中有诗、词、曲、骚、赋。可谓古典文学的教本。书中也有谈庄子哲学、谈禅的话题。总之，包罗万象，内容极其丰富。

《红楼梦》是中国古典文学艺术最成熟的作品，也是最后的殿军。它孕育着反封建的、民主个人自由主义的思相。

《红楼梦》总结了上起《诗经》《楚辞》、汉乐府、六朝的宫体诗、《世说新语》，下至于唐人小说、宋元白话小说、《西厢记》《牡丹亭》乃至于书画、园亭、医道、优伶等艺术和人生的种种方面。《红楼梦》是小说中的巨擘，是整个社会的最高艺术创造，是一幅详尽的图画，包括贵族生活和平民生活。

《红楼梦》也合于中国最早小说的传统。桓谭《新论》中说："小说家合残丛小语，近取譬喻，以作短书，治身理家，有可观之辞。"

小说家需要多方面的知识，不是单写几个人物故事的。

写痢头和尚、跛足道人、甄士隐等，似《列仙传》；

写贾母、探春、李纨等，作为治家典型；

写贾雨村、贾政是官鉴；

写宝黛是言情；

写柳湘莲、尤三姐是奇侠。

作者是一洒脱人物，怀才不遇，自伤好比女娲补天未用的一块顽石，不合流俗。

一生崇拜女性，情痴，有情爱而未团圆的遗憾。

在全书开头部分，作者透露了其写作《红楼梦》的动机：

（1）本身经历过富贵家庭的生活，伤悼这个家庭由盛而衰、没落无可挽救的情况。

（2）本人流落穷困，"背父母教育之恩，负师友规训之德，以致今日一技无成，半生潦倒"，但深于感情，为性情中人，不慕热利，颇佩"闺阁中历历有人，万不可因我之不肖，自护己短，一并使其泯灭也"，故特为闺阁立传，作《金陵十二钗》一书，所写女子或有才，或有貌，一概红颜薄命，随着这个家庭的没落而没落。

（3）作者深感于向来才子佳人的书，都不真实。"开口文君，满篇子建，千部一腔，千人一面……假捏出男女二人名姓，又必旁添一小人拨乱其间，如戏中小丑一般。……大不近情，自相矛盾。"《红楼梦》作者自云所写系"半世亲见亲闻的这几个女子……其间离合悲欢，兴衰际遇，俱是按迹循踪，不敢稍加穿凿，至失其真。只愿世人当那醉余睡醒之时，或避事消愁之际，把此一玩，不但洗了旧套，换新眼目，却也省了些寿命筋力。"（第一回）作者又借贾母之口批评才子佳人书，"开口都是乡绅门第，父亲不是尚书的，就是宰相。……小姐必是通文知礼，无所不晓，竟是绝代佳人。只见了一个清俊男人，不管是亲是友，想起他的终身大事来，父母也忘了，书也忘了，鬼不成鬼，贼不成贼，那一点像个佳人。……凡有这样的事，就只小姐和

紧跟的一个丫头"。（第五十四回）

《红楼梦》为反庸俗的才子佳人书而作。它的作风是现实主义的。虽然不是历史上的真实，乃是情理上的真实，真正的文艺创作，合乎典型环境、典型人物的法则。

《红楼梦》作者不借汉唐名色，无朝代年纪可考，假托作天上一块石头，被女娲氏锻炼后，已经通灵，可大可小，自来自去，被僧道携带到尘世来一番，到昌明隆盛之邦（中国），诗礼簪缨之族（官宦），花柳繁华地（京都），温柔富贵乡（贵族家庭，公子小姐们的情爱生活）经历一番，得到觉悟、忏悔。

"无才补天、幻形人世，被那茫茫大士，渺渺真人，携入红尘，引登彼岸。"这些经历，刻在石头上，空空道人见了抄录下来，就是《石头记》这部书。

作者自言此书内容是家庭琐事，闺阁闲情，无大贤大忠，有痴情故事。大旨不过谈情，绝无伤时淫秽之病。

《红楼梦》同别的小说一样有"因缘"。此书在程本中石头化为神瑛侍者（在警幻仙子处），瑛＝石＝宝玉，与绛珠仙草有一段灌溉之恩及在尘世以眼泪报答的一段公案。在戚本中神瑛侍者是一人，而此石变为通灵宝玉，夹带入世，成为宝玉所衔的玉。石是玉，侍者是宝玉前身。大概是修改而未定者。

此书人物所处时代，作者未说明何朝，但书中第二回谈到"近日倪云林、唐伯虎、祝枝山"。假定在明代，书中绝不述及清代。

书中提到金陵省，无此省名。大观园在京都（刘姥姥和妙玉的话里都说到长安），而实在是北京，但南北景物都有，如竹、梅、桂是南方植物。

第十五回"王凤姐弄权铁槛寺"文中有长安县、长安府、长安节度使。

凡此种种，系作者故弄狡狯，迷离其词。

八十六回，薛蝌呈子有"胞兄薛蟠，本籍南京，寄寓西京"语，坐实长安，乃续作所写，实非雪芹原意。

节选自浦江清《浦江清讲明清文学》
第七章古典小说的高潮（下）第三节红楼梦

《红楼梦》的中心故事

宝黛的爱情悲剧是《红楼梦》的中心故事，而歌颂自由恋爱，反对父母之命、媒妁之言的包办婚姻是《红楼梦》的主题思想之一。这部长篇小说，具体描写宝黛爱情发展过程。他们所处的家庭环境，矛盾斗争的全部过程，成为中国爱情小说中最深刻动人的一部。

《红楼梦》以宝黛钗的三角爱情故事为中心线索，但是这部书中人物众多，包罗万象，就以爱情故事而论，围绕这个中心故事，又有其他的若干插曲。《红楼梦》并非才子佳人小说，它的主题也不局限于爱情与婚姻上。《红楼梦》以爱情故事为线索而描写了一个贵族家庭的生活，一个贵族家庭的形形色色和各个角落。作者深刻地批判了这个贵族家庭生活的糜烂，指出这个家庭没落与崩溃的必然性。

《红楼梦》的开始，叙述大荒山的一块顽石，变成通灵宝玉，在尘世间经历一番。它由一僧一道带到"昌明隆盛之邦，诗礼簪缨之族，花柳繁华地，温柔富贵乡"。《红楼梦》全书就在批判这"昌明隆盛之邦，诗礼簪缨之族，花之柳繁荣地，温柔富贵乡"。

"昌明隆盛之邦"，指中国而言。此书虽不借汉唐名色，但作者不能跳出他的时代。所谓"昌明隆盛之邦"就是康雍乾时代清朝统治下的中国。所谓的太平盛世，从作者笔下的例证可见一斑。例如，江南姑苏（苏州）可以算是繁荣的地区了。但是像甄士隐那样的小地主，遭一场火灾后，便无立足之地。想回到田庄上去住，偏值近年水旱不收，盗贼蜂起，官兵剿捕，田庄上也难以安身。甄士隐只能卖去土地，依靠岳家，最后跟着一个唱《好了歌》的跛足道人出家而去。这里指出"昌明隆盛之邦"的阶级对立、土地兼并的情况。甄士隐的形象是小地主走向没落的典型。

像刘姥姥家是住在京都附近的一个庄农人家的典型。住在天子脚下，"长安城中遍地皆是钱，只可惜没人会去拿罢了"，刘姥姥家却穷得不能过冬了。而乡里尽有良田千顷的富户。这也可见当时土地兼并、贫富不均的情况。

"诗礼簪缨之族"以荣、宁两府为典型。"花柳繁华地，温柔富贵乡"指贾府，指大观园。这个贵族家庭糜烂奢侈的生活是建筑在残酷的剥削制度上的。作者借冷子兴的话，一开始就说贾府主仆上下，安富尊荣。如今外面的架子虽未甚倒，内囊却也尽上来了。这样一个钟鸣鼎食之家，翰墨诗书之族，竟一代不如一代。当然富贵人家的纨绔子弟，游手好闲，多是不肖子孙，这是封建剥削家庭由盛而衰的必然命运。

作者着重描写贾府的奢侈糜烂的生活。例如借刘姥姥眼中看出，饮膳的讲究。吃茄子要用十几只鸡去配；吃一顿螃蟹费十几两银子，竟够庄稼人一年的吃喝；用庄农人家想做衣裳也不能的料子去糊窗户。老爷们都纳妾，夫人、小姐甚至少爷们都有好几个丫头服侍，婢仆成群。势利铺张，死了一个媳妇秦可卿，倾家荡产地大出丧。棺材是用一千两银子都买不到的好木材。捐五品官用去一千二百两银子。荣国府为了贾妃省亲，特地翻造了一座大花园，特地到苏州去买女伶。

这样奢侈的生活靠什么收入呢？靠田地的收入。五十三回点出贾府收入的来源。荣、宁两府多有八九个庄子。宁府的一个庄子，借庄头乌进孝的一个单子，说明地租的收入。那还是年成坏的一年，有鹿、獐、狍、猪、羊等十二项三百十头；各色鱼数百斤；鸡、鸭、鹅，活的六百只，风干的二百只；野鸡、兔子各二百对；熊掌、鹿筋、海参、鹿舌、牛舌、蛏干各数十斤（条）；干果各二口袋；对虾、干虾二百斤；炭，上等一千斤、中等二千斤、柴炭三百斤；各种米一千余担。外卖粱谷、牲口各项折银二千五百两。这是庄园收入的一个单子，折合银两的不过是一小部分，大部分还是实物地租。这样多的收入，贾珍还嫌少，说"真真是别叫过年了"。

多少农民的血汗，维持这样一个贵族家庭的日常生活！

同时，还靠高利贷剥削。像薛家是皇商而兼开高利贷的典当。像王熙凤好弄私房，把月钱倒来倒去放债，一年弄上千两银子。抄家时王熙凤就有一箱子放债的借票。

此外，倚仗官宦势力，包揽词讼。王熙凤受银三千两，勾结平安节度使，强迫张金哥前夫退婚，害死了两条人命。单只一件事如此，书中明写。其余只说一句："自是凤姐胆识愈壮，以后所作所为，诸如此类，不可胜数。"

像大观园那样的"花柳繁华地"，荣、宁两府的"温柔富贵乡"，只是少数人极度的享受。维持这少数人的极度享受，不知害死了多少人命。这少数人能够永远享受吗？社会发展的规律，指向这封建家庭的是必然崩溃的命运。

曹雪芹写这家庭的奢侈生活，剥削收入是明写的。至于饱暖思淫欲，这个家庭，外面是礼义之家，内里是荒淫腐朽，用曲笔暗写。借焦大的破口大骂，说明了贾珍与秦可卿、凤姐与贾蓉的暧昧乱伦的关系。正如柳湘莲所说，宁、荣两府除了两个石狮子以外，没有干净的！

五十三回宁国府除夕祭宗祠，借薛宝琴眼光中看出这个祭祀的大排场。御笔的"慎终追远"的匾额，"已后儿孙承福德，至今黎庶念荣宁"的对联。贾敬主祭，贾赦陪祭，其他献爵的献爵，献帛的献帛，焚帛奠酒，济济满堂。读者已经熟悉了这些子孙的平素行径，那样肃穆雍容的景象，是一个绝大的讽刺。尤其就在贾赦想要鸳鸯做妾的那件事后，像贾赦那样的一个人也就被人看透了。

所谓诗礼之家，内情如此！正所谓衣冠禽兽。作者用艺术形象具体地表现了礼教的虚伪。

像贾赦、贾珍、贾琏、王熙凤等是声色货利的角逐者。像贾政、王夫人，表面上似乎是正派人，但是中封建毒害最深。贾政庸俗（溺于赵姨娘那样一个恶俗的人，也就不堪），道貌俨然而不近人情，对宝玉灭绝父子的天性，一无生趣。王夫人懦弱无用，而一个巴掌把金钏打到井里。偏听袭人，把晴雯驱逐出去害死了。金钏与晴雯实断送在王夫人之手。最后又分开了宝黛两人，为爱情悲剧的制造者。凡此，可见礼教的残酷杀人！

节选自浦江清《浦江清讲明清文学》
第七章古典小说的高潮（下）第三节红楼梦

《红楼梦》的艺术性

（一）《红楼梦》的艺术结构的特点：真真假假，虚实相融

《红楼梦》在结构上有虚实两条线索：写贾府兴衰，众多女子的悲剧命运，此为实；说太虚幻境，预示着十二金钗的结局，此为虚。曹雪芹以现实生活为依据，描写贾府的腐朽、没落，以"亲见亲闻的这几个女子"的故事为基础，描写了以宝黛爱情悲剧为中心线索的众多女子的悲剧，此现实主义手法之体现；而整个故事又以宝玉梦游太虚幻境为开场而展开，太虚幻境册子中的诗和曲子中的词成为预示十二金钗命运遭遇的纲领，且始终以梦幻般的虚线而存在着。虽虚，但总揽全局。虚实相融，成为结构一大特色。而讲爱情故事，又披上"因缘"外衣，当然内里也包含着作者的出世思想。因缘故事，设想之奇，超出了以前诸作。说太虚幻境，讲因缘故事，不免有宿命论色彩，但作者实为弥补现实描写之不足，借太虚幻境中诗、词、曲，更多加入主观品评。

小说之要，在创造一 imaginary world（虚构的世界），给人 illusion（幻觉），也属于 poetry（诗意），此 imaginary world 必须半真半假。半真方能使人信，如太属离奇，读者认为荒诞不经，亦不能移情其中，

此写实派之立场也；半假则可使读者感觉人生通常所要感而不能感之部分，如此方与刻板、枯寂之人生有异，而提取人生之菁华以享受之，使读者能 enrich life experience（丰富人生经验），此理想派之立场也。最好之小说为陶熔两种，此《红楼梦》设真假、人世与太虚幻境两地，实为最高之艺术。

小说必须讲 unity（统一性、整体性），无数小故事缠绕于一主要之故事上，而对于主要的故事是有帮助的，是推进的。《红楼梦》叙尤三姐、柳湘莲、鸳鸯、司棋、秦可卿各个故事，均于宝黛之主要故事有益，不虚设也。写小红之梦、贾瑞之梦境，以及宝玉之梦甄宝玉、梦黛玉，均与太虚幻境一梦有关。

大小说之大情节，必须预为计划好，如《红楼梦》十二支曲子，即包括十二金钗之结局，预为注定，是作者的整部机轴，但零碎情节却宜随处点缀、敷色，任许多 char-acter（事情的特性）自己 develop（逐步发展），还有看 cir-cumstance（情况、形势）之需要者，如赏中秋、赏芍药之类。

（二）典型环境中的典型人物

《红楼梦》写了典型环境中的典型人物。贾府作为封建礼教和封建秩序的代表的贵族之家，是人物生活的典型环境，它又通过错综复杂的人物关系表现出来。以宝黛钗的恋爱与婚姻为中心线索，推动着故事的发展，各种有典型性格之人物塑造出来。贾府日常生活从表面看风平浪静，但矛盾冲突的暗流也在慢慢汇聚和发展，矛盾冲突的结果是发生了以宝黛爱情为代表的种种悲剧，非常真切。

当然，平静的水流遇风也会翻起浪花，点滴的矛盾的积累也会爆发激烈的冲突。《红楼梦》中宝玉挨打和抄检大观园是矛盾冲突激化的两大事件，是故事发展之转折点。前一件"不肖种种大受笞挞"，贾政欲置宝玉于死地，震动贾府，其结果是宝玉清醒感到环境的不相容，而坚定与"仕途经济"决裂之心。如果说这前一件是由宝玉而起的话，那么，"抄检大观园"则是各种矛的集中爆发，引发了更多悲剧，也预示着贾府的彻底走向没落。

前面在谈及《红楼梦》中女性形象时曾说过，各个不同性格的女性典型在小说中是空前的。《红楼梦》中写了二百多位女性，出身于各个阶层，生长在不同环境，但都真实，都写得栩栩如生。

就思想性格而言，《红楼梦》里的女性，维护封建思想的和反抗封建思想的有明显的两路人，宝钗、袭人、麝月为一路，黛玉、晴雯、柳五儿为另一路，迥然有异。此外，紫鹃与鸳鸯同类，尤二姐与迎春相似。虽为姐妹，尤二姐与尤三姐的懦弱和刚烈形成鲜明对比。凤姐、探春、李纨相同之点是都管过家，而性格与思想品位明显不同。

总体而言，《红楼梦》中的众多女性可以作为男性的一面镜子。

（三）现实主义的创作手法

前面谈《红楼梦》的自传性问题时，说到曹雪芹的《红楼梦》超过以往小说创作的成就，就在于他深切地体验生活，用"按迹循踪"的现实主义方法进行创作。尽管《红楼梦》中有作者的影子，尽管作者在写作中有留恋与幻灭的矛盾心理。但是，在作者的笔下，封建贵族家庭的腐朽与没落，众多人物的悲欢际遇，全赖现实主义手法一一展现。前已分析，此不赘述。

从中外现实主义作家创作实践来看，"形象大于思维"者不乏其例。现实主义的作家，甚至违反自己的主观的企图。尽管巴尔扎克宣称"在王权和示教这两种永恒真理的照耀下写作"，但是他是伟大的现实主义作家。曹雪芹亦如此。

苏联的中国文学专家波兹聂也娃在谈到《红楼梦》时说："作者的观点和他的小说的现实主义在某种程度上是有矛盾的，正如列宁所指出，托尔斯泰和他的作品的矛盾一样。""这一类矛盾，是社会主义现实主义以前的伟大的现实主义者所固有的，丝毫不能减低这一部小说的巨大的艺术价值和认识价值。"

（四）精彩的心理描写

《红楼梦》小说中的心理描写也异常精彩。"牡丹亭艳曲警芳心"，使黛玉始而"感慨缠绵"，继而"心动神摇"，最后"如醉如痴"，流露出对自由恋爱神往的心绪；而在听了宝玉"林妹妹不说这样混帐话，若说这话，我也和他生分了"的话，"不觉又惊又喜，又悲又叹"，喜、惊、悲、叹，深切地表达了黛玉此时此境复杂的心理过程。《红楼梦》中还写了诸多梦境，解读出来也是奇妙的心理篇章。

长篇近代小说（novel）是资本主义时期的产物。曹雪芹和英国的社会人情小说家 Henry Fielding（亨利·非尔丁）差不多同时，和法国的自由民主思想家 Voltaire（伏尔泰）和 Rousseau（卢梭）也是同时代的人。可是明代嘉靖年间中国已经有手工业工场的发展，这资本主义的萌芽，一经被封建统治者所遏抑，清代统治更延缓了中国封建社会内部所孕育着的资本主义的萌芽的发展。到了康雍乾时代，是封建经济发展到烂熟的时期，同时也是它的内在矛盾和外部矛盾开始充分暴露的时期。《红楼梦》鲜明地反映了当时的社会情景，具有巨大的历史意义。

《红楼梦》第五回警幻仙子说："偶遇宁荣二公之灵，嘱吾云：'吾家自国朝定鼎以来，功名盖世，富贵流传，已历百年，奈运终数尽，不可挽回。'"运终数尽不单是属于贾府，第四回说：金陵的贾、史、王、薛四大家是连络有亲，一损俱损，一荣俱荣的。曹雪芹并非历史家、哲学家，他是艺术家。通过他的形象思维，我们可以看到整个封建社会趋向崩溃的这个社会现实。

《红楼梦》是封建社会的一面镜子。

吴敬梓和曹雪芹同时，他们都是现实主义的伟大艺术家，同样反映社会现实。不过吴敬梓的思想最集中表现在反对科举制度，讽刺知识分子的庸俗无聊上，而多少保留了儒家思想，提倡礼、乐、兵、农的实学，也颂扬了孝道。曹雪芹把封建社会作了另外一个剖面，攻击了宗法社会，反对忠孝，反对儒家思想。贾宝玉说："说了半天，并没个明心见性之谈，不过说些什么文章经济，又说什么为忠为孝，这样人可不是个禄蠹么？"在贾宝玉看来，礼、乐、兵、农也属于经济文章之类。《红楼梦》的反封建，更加彻底，也达到更深广的程度。

宗法社会和儒家思想是封建制度的支柱，在旧社会里是更加不道德的。

贾宝玉的出走，走出了这个大家庭是有革命性的。

至于出走以后，作者实在不曾写下去。做和尚和成仙成佛乃是虚写。太虚幻境也是似有若无的。

我们不能把曹雪芹这样一位伟大的现实主义作家的世界观看成是完全唯心论的。曹雪芹不见得是全信佛教哲学的。太虚幻境是小说中浪漫主义的手法。要是真的是色空思想，他也不写小说了。

《红楼梦》也有不足之处。作者反抗礼教，反抗庸俗，追求艺术的生活、性灵的生活，追求个人自由主义，超脱了封建社会的功利主义。作者批判了封建社会，但不彻底。一方面忏悔，一方面还有不自觉的留恋心情。如写秦可卿临终托梦给凤姐，虑及家族盛衰荣辱，要凤姐懂得"月满则亏，水满则溢"的道理，要有由盛而衰的退步思想，多置祭祀产业，"能于荣时筹划下将来衰时的产业，亦可以常保永全"。而凤姐乃至贾府并没有这样做，以致一败涂地。这临终遗言的退步观念也多少反映了作者对封建家族衰败的惋惜心理。

作者深刻地描写了封建社会的悲剧，否定了封建社会，但作者没有能够想象出另外一种社会，没有找到出路，于是否定了人生，产生一切是"命运"的命定思想、人生如梦的消极观念。

节选自浦江清《浦江清讲明清文学》
第七章古典小说的高潮（下）第三节红楼梦

全书完